FLORET
READING

小花阅读

我们只写有爱的故事

青春阅读　幸得相见

大鱼

有爱的青春陪伴者

初恋很暖 他很甜

溪水寒 / 著

花山文艺出版社
河北·石家庄

·作者简介·

溪水寒

X i S h u i H a n

90 后双子座，故乡河北邯郸

喜欢天马行空的幻想，喜欢探索神秘未知的事物，

喜欢用键盘编织各种各样的梦境，

希望笔下的每个角色都拥有独一无二的灵魂

只愿一生与诗酒相伴，做一个梦里有风的自由人

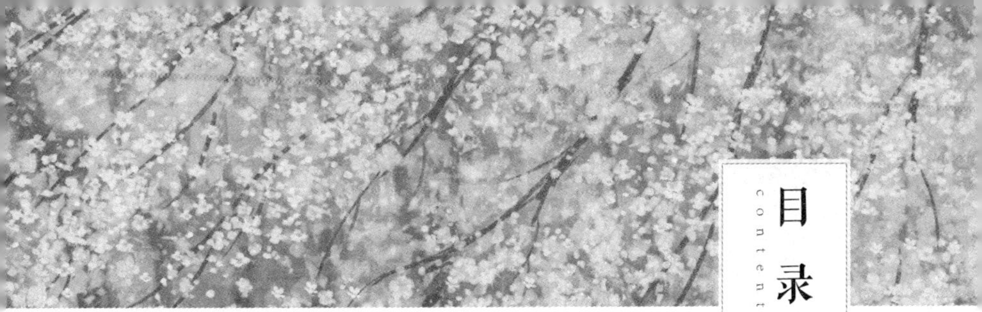

目录

contents

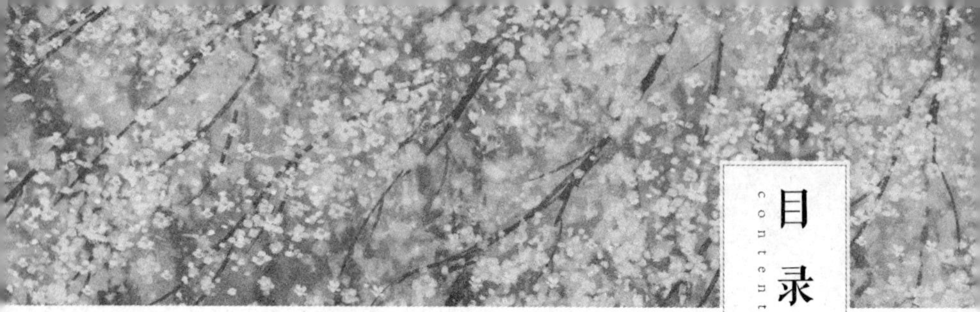

目录

contents

HE IS SO / SWEET

第一章 惊魂一场

本该是秋高气爽的天气，枫城的九月却比往年还要热上几分。夜晚的城西最是热闹，它东临商业区，西邻大学城，南邻老小区，北邻小树林，如此一来，被夹在正中央的美食游乐城成了人们消遣的不二去处。

若问其中最受欢迎者，非烧烤摊莫属，一张方桌，几个马扎，三两句豪言壮语入耳，几杯青岛纯生走心，抬眼望去，人声鼎沸，夜幕辽阔。

林璟握着一根羊肉串望着深沉的天空发呆多时，直到被张聪聪一把无情夺过：“愣着干吗？冷了可就不好吃了，怎么暴殄天物呢，你？老板，再来二十串！”

望着空空的手心，林璟尴尬地笑了笑。远处的大学城仍旧灯火通明，今天是开学的第一天，不少新晋大学生都选择跟新室友聚餐了解彼此顺带增进感情，404宿舍也不例外，只是林璟没想到跟这几个二货熟得这么快。

“我们——为了相同的志愿和目标聚在这里！这是什么？这是缘！为404干杯，祝我们早日实现梦想环游世界！”沈静怡将手中一罐王老吉举得高高的，朋克手链上几个黑骷髅铃铛跟易拉罐碰得叮当作响。

“干杯！”

一口饮料下肚，新的串串也冒着焦香的油被老板热情地端了上来。林璟看着几个室友大快朵颐，内心感慨不已。老实说，她学旅游管理专业纯属阴错阳差，当导游并不是她最初的梦想，她从小的愿望明明是坐着几千万的车环游世界各地，无论走到哪儿身边都跟着一群人的千金大小姐生活，无奈现实将她无情地打回原形。在彻底掂量清自己几斤几两后，她只好听从家长的话报了离家近的枫城大学旅游管理专业，用父亲的话说，这样也算是实现梦想了。

林璟性子内敛，并不善言辞，大多时候都在安静地听其他室友嬉笑聊天。等到大家都吃得差不多并有人抢着结了账后，众人才摇摇晃晃互相搀扶着离开。

美食游乐城距离大学城说近不近说远不远，只是几处如贫民窟一般的房子突兀地耸在路边，形成了一条偏僻的小巷，天色已晚，路灯一灭，黑得倒是有点吓人。

李栀打开手机的手电筒功能哼着歌大摇大摆地走在最前面，其他人慢悠悠地跟在后面。瞧着李栀猝不及防地停了下来，林璟好奇地探出头，只见几个社会青年不怀好意地堵住了路。

“小妹妹，怎么喝成这样了？”

“嘿！关你屁事，让开！”张聪聪毫不客气地怼了回去。

只见为首的黄发青年脸色瞬间沉了下来：“现在学生妹的脾气都这么大吗？想认识你是给你面子，加个微信？不加不让过。”下一秒，又恢复了嬉皮笑脸。

只喝了几瓶王老吉，她们自然清醒得很，不过林璟已经闻到了对面几个社会青年身上浓重的酒气，她本就有些胆小，此刻更是不由自主地往后缩了缩。这地方连个路灯都没有，四周俱是漆黑一片，就算四个人一块喊人说不定还没邻桌壮汉划拳的声音大，为什么第一天开学就让她碰到这种事啊！

正当双方僵持不下时，一阵不紧不慢的脚步声由远及近地传来，看轮廓似乎是个年轻的男子，只不过周围太黑看不清面容。瞬间，所有人的目光都集中在他身上。

那男子走过去，甚至看都没看他们一眼，似乎一群年轻的男男女女出现在这个地方再正常不过。

张聪聪仍跟社会青年剑拔弩张地对视，李栀暗地里寻觅着逃跑路线，沈静怡看着手机陷入沉思。林璟一向很怕，却在那男子即将擦肩而过之际一把抓住了他的手腕。

男子疑惑地转过头来，林璟正对上一双明亮又犀利的眼睛。

“什么事？”男子沉声道。

“救命……”林璟声音有些结巴，“我们……是大学生……回学校……被拦住……不让走……”

男子一挑眉，转而看向那几名社会青年：“是这样吗？”

“是又咋样？你能把俺们几个咋样？要滚快滚！”黄发青年不耐烦地上前，伸手想要将男子推开，然而就在即将碰到男子肩膀之际，借着朦胧夜色，那男子似乎反手扣住了他的胳膊，接着听到一阵清脆的骨裂声外加一声惨叫，随后被看似一个轻飘飘的抬腿动作一脚踹飞几米远。

黄发青年直接扑倒在长满杂草的土堆上久久不能起身。

几个跟班见状，面面相觑，秉着“江湖义气”将黄发青年搀起仓皇离去。

解决掉麻烦，林璟等人终于松了一口气，然而还没开口道谢，那男子却率先开了口：“下次不要图近走小路，很危险的。”

在此期间，李栀的手电筒一直没关，404的众人也终于看清了英雄的样子。如果将古代英姿飒爽的侠客套到一个现代模子里，大概就是他的样子吧，将近一米九的个子，匀实挺拔的身材，剑眉星目，薄唇如锋，他就往那儿一站，那股威严又凌厉的气质便让人望而生畏了。

几秒的沉默后，张聪聪率先鼓起勇气上前一步，林璟有些不好意思，看来要有人先她道谢了啊。

“大侠，谢谢你救了我们，我们无以为报……这样吧，我当个代表让你加个微信，日后一定好好道谢……”

男子愣了一会儿，竟忍不住笑出了声。他看了一直沉默不语的林璟一眼，朝着她们摆了摆手大步离开：“你们还是快回去吧。”

直到回了宿舍，大家仍然心有余悸，那几名社会青年的影子早已化为灰烬随风飘散，反而是那男子的身影在404每个人的心里挥之不去。

“唉……要是没有你们仨，我简直就是女主！”张聪聪捧着脸一脸陶醉道。

“那身手你们看见了吗，绝对是练过的。他会不会是穿越过来的啊，会是个王爷吗？”沈静怡翻着手机里的穿越小说看得入迷随口道。

正在泡脚的李栀有点听不下去，索性也开了口：“你们差不多得了，知不知道刚刚多危险，要不是林璟叫住他，咱们几个现在还不知道怎么着呢！”

总算有个有良心的。

林璟整理着架子上的专业课本咧嘴一笑：“大家没事就好了，早点休息吧。”

话虽如此，但躺在床上，林璟却无论如何都睡不着，更多的是关于未来和梦想的思索。为了混个本科文凭选个完全陌生的专业真的正确吗？她也跟团旅游过，想象着导游拿着大喇叭聒噪的声音就莫名烦躁，她以后真的能在这一行业做下去吗？

刚开学的几天着实清闲没什么事，熟悉熟悉校园，跟同学混混脸熟，几堂科普国家地理的课，一周就这样优哉游哉地度过。那晚的危险场景似乎已经被大家忘记，林璟家离得不远，索性趁着周末回家休整休整。

林母是高中老师，因为要给备战高考的学生们补习，周末对她来说比工作日还要忙碌。林父是枫城一名普通民警，倒是难得忙里偷闲在家，坐在沙发上看着每日新闻眉头蹙起，看到林璟回来，头也不抬："你们学校那块好像治安很差啊，最近已经报道了好几起小混混伤人事件了。你这孩子从小就胆小怕事，遇到这种情况该怎么办啊，真让为父担心。"

"没事的，爸，我已经成年了，能照顾好自己……"

"不，我还是不放心，你需要学习更强势的护身技能，这对你以后当导游带团也是有好处的。"林父林降龙放下报纸，拿过一张宣传单朝着林璟招了招手，"来，你过来。"

林璟警惕地走过去坐下，看清了林降龙手中那张宣传单。

"尚武跆拳道纳新？你要送我去学跆拳道吗？"

"是的，我已经替你报名了。尚武口碑不错，几个教练名声也很好，最适合你这种手无缚鸡之力的女大学生了。"林降龙双手架起做出打拳状，"下周你就去训练吧，不会耽误上课的。"

"这都不跟我商量商量吗？我觉得我在那种地方更容易受伤啊！"林璟无力哀号，林降龙已经哼着歌系上围裙走进了厨房。

第二章 礼仪，廉耻，忍耐，克己，百折不屈！

HE IS SO / SWEET

一顿丰盛的午饭吃得索然无味，林璟很不满意从小到大父母对她的支配，却也无力反抗，只得一次次地顺从。事实上，他们的安排就像将一叶小舟推进泛着微澜的小溪里，一切都是那样平静，顺其自然，岁月静好，成长的过程中，林璟也逐渐适应了这种波澜不惊的生活。

罢了，跆拳道而已，无非就跟健身操一样蹬蹬腿打打拳，又能有什么难度？

回到宿舍，404 正就学校对面新开的健身房讨论得热火朝天，她们甚至已经决定好了由传单上的哪个半裸上身的教练来指导自己。

“阿璟，一起办个年卡啊，咱们要当枫大身材最好的 404 女团！”张聪聪热情地挥舞着传单道。

林璟平静地摇了摇头：“不了，我已经有了更好的健身活动。”

其余三人纷纷嗤之以鼻，她也不以为然，只是安静地根据跆拳道馆的规定买了一身道服，宽宽大大的白色道服套在瘦弱的身躯上看上去有些滑稽，好在一条腰带勉强可以束起腰身，避免看上去像个行走的麻袋。

这一天，林璟收拾好东西按照传单上的地址来到了尚武跆拳道道馆的门前报到。一栋外表十分威严的小楼，“尚武”两个字由毛笔挥洒而成，苍然有劲地立在最显眼的位置，门口已经有不少穿着道服的学员前来报到，年龄从小到大不等，甚至还有扎着羊角辫的小姑娘叼着一根棒棒糖跟她面面相觑。

“三楼 205 室……就是这里吗？”林璟呢喃着训练室门牌号，提着东西站在门口，大大的眼睛里满是疑惑，因为络绎不绝地从她身边进进出出的，似乎都是七八岁的孩子啊……

“你是……”一个男声毫无征兆地自身后响起，将林璟吓得一个激灵，回过头来却对上一张异常熟悉的脸庞，那高大结实的身材、俊美的面容，以及那双犀利的眼睛让她心跳加快。

这个男人，不就是那天晚上被她拦下来救急的英雄吗，他怎么会出现在这里？而且他身上还穿着跟所有人一样的白色道服，唯独腰带是黑色的。

“我……我是来报……报到的。”林璟又结巴了。

“报到？”申寒皱起眉头，看了眼她手机上尚武给学员发的报到短信，神情更是疑惑，“林璟？你为什么要报儿童班呢？”

“啊？”林璟石化在原地久久不能动，直到里面叽叽喳喳的小学员越来越多，她才硬着头皮走进去，麻利地蹿到了最后一排最角落的位置站好，看着前方一群刚刚到她腹部高的小学生，心里将林降龙骂了无数遍。

“大家好。首先自我介绍一下，我叫申寒，目前担任你们的基本功教练，你们可以叫我申教练。”

“申教练好！”

“申哥哥好！”

“申叔叔好！”

“申寒，申寒。”林璟默默念两遍这个名字，已经将它铭记在心里，随后不得不感叹一下命运的神奇，居然让他们在这种情况下相遇，她误报了儿童班，而他恰好担任这个班的教练。

环顾四周，这个班似乎只有他们两个成年人啊！

由于视线畅通无阻，即使站在最后一排也会不期而然地跟他对视，关键是只要一看他的眼睛，她就心慌啊！难道她上辈子是被大侠打死的反派吗？

林璟胡思乱想之际，申寒已经被小学员们包围，耐心地回答着他们各种奇奇怪怪的问题，脸上竟然难得浮现出温柔的笑容，跟那天一脚将人踹飞三米远的冷酷男子简直判若两人。

真看不出他这样一个人竟然这么喜欢孩子啊，林璟独自尴尬地站在后排，看着申寒带笑的侧脸，心中竟然油然而生一个大胆的想法，红晕刚刚浮上脸颊，申寒无意瞥过来的一个眼神却又将它吓了回去。

“我们练习跆拳道不仅仅是为了强身健体，跆拳道精神也要牢记在心，要成为一个正直善良，对社会有用的人。”申寒耐心地讲解着，声音低沉，十分动听。

“教练，什么是跆拳道精神？”一梳着马尾辫的小姑娘声音清脆。

“跆拳道精神：礼仪，廉耻，忍耐，克己，百折不屈。”申寒认真地环视着每一个人，再度开口讲解，“这个礼仪呢，指的就是……”

小学员们围在申寒身边聚精会神地听他上第一课，林璟靠在压腿杆上，尴尬又孤独，只想让自己化作一团空气。

“林璟，你不过来听吗，今后你也要跟他们一起上课的。”申寒说着说着，忽然眯起眼看向林璟。

小学员们这才注意到站在最后面的林璟，瞬间开始了窃窃私语：

“什么，她也要跟我们一起上课？我还以为她是教练的女朋友呢……”

“都这么大了怎么会跟我们一起上课呢？我才不要跟她一组，大人劲好大的。”

林璟的脸噌地红到了耳朵根，整个人像只熟透的虾。小学员们的议论既然她都听到了，那么申寒更是不必说，为什么现在小学生都知道得这么多，她也不懂，她也不敢问。

“我在这里听得很清楚。”林璟调整了下呼吸，慢吞吞地走过去，鼓起勇气与申寒对视。

申寒则是眉毛一挑，十分不信：“是吗，我看你一直在发呆。那么你说说，跆拳道精神是什么？”

林璟沉默了会儿，缓缓开口：“礼仪，廉耻，忍耐，克己，百折不屈。”

申寒怔了一下，她竟然还真的记住了，明明一直靠在那儿发呆，他貌似只说了一遍而已……他可是一直密切关注着她呢……

林璟说完也自觉地走到人群后盘腿坐下，神情也轻松了很多，一双清澈的眼睛含有笑意，示意他继续上课。

她也不知道为什么他的声音好似有一种魔力，只要他开口，她就会不由自主地认真去听。

第一堂课包含了介绍跆拳道精神、段位、各色腰带的象征，最后是学员的自我介绍。小学员们年纪相仿，很快便成为朋友，休息时分，男孩女孩扎堆嬉笑打闹，气氛一派和谐。林璟自然跟他们玩不到一块去，见申寒正在整理柜子里的靶子，索性走上前去跟他一起收拾了起来。

“教练，谢谢你。”林璟低声道，“那天都没来得及跟你道谢……”

申寒抬头，语气随和：“没关系，看你的样子也知道吓坏了。不过你的做法很正确，如果你不拉住我，我在没有搞清楚状况的情况下是不会贸然出手的。”

“教练，你真的很厉害……”林璟抿了下嘴，终于将发自内心的崇拜说了出来。

“那是……话说回来，你是怎么报了儿童班？”申寒凝视着她。

“我……”林璟想了想，算了，还是不坑自家老父亲了，“我没看清。”

“哦，那就在这儿好好学吧。其实跟成人班学的东西是一样的，不过是力道大小的区别。”申寒拿起两个靶子互相拍了拍，似乎在检查质量。

林璟倒是不在乎同班学员的年龄，看着一脸专注的申寒问道：“你会一直教这个班吗？”

申寒摇了摇头：“不，我只带几节课的基本功，我是成人班的首席教练。”

“那……那我可以升到成人班吗？”林璟莫名有点着急。

申寒意味深长地看了她一眼，并没有说话。

林璟察觉到自己刚刚过于急切，脸一红：“我是觉得，跟一群孩子在一块会影响到训练。你也听到了，他们都不愿意跟我一组呢……”

“你先好好训练，等练到我觉得可以到成人班的水平了，我会把你调过去的。”申寒说完便起身拍了拍手中的靶子，“休息时间结束，同学们请起立，接下来我们学习几个简单的动作！”

下堂课，林璟表现得异常活跃，似乎把自己也当成了七八岁的小朋友，认真地练习着每个动作。一堂课下来虽然腰酸背痛，也感到一股从未有过的精神气充斥了全身，孩子们的欢声笑语似乎完全驱赶了她心中之前的阴霾，一小时四十分钟的课很快结束，她甚至还有点意犹未尽。注视着小朋友们兴奋地被等在门口的家长接走，她也磨磨蹭蹭地收拾起了自己的东西，顺便偷看一眼正清理地板的申寒。

似乎察觉到她的目光，申寒突然直起身冲她一笑：“还不走？你也等爸爸妈妈来接吗？”

“教练再见！”林璟一把抓起包飞一般逃离了教室。

这个教练真是一言难尽啊。

回到宿舍时，天色已经暗了下来，室友们也都健身归来，一边换下身上的运动服，一边讨论着健身教练的水平，看到林璟穿着道服风风火火地闯进来均是吓了一跳。

“哇！跆拳道，厉害啊林璟。”沈静怡凑过来盯着林璟的装扮眼睛放光，“还别说，你穿这身挺好看，就是人显傻了点。”

“阿璟好好打扮打扮混个系花没问题吧，我要是身材跟阿璟一样才不跟你们一块健身呢。”李栀捧着一碗炒面边吃边道。

听着室友们的一言一语，林璟一时半会儿竟然搭不上话，本来还想告诉她们申寒的事。

床上的张聪聪一个翻身坐起来，看到林璟的打扮也是眼前一亮：“哦哟哟，不得了，我最佩服会功夫的人了。阿璟你在哪儿学，改天我也去观摩观摩！”

李栀举手回答：“我知道！尚武！对了，那附近还有个大商场，那里面的衣服又便宜又好看……”

林璟哑然，她在这个宿舍似乎越来越没存在感了呢，但想要学习跆拳道的愿望，似乎越发强烈起来了……

第三章 导游模式，启动

HE IS SO / SWEET

一周一次的跆拳道课变得异常珍贵，见不到申教练的日子里林璟还是清楚自己应该把重点放在专业上。旅游管理专业的课程多而专一，大都是概论或者旅行社管理，国家地理和国际英语也涉及一点，因为有高中文科的良好底子，这些需要死记硬背的知识对林璟来说并没有什么难处。

大班会上，404 宿舍的人霸占了靠窗的位置，林璟按摩着太阳穴闭目养神，回忆着申寒教的基本动作，其他室友则观察着班里可能单身的男生。

导员是一个较为矮胖的中年男子，戴着金丝边眼镜，为人风趣幽默。作为一名资深导游，他致力于为社会培养更多的旅游人才，滔滔不绝地讲着当导游的好处和见闻，其生动程度简直可以拍一部《西游记》，加上第一排的学霸们佯装配合的吹捧，让林璟生出一种在听相声的感觉。

“第二排左边那个，你看那个侧脸，绝了。”张聪聪兴奋地拍打着李栀的大腿。

“才发现啊？我开学第一天就注意他了。”沈静怡不屑道，“也不知道还是不是单身。”

一个小时后，导员终于暂停自己的故事环节，拿起保温杯喝了口水，紧接着进入了下一阶段，选班委。

第一排的学霸们立即挺直了腰杆面带自信微笑凝视着导员。林璟从小到大没当过班干部，虽然没少听大学当班委的好处，但与世无争的性子还是让她选择了旁观。

导员自然不会亏待刚刚一直配合他的故事惊呼鼓掌的同学们，第一排中间的几个几乎都有了各种委员的职位，一通封神，只剩下最关键的班长之位还空着。

导员推了推眼镜，忽然含笑看向了第二排：“那么，班长就由陈昭同学担任吧。陈昭同学的文化课成绩是班里最好的，而且热爱旅游，迄今为止已经去过国内外很多地方了！”

“凭什么去过很多地方就能当班长啊……我也去过很多地方呢。”某同学低声不满道。

导员神情有些尴尬，正不知所措之际，先前被张聪聪一眼挑中的男孩缓缓起身，声音沉稳：“你也有开旅游公司的父亲带你去吗？”

“噗——”张聪聪强忍着捂住嘴才不让自己笑出来。

林璟也睁开了眼睛，疑惑现在怎么还有这么耿直的男孩，那句话带着七分玩笑三分认真说出，让人反驳也不是，生气也不是，简直要憋出内伤。这孩子，有出息。

不知是否接收到了林璟暗自夸赞的信号，陈昭自信地环视了一圈班里同学，嘴角弯起。

“哦，他在冲我微笑，我恋爱了。”沈静怡捂着心口，“以后我也能跟着开旅游公司的父亲去国外旅游了……”

到此，“封神行动”彻底结束。

林璟给自己的任务只是简单的吃瓜看戏而已，只不过对陈昭有了些特殊印象。

昏昏欲睡之际，林璟觉得自己被一支笔戳了一下，回过头恰好对上不知什么时候坐过来的一脸认真的陈昭。如此近距离下，她竟然发现他长得确实很不错。他的皮肤很白，却又不至于被当成白面小生，细碎的亚麻色短发盖住一部分前额，将一双眼睛衬得十分清澈，全然不同于申寒的犀利。

“什么事？”林璟开口。

“我是班长了，应该为班里做些事的吧。”陈昭沉思了一会儿道。

林璟有些不明所以，轻轻点了头：“嗯，那是当然。”

陈昭看着她，忽然笑着举起手机：“所以我建了个班级群，头三个加入的封管理员！怎么样，是不是很心动呢？”

“……”

她在上小学吗？

纵然内心一万个疑惑，但林璟还是不敢忤逆班长，顺从地加了群，陈昭也履行了诺言给了她管理员的身份，并且小声提醒：“群马甲改成真实姓名哦。”

林璟有些无语，默默地改好了“马甲”转过身来，寻思着这个幼稚鬼跟班会上噎得别人说不出话的陈昭真的是同一个人？

正想着，后背又被戳了一下，林璟再次无奈回头。陈昭的眼睛亮晶晶的，冲她友好一笑：“要免费 QQ 秀吗，空间装扮也行？”

“不需要，谢谢班长。”

仅仅是一个下午的时间，原本平静得没有一条消息的手机便开始不停地响起“嘀嘀”的加群声音，群里已经有了不少人，几个室友加进去都表示很诧异。

“阿璟你怎么是群管理员？你跟陈昭是什么关系？”沈静怡首先发问。

“上课他坐我后边，说建了个班级群，头几个进群的封管理员。”食堂内，林璟慢条斯理地舀着米饭道。

“你怎么这么幼稚！多大人了还在乎个 QQ 群管理员！”张聪聪一脸严厉地训斥。

林璟只是埋头吃饭并没有反驳的欲望，张聪聪一脸愤懑地滑动着手机，眼睛一亮：“啊，班长还是年费黄钻啊，找他要个装扮应该不会拒绝吧……”

一周平安无事地度过，陈昭除了建了班级群也没有其他安排。不过，貌似学委建了另一个群，拉拢了班里所有支持她的同学，404宿舍的人并不在其中，大概因为林璟是陈昭亲自册封的第一管理员的关系。

很快，又到了愉快的跆拳道时间，林璟收拾好装备出门之际几个室友还在讨论一会儿去哪儿逛街，她们的健身房年卡似乎已经被抛之脑后。

一回生两回熟，这次去训练室甚至有几个大胆的小朋友跑来跟林璟打招呼。申寒穿着道服坐在地板上整理名册，抬头冲她微微一笑：“很早。”

“教练早。”

每次训练开始之前都会举行升国旗仪式，学员们整齐站好。仪式之后，申寒站在最前方，带领大家背诵跆拳道精神。

“礼仪，廉耻，忍耐，克己，百折不屈。”

儿童班并不会教什么太难的动作，只是简单的打拳和踢腿，对林璟来说一点都不难。申寒会亲自矫正每个学员的动作，他的手沉甸甸地搭在林璟的肩膀上，尽量想把她的胳膊捋到最直，时不时还在她身后轻言：“放松。”

听到这样好听的声音，林璟一放松，胳膊又伸不直了。

“还想不想升成人班了，林璟同学？”申寒又好气又好笑。

林璟瞬间浑身僵硬，胳膊直得简直能挂水桶。因为不知道申寒什么时候会走，所有她想升成人班的欲望十分强烈，她也不清楚自己这股强烈的愿望从哪儿来，只是一想到如果看不到申寒，心里就觉得空落落的。

中间休息时间申寒会组织大家做游戏，大多是丢手绢、老鹰捉小鸡这类简单的，林璟和申寒作为两个大人基本没得选择，不是扮演老鹰就是扮演鸡妈妈。在孩子们开心的大呼小叫中，每一次跟申寒发生肢体触碰，林璟都颇为不自在，几个人小鬼大的小学员还不停地对二人起哄，林璟带头跑得更欢，故意将他们几个甩出队伍被老鹰捉到。

原来带小孩也能这么快乐，如果她不当导游，也许会选择当一个幼儿园老师吧，如果申寒能是园长的话就更好了。

宝贵的训练时间再次在疲惫中结束，林璟收拾着东西，却听到门口传来一阵阵诡异又熟悉的笑声。抬眼一看，她瞬间黑了脸，几个室友正提着大包小包站在门口。

张聪聪已经笑得直不起腰：“哈哈哈，哈哈哈，林璟在上儿童班的跆拳道课，我的天！”

“这就是传说中的，一拳一个小朋友？”李栀佯装震惊。

林璟痛苦地扶了扶额头。

她们几个站在门口，并没有进来，而申寒就坐在最前面的位置，听到喧哗也皱着眉站起来径直走了过去：“门口接孩子的家长请保持安静，道馆忌大声喧哗。”

看到申寒，她们几个果然不笑了，满脸震惊，彼此搀扶。

林璟知道，今天回去三堂会审是无论如何都避免不了的了。

HE IS SO / SWEET

第四章 献上膝盖

任宿舍里的几个人如何哀号，尚武跆拳道都早已停止了纳新，林璟承受着三路仇恨的目光，坦然自若地戴着耳机做着英语听力，作为一个导游，学好国际化语言是非常有必要的。

连续上了几周跆拳道课后，林璟的基本功很是熟练了，也许是儿童班对她没什么难度的缘故，甚至当有小女孩因为动作不过关被申寒训得撇嘴时，她还要承担知心大姐姐的角色去哄。再这么一个红脸一个白脸下去，恐怕在其他孩子眼里，她跟申寒的关系就要“实锤”了。

“哇，下午两点要在操场举行什么安全教育讲座啊，我难得想去健身房运动呢！”张聪聪捧着手机哀号。

林璟打开班级群，果然看到陈昭发的一条最新通知。

“还要点名？这到底是个什么破讲座？”正在敷面膜的沈静怡一开口，面膜瞬间裂了一半，“还请了本市警察和专业人员到场进行实操指导？他们到底要指导什么啊？”

“管他指导什么，去就去呗，不去也是待在宿舍打游戏睡觉。”林璟被她们吵得放下耳机。在她看来，这种活动虽然没什么意义，但能多熟悉一点这个学校也是好的，且这样的活动充其量半个小时结束，签完到了到时候还怕遁不了吗？

下午两点，操场上已经黑压压坐了一群心不甘情不愿的学生，这个点应该是午睡最舒服的时候，他们却被强行拉到太阳地底下晒着，此刻纷纷垂头丧气，控诉着学校害死人的形式主义。台上的几个领导身边还坐着一个穿着警服和一个穿着白衣服的人，林璟眯起眼，瞳孔瞬间睁大。

那个穿着警服正跟校领导谈笑风生的中年男子不就是她爸林降龙吗？而林降龙身边那个穿白色道服的，为什么看着又那么像她的教练申寒？这个组合坐在主席台上也太奇怪了吧……

讲台上的申寒也是一眼看到了她，微微点头冲她笑了笑，而林降龙不知跟校长说着什么，早已笑眯了眼。

“啊啊啊，是那个英雄！阿璟，你教练！”张聪聪拉起林璟不由分说便冲到了最前面一排，“我们一定要坐到最前面，让他能看到我们！”

林璟尚未反应过来，就已经被张聪聪拉到了班里最前面的位置坐下，瞬间满脸黑线——有这么个坑人的队友，一会儿能顺利遁走才怪。

讲座很快开始，大致是针对学校的旅游管理专业的学生，告诉他们在外遇到危险应该如何如何做。几名资深导游依次发表了自己的经验和见解，获得台下零星掌声。左右环视一圈，似乎所有女生的目光都牢牢盯在申寒身上。这也难怪，他穿着一身白色道服往一群中年男人堆里一坐，是那样耀眼，帅气逼人。

紧接着，林降龙手持演讲稿上台。他针对学校附近的治安情况做了报告，并提醒在校学生外出注意安全，随后提高了声调：“为了使同学们能更好地处理遇到的危险，我们特意请到了枫城有名的跆拳道教练，申教练来为我们做演示！”

掌声瞬间如雷爆发，身边张聪聪兴奋得几乎要把手拍肿，不停地叫好。

申寒帅气地走上台，声音沉稳动人：“首先，我们来模拟一种危险情况，例如独自外出时被歹徒从身后突然袭击，这种时候，我们的身体被歹徒禁锢动弹不得，第一时间一定要狠狠踩歹徒的脚，随后身体放松下沉，半蹲抽身，再用手肘狠狠击打歹徒的腹部，也就是这个地方……”

申寒一口气说了很多，一连讲了好多种遇到危险时的化解方法，又特地强调了几种女性遇险时的化解方法，获得掌声不断。

林降龙满意地点了点头，环视了一圈台下学生道：“申教练，不如我们找个女同学上台来亲自示范一下，好让大家更直观地了解您刚刚所说的动作。”

“可以。”申寒点头。

林璟瞬间心里便打起了鼓，努力将头埋得很低，但还是能清晰地听到林降龙的大嗓门：“就坐在第一排第三的那个女同学吧，看你刚刚听得很认真，想必教练说的动作也都记下了，请上来给其他同学示范一下。”

“阿璟，别装睡了，叫你呢。”张聪聪毫不留情地将她一掌拍醒。

林璟几乎泪流满面，却只能双腿打颤地起身走上讲台。她有密集恐惧症，更有讲台恐惧症，看着台下密密麻麻那么多人盯着她看，几乎站都站不稳。这还不是重点，重点是刚刚申寒讲的什么，她一个字都没听进去啊！

林降龙也太能坑自己亲女儿了吧！

直到站在申寒面前，如此近在咫尺的距离令她呼吸加速，申寒个子很高，她只能到他的胸口，一抬头便对上了那含笑鼓励的眼神。

如此近距离地看着那张放大版的帅脸，林璟使劲吞了口唾沫，接着听到林降龙幸灾乐祸的声音：“这位同学，麻烦转过去，扮演一个被歹徒从身后袭击的路人，然后按照申教练刚刚教的动作摆脱歹徒的控制。”

“啊？”林璟一头雾水。

林降龙伸手拉了她一把，使她正对台下正在观看的全体师生，在她还未反应过来之际，只觉得自己被一双有力的臂膀圈到了怀里。

“啊啊啊——”台下尖叫声不绝于耳，她甚至能看到第一排室友们近乎癫狂的表情，也能感受到在场女性嫉妒的目光。此刻，她大脑一片空白，唯一能想起来的，是现在把她从后面抱在怀里的人是申寒，是申寒啊！

这圈着她肩膀的结实胳膊，紧贴着她背部的发达胸腹肌，耳畔那不紧不慢的温热呼吸……无一不在刺激着林璟浑身所有的感官，一时间只觉得头晕目眩，天旋地转。

“这位同学，你可以开始挣脱了。”林降龙见林璟一副便秘的表情有些不快。

挣脱？怎么挣脱？不对……为什么要挣脱？她明明很享受这种感觉！她才不要挣脱！这是她从小到大除了林降龙第二个把她抱在怀里的男人，更何况这个男人还是如此优秀！

“林璟，先踩住我的脚，然后身体放松下沉从胳膊里钻出去，最后击打我的腹部……”申寒似乎看出了林璟的窘迫，贴在她耳边轻声提示道。

林璟被那一股温热的吐气刺激得稍微恢复了些神智，然而脑海却选择性地只听到了“身体放松下沉”这六个字，好，身体放松，下沉！

念叨着这六个字，林璟正巧腿一软，配合着身躯的放松，只觉得身子一沉，果然成功地从申寒牢笼般的臂弯里钻了出来。

但实际效果好像不太理想，因为“扑通”一声后，她……直接跪地上了。

整个操场瞬间鸦雀无声，几千双眼睛直直地盯着台上正在冲他们下跪的林璟。领导席也安静得异常，林璟没有回头，在心里暗自思量着此刻林降龙和申寒的脸色谁更难看。

“这位同学身体好像有点不舒服，就先下去休息吧……”申寒淡定地将跪着的林璟搀扶起来。

而此刻她的室友——张聪聪、沈静怡抓耳挠腮，似乎很不想认她这个室友。李栀咬了咬牙，将连帽衫的拉链拉到最高挡住半张脸，一鼓作气冲上讲台将林璟拽了下去。

秉着演戏演到底的原则，林璟直接回了宿舍，如同梦游一般倒在床上双目空洞地望着天花板发呆，刚刚发生了什么丢人的事来着？她完全不想记起。

不知道讲座是什么时候结束的，也不清楚申寒有没有再找学生示范，只是室友们回来时无一不是痛心疾首。

“丢人！林璟你还能不能有点出息了，被个男人一抱你还跪讲台上了。”张聪聪扒着床栏毫不留情地数落着。

“已经传开了，咱们宿舍有个花痴，看见帅哥就下跪的那种。”沈静怡叹了口气。

简直太过分了。

林璟翻身坐起，满脸都是委屈：“不至于吧，不是说了我不舒服吗？我还特意捂着肚子回来呢！”

“其实没必要。”李栀也走过来靠在床边，给林璟递了一包纸巾，“申教练说你不舒服指的是你一直流鼻血。”

林璟一愣，伸手抹了一把人中，鲜血果然染红了指尖。

好，她也算是学校里的红人了。

傍晚时分，林璟接到了申寒的电话，那端的语气并没有想象中的生气和责问，而是一派平和。

“你怎么样了，还好吗？”

“我没事……教练对不起，今天给你丢人了。”林璟弱弱道。

“没事，他们不知道我是你教练。”电话那端，申寒笑了笑。

双方沉默了一会儿，尴尬的气氛更显浓重，林璟不想颜面尽失，只好故作轻松地岔开话题：“那我走了后，你有找别人再示范一遍吗？”

“有。”

“噢……”想到在她走后申寒曾那样抱着另一个女孩，她心中莫名涌起一阵难受。

“林警官怕再发生什么不可控事件，亲自出马跟我搭档示范了一遍，他力气好大，打得我肚子现在还疼。”申寒无奈一叹。

“噗——”林璟想到申寒把林降龙抱在怀里做示范的样子不禁笑出了声，看来她错过了很精彩的场面啊。

“你好好休息吧。下周记得来上课，不出意外的话，下个月你就能去成人班了。”

林璟郑重地答应一声，此次通话圆满结束。

挂掉电话，她心情愉快了不少，只要他不嫌她丢人，就算被全校人嫌弃她也不怕。

HE IS
SO
/
SWEET

第五章 就不该当那个管理员

林璟原本以为只要出门戴上口罩，她在台上给全校同学下跪的事很快就能被人忘记，然而事与愿违，几乎就在隔天晚上，吃着炒饭刷手机的张聪聪突然就喷了一桌子米粒。

“阿璟！阿璟你上学校公众号了！”

林璟诧异地夺过手机一看，果然，一篇关于昨天安全讲座的新闻稿跃入眼帘，文笔细腻措辞优美，夸奖了校领导的英明决策、林警官的风趣幽默和申教练的高大英俊，最后，是一张少女穿着白衬衫牛仔裤一脸呆滞地跪在台上的照片。评论区有很多没有参加讲座的同学也纷纷被这一幕逗笑，十分想见见这位被男人一抱就流鼻血的少女本人。

“过分啊，我看看作者……于佳雪？行吧。”凑过来的李栀扫了一眼文字编辑，无奈一耸肩。

“于佳雪是谁？”林璟一脸蒙。

“咱们班的学委呀，现在是校宣传部的成员，开学第一天被陈昭抢了班长一职的那个女生，跟陈昭可是死对头。你作为陈昭这边的人，她肯定会针对你。”沈静怡道。

林璟更是不解：“我什么时候成了陈昭这边的人？”

“从你成为他班级群管理员的那一刻就是了，你没发现剩下的几个管理员都是他的室友吗？不仅是你，就连我们几个都被判为陈昭一伙的了，于佳雪那个群都没让咱们进。听说那个败家女心情好了就发红包，哼……”张聪聪看着微信里几毛钱的余额狠狠骂了一声，“谁给我转五块钱吃个饭？”

林璟无奈，她好好一个佛系少女，怎么就莫名其妙因为一个管理员被卷入班委之间的争斗去了，还被这么误伤，真是“惨无人道”！

“不过你也别慌，问题不大，陈昭在班里还是有点人气的，毕竟他爸爸开了个旅游公司，他宿舍那几个，听说也是来头不小，没人敢得罪……”李栀见她愁眉苦脸，拍着她的肩膀安慰。

倒在床上，林璟翻着公众号里自己那张被钉在耻辱柱上的照片，忍不住将台上每个人的脸放大——校领导仍然一本正经的严肃，林降龙背着手脸色阴沉，申寒的神情微微有些震惊，但眼中带着几分笑意，自己跪在地上，他的胳膊甚至还架在半空。即使是尴尬的姿势看着仍然很帅啊！

想到还要熬好几天才能见到申寒，林璟不禁发出一声长叹。

不知道从什么时候起，跟跆拳道班的孩子们在一起，跟申寒在一起，才是她真正快乐的时候。

课表上连续两天都没什么课，且因老师有事已经把课调到今天上了，于是有了两天空闲时间，林璟正考虑要不要回家一趟，便猝不及防地收到了来自彩钻贵族班长的消息，她已经想好了如何回绝他赠送的 QQ 秀和空间装扮，打开对话框时却愣了一下。

陈昭：明天后天我打算组织班里同学去附近的澈城旅游，熟悉下我们以后的工作，顺便同学们也能增进下感情，你觉得怎么样？

林璟：挺好的。

陈昭：那你们宿舍都会参加的吧！

林璟：不知道。

陈昭：啊，让她们一定要来啊，咱们可是一伙的。

谁跟你是一伙的啊！林璟现在看到这三个字就头疼，好不容易才将怒火压下去，平静地回复。

林璟：我问问吧。

陈昭：哇！你竟然多打了一个字，万分感谢哦！

林璟没再回复，头一歪看着室友们道：“班长组织明后天去澈城旅游，你们去吗？”

“去！为什么不去！我听说跟陈昭出门从来不用花钱的！”张聪

聪第一个举手表示赞同。

李栀若有所思道:“那他的室友也会去的吧,毕竟都是一个班的……”

沈静怡刚在脸上涂满一层厚厚的面膜泥，一时无法言语，但通过她疯狂的空中游泳姿势，林璟知道她也想去。

林璟给陈昭回了短信：都去。

陈昭回了一个“OK”的表情，并很快发来了行程表，详细到明天早晨几点在哪儿上车、牌号是多少、几点到景区、几点吃饭、几点玩耍、晚上在哪个渔栈住宿，安排得无比仔细，令人惊叹，林璟觉得他已经具备一个专业导游的各种技能了。

陈昭并没有将这个通告发在班级群里，班级群里静得可怕，上一条消息还是昨天安全讲座要求大家都去的通知。林璟疑惑，却没问，他将琐事都安排得这么详细，其他同学应该也都私下通知了吧。

因为只有两天的时间，还是去很近的澈城，林璟并没有带太多的东西，简单的双肩包，除一身换洗衣裳和洗漱用品外再无他物。纵观其他室友，各种护肤品防晒霜一应俱全，大包小包的零食塞满了整个背包，沈静怡甚至带上了她珍贵的比基尼泳衣。

“我们可能没时间游泳吧，时间太紧张了啊。”林璟好心提醒。

“不行。”沈静怡认真地拒绝了她的提醒，“就算只有十分钟，我也要穿着它下海，不带泳衣是对大海的不尊重！”

“好吧，你随意……”

第二天早晨六点，第一缕阳光刚刚照进窗子，404 宿舍众人已经兴致勃勃地起了床。林璟早早地洗漱完毕，翻看着陈昭整理的行程。他们这次要去的是澈城，距离枫城只有三个小时的车程，拥有清澈的海洋和湛蓝的天空，因为游乐设施尚未建设好，成了国内冷门的海边景点。等待室友收拾的过程中，林璟搜了搜澈城的图片，只觉得那碧海蓝天甚合口味。

半个小时后，四人来到北校门集合点。

此刻天色尚早，学生寥寥无几，一辆中巴车正停在路边，刚好跟车牌对上，而以陈昭为首的四个男生正站在中巴车旁冲她们挥手。

四人无比纳闷地走过去，林璟向周围看了看，怎么只有他们八个人？

“其他人呢？”

陈昭已经友好地拉开了车门，听到林璟的问话，微笑着摇了摇头：“没有其他人，只有我们。他们跟我又不是一伙的，不带他们玩！”

“？”

林璟瞬间石化在原地，怪不得只有她们宿舍接到了邀请，可这么玩一圈回来，跟陈昭小团伙不就“实锤”了吗，简直跳进黄河也洗不清了！

这个男生……简直卑鄙啊！

“哎，别耽误时间，赶紧上车！”

林璟尚在呆愣中，已经被三个室友连推带搡地拉上了车，车门关闭，引擎发动，为期两天的旅程正式开始。

车内位置很多，两个座并排，李栀和张聪聪率先抢占了司机师傅后面的座位，视野开阔，空间较大。沈静怡找了偏后面的位置，理由是一会儿太阳升起来不会被晒到。林璟默默地走过去刚要坐下，一人影却一闪而过跑到她前面，率先在沈静怡身边坐了下来。

那是一个穿着黑色休闲衬衫和运动裤的男孩子，黑色的头发微微有些自然卷，看上去十分清爽。他面带歉意地对着林璟一笑："你好，我叫白轩，我坐这个位置可以吗？"

林璟自然不会拒绝，同情地看了一眼几乎吓傻的沈静怡，她只有默默离开。

"林璟，过来这里坐！"陈昭热情地冲她招招手。

虽然不是很情愿，但伸手不打笑面人，林璟只能一脸木然地走过去坐下。

"你怎么好像很排斥我的样子？"陈昭眯起眼睛盯着林璟。

林璟身子坐得板直，神情严肃："没有。"

"没有吗？你都快坐到扶手上去了。"

林璟轻轻咳了两声，终于摆正了身位让臀部接触到了柔软的坐垫，只是这样离陈昭太近，随着车身的轻微颠簸经常碰到他的胳膊。

陈昭见林璟坐正十分满意，微微歪头靠近她道："你不用担心啦，那张照片我已经找人删掉了。要跟我作对，于佳雪还太嫩呢。"

林璟一愣，他竟然能一眼看穿她心里担忧什么。

听陈昭这么说，她微微放下心来，她相信他是有这个本事的。

"谢谢……"林璟终于缓和语气，冲陈昭露出一个友好的笑脸。

"应该的，我的人谁都不能欺负。"陈昭十分满意林璟的态度，随后神情有些忍俊不禁，“话说，你是怎么就跪到台上的啊，我们都吓了一跳呢。”

见林璟逐渐黑脸，他悻悻地压低了声音：“算了算了，不提这事了。”

林璟看着窗外飞快闪过的风景，脑海中回想着上课时陈昭拿笔戳她让她当管理员，又特意叫她们宿舍出来旅游，还要跟她坐一起，这一幕幕串起来怎么就那么巧合呢？

“班长，你好像很关照我。”沉默良久后，林璟率先开口打破尴尬。

“这都被你发现了啊……”陈昭语气无奈，不好意思地挠了挠头，活像个被戳穿心事的小男孩，随后眼神忽然变得狡黠，他装作漫不经心地靠近林璟，将声音压得很低：

“因——为——你——好——看。”

第六章 海浪，风铃，小提琴

HE IS SO / SWEET

林璟反应过来之后，脸微微发烫，似乎还没有人这么直白地夸过她好看，且不管陈昭是出于什么目的，冷不丁收到这样的夸奖，竟然让她有点窃喜的感觉，申寒会不会也觉得她好看呢？

即使陈昭声音压得很低，林璟还是警惕地四下看了看其他人在做什么。陈昭的两个坐一排的室友靠着背垫闭目养神，李栀和张聪聪一人一只耳机似乎被什么新综艺逗得乐不可支，而比较靠后的沈静怡已经靠着白轩的肩膀睡了过去。

林璟蓦然睁大了眼，她没看错吧，距离出发不过一个小时而已，他们两个竟然……

白轩察觉到了林璟诧异的目光，调皮地冲她眨了眨眼，似乎颇有暗示。

可怕，真是太可怕了……

车子在高速上行驶，陈昭似乎毫无睡意，而是饶有兴趣地看着窗外的绿树蓝天出神，似乎在想什么事，只留给林璟一个充满年少忧郁的悲伤侧脸。

真是个带着憨气的少年，是因为幼稚的缘故吗？林璟闭上眼睛也开始了休息。

“醒醒，我们到海边喽！”

清脆的声音将整车昏昏欲睡的人惊醒，林璟揉了揉眼，都不知道自己什么时候睡着的，只看到陈昭站在最前面，不知从哪儿摸出一副墨镜戴上，将司机用来消遣的报纸卷成话筒，一脸兴奋。

“各位旅客朋友大家好，我是本次旅行的导游陈昭，接下来，希望我们能够愉快地度过两天假期！兄弟姐妹们，冲！”说罢，他自己率先跳下了车。

其他人愣了一会儿，也起身下了车。

司机师傅打了个哈欠，已经放平了自己的座椅，将刚刚被陈昭卷成话筒的报纸铺平盖到了脸上。

等到所有人都下车，一时间鸦雀无声。这个季节并非旅游旺季，即使海景确实美丽壮阔，也鲜有人参观。硕大的太阳就挂在头顶，热辣的阳光炙烤着每个人裸露在外的肌肤，他们和烤肉几乎只差一撮孜然。

“啊——”

除林璟外，三个女生率先尖叫一声，哭喊着跑回车里。

“你出来没看天气预报的吗，这么热的天，会中暑的吧。”白轩指了指太阳，声音无力。

陈昭抹了把额头渗出的汗，神情略显尴尬：“啊，那咱们可以去不热的地方玩嘛，比如说海洋馆啊，饮品店啊……”

“班长！带我们去有空调的地方，求求了！”张聪聪扒着窗户一脸痛苦，其他人则在拼命往脸上、胳膊上抹防晒霜。

犹豫不决之际，陈昭看向了林璟。细密的汗珠顺着林璟的脸颊滑下脖颈，多了几分运动少女的味道。见陈昭看向自己，她只好开口：“我都可以，你安排就好。”

“唉！”另一个穿着黑色半袖的男生无奈一叹，“先去渔栈吧，也好换换衣服，一会儿再买条大裤衩，搞定。”

其他人包括司机师傅在内纷纷表示赞同，一行人再次上了车，浩浩荡荡地前往陈昭订好的渔栈。

这次倒是没让大家失望，整齐的白色小楼旁竖着“关家渔栈”的招牌，干净的小单间，通过房间的窗户可以看到远方的天海一色，步行十分钟左右就可以到海边，待在空调房里看着外面的大太阳，让人无论如何都提不起出门的想法。

李栀和张聪聪换下被汗浸湿的背心，疲惫不堪地往床上一倒。沈静怡则躲在角落偷摸摸摸地发着信息，嘴角都要咧到耳朵根去了。林璟将这一幕看在眼里，并不打算戳穿，这种事还是由当事人自己坦白比较好。

在渔栈一歇转眼就到了中午，热心的夫妻俩为几个大学生准备了满满一桌家常海鲜，大家吃得很是尽兴。然而，吃饱之后的行程成了问题。李栀和张聪聪要去附近的商场买沙滩裙、太阳帽方便拍照，沈静怡和白轩默契地表示自己有点中暑需要休息，陈昭的另外两个室友强烈表示想去游戏厅打电动。在陈昭开口之前，林璟率先决定去当地的旅行社找地接导游了解一下自己的专业。其他人自然对学习没什么兴趣，就连陈昭也只好悻悻地向游戏厅计划妥协。

林璟自然没那么热爱学习，但也不想留下来当沈静怡的电灯泡，在附近商店简单买了一顶帽子、一双人字拖后，她冒着热辣的太阳独自来到了海边。她对这片海始终很向往，因为它真的很漂亮，如果忽略太阳仔细地观察它，细白的砂砾，浅蓝色的海水，花纹繁复的精致小贝壳，巍峨的礁石和缓慢爬行的寄居蟹，都是很美好的事物。

以后如果真的成为导游，一定要带团来这个海边啊。

坐在沙滩上看着层层海浪，就像感受到了被冲走的时间，林璟拿出手机录了一段小视频原本想发给林降龙，划拉了一圈联系人列表却发给了申寒，顺便打了一行字：

喜欢海吗？

“呼……”按下发送键，她心里瞬间七上八下。也不知道他此刻在干吗，在带其他班的学生吗？这么热的天，也许他正躺在有空调的屋子里睡午觉，会吵醒他吗？

忐忑中，林璟放下手机，又开始对着眼前的海发呆。不一会儿，手机“叮”的一声响起，她连忙拿起来看，果然是申寒的回复，只有短短两个字：喜欢。

那一瞬间林璟觉得心里甜极了。她喜欢海，他也喜欢，他喜欢跆拳道，她也喜欢，他们的共同爱好算不算又多了一项？

怀着紧张激动的心情，林璟再次鼓起勇气打了一行字：下次带你一起来怎么样？

申寒这次却久久没有回复，林璟有些失落，心情略微低沉。就在这时，一阵婉转悠扬的小提琴声传来，轻松的旋律、明快的节奏，令人仿佛置身希腊神话所处的海洋世界。

她好奇地起身循着音乐声走去，在一块巨大的礁石后发现了一袭白裙长发飘飘正闭着眼睛拉小提琴的少女。对方看上去跟她年纪相仿，浑身却有一种说不出的出尘气质，跟城市里充满烟火气的年轻人截然不同。

林璟沉迷于这样的意境中，坐在不远处细细聆听。那白裙少女也发现了她，在弹奏完一首曲子后，将小提琴从肩膀上放下，冲她一笑：“那里很热的，过来这里坐啊！”

一番交谈后，林璟得知对方叫关梓妤，正是他们所住的关家渔栈夫妻的女儿，自小便在澈城长大。渔村少女终日与海洋相伴，出落得清纯通透，加上对音乐格外喜爱，便找了城里的老师学了小提琴，那一袭白裙不知道让多少偶然经过的游客魂牵梦萦。

在得知林璟跟同学来游玩后，关梓妤也表现得十分热情，拉着她的手十分好奇："那么，你的同学们呢？"

"他们……不知道，可能去海洋馆了，或者去旅行社学点东西。"林璟面带微笑道。事实是，此刻有一对情侣正在卿卿我我，两个女学生在商场大肆采购，三个男学生在游戏厅大呼小叫，要她在关梓妤这样美好的女孩子面前说出真相，她做不到。

"哦，你们以后会是导游吗？那我们还会再见面的吧？"关梓妤抱着小提琴，笑得明媚动人。

林璟点头："一定会的。"

关梓妤看着远方的海平面，神情突然有些忧郁："这里的风景很美，有时候我自私地不想它被开发商、游客发现，希望它只属于我。但如果旅游发展不起来，附近的几个渔村都很穷，家里的小孩甚至上不起学，村里水性很好的渔民伯伯都迫于生计跑去大城市打工了……"

关梓妤的声音有些哽咽，林璟心里也很不是滋味，这个问题太过现实，她无力干涉，也无力改变，能说出口的，只有薄弱的安慰。

"我回去后，会跟同学们好好宣传一下这里的。"

"真的吗？"关梓妤抹了下眼睛，恢复了笑脸，"谢谢你，林璟。"

天色不早，林璟的海边独行之旅算是有些收获，认识了拉小提琴的白裙仙女关梓妤，还了解了澈城渔村的一些情况。在返回渔栈的路上，她思考着关梓妤的话，突然觉得一个好的导游是可以成为拯救一个地方的大英雄的。

手机响起，原本以为是陈昭或者张聪聪问她去了哪儿，申寒的名字却映入眼帘，他回了两个字：好啊。

林璟一愣，这才想起自己刚刚给他发了些什么。他回得晚，却不迟，无论再等多久，只要看到这两个字，就像刚刚的小提琴独奏一样，都能在她心里平静的海面上掀起层层波澜。

第七章 逢场作戏 难为真

HE IS SO / SWEET

林璟真的高估了这次出游的品质，也高估了“陈导游”的实力，一直到晚饭时间，陈昭几个人才骂骂咧咧地归来，大致内容是一下午都遇到神坑没能升段之类。为了表示歉意，刚好天气变得凉快，陈昭请大家去门口的大排档吃海鲜。

大家一边欣赏着海景，一边就着啤酒大快朵颐。林璟默默啃着毛豆，对自己下午的行程只字不提。大家似乎都默认了沈静怡和白轩突飞猛进的关系，竟然默契地无人提起，只是张聪聪偶尔会甩过去一个调侃的眼神。

一天下来也十分劳累，吃完了饭，众人便早早上床歇息。第二天早上，四个男生的房门无论如何都敲不开，只能听到屋里鼾声此起彼伏。

“他们能不能靠点谱啊，真是的。”李栀叹气不断。她们昨天刚买了花里胡哨的沙滩裙准备拍照片呢，一会儿太阳升起来恐怕带的防晒霜都不够用了。

“走吧，我知道一处漂亮的沙滩。”林璟自觉肩负起了副导游的责任，带领三人去了昨天偶遇关梓妤的那处沙滩。

关梓妤并不在，但那片海仍然漂亮，没有了烈日的渲染，远远看去真的是海天一色。海浪层层温柔地拂过脚面，礁石被冲刷得干净光滑，李栀等人早已摆好了各种姿势开始自拍，这样温柔的天气简直不需要任何滤镜都能拍出很美的照片。

“林璟，过来合影！”张聪聪举着自拍杆热情地招呼。

几个女生尽兴地玩了一上午，还去附近的礼品店买了特色的贝壳手链。林璟多买了一条精致的陶瓷鲸鱼钥匙扣，没被任何人发现。

回渔栈时已经将近十一点，刚踏进门恰好撞见陈昭等人睡眼惺忪地捧着牙刷杯肩上搭着毛巾摇摇晃晃地从屋里出来。

“你们不会刚睡醒吧？”沈静怡不可置信地睁大了眼。

陈昭看着林璟尴尬一笑：“不好意思，昨天好像喝太多了。这样吧，咱们下午再去玩……”

想到昨天下午的炎热天气，几个女生将头摇成了拨浪鼓。

跟着这么一群团友，好好的愉悦身心的旅行愣是变成了体力活，如果有的选择，林璟会选择跟孩子们一起练跆拳道。一想到跆拳道，马上就又到了训练的日子呢！

在众人的要求下，下午中巴车便踏上了返程。

傍晚时分众人回到学校，很不凑巧，刚刚赶上选修课下课点，跟出来买奶茶的于佳雪一伙人撞个正着。正准备下车的林璟有点尴尬，站在车门旁的陈昭却忽然冲她伸出一只手。

“下车。”

林璟一怔，并没有配合陈昭，而是一咬牙自己跳了下来，双脚落地的瞬间酸麻感充斥全身，险些又跪到地上。

“逢场作戏嘛，何必呢。”陈昭悻悻收回了手，看着林璟无奈一叹。

逢场作戏啊……也是，既然心里已经默认了跟他是一伙的，配合着演个戏又能怎样，她在害怕什么呢？

直到走在回宿舍的路上，林璟捧着李栀给买的奶茶仍然想不明白，她突然觉得陈昭其实是深不可测的，并不只是她表面看到的天真和幼稚，藏在其后的城府恐怕她无法企及。

公众号的照片被撤下，大家似乎也都预感到什么，没人再敢找林璟的麻烦，也没人再就下跪一事嘲笑林璟。陈昭跟于佳雪也没有爆发任何明显冲突，一天的课平安上完，林璟已经迫不及待要开始明日的训练了。

次日，林璟如同一匹脱了缰的小马直奔尚武跆拳道馆而去。因为去得太早，申寒还没下课，这个班大多是十五六岁的孩子，各个神情严肃，即使被申寒厉声呵斥也是咬紧牙关一遍遍地修正自己的动作。

这才是青春啊！林璟穿着道服站在门口感慨。申寒看到她也仅仅笑了一下，转过身后又是一个铁血教练的形象。

“今天的课就到这里，散！”

“教练，今天怎么提前了五分钟啊？”

“看你们太累了不行吗？”

林璟靠在门边听着这样的对话心里竟然有一丝甜蜜。

等到教室里的学员走光，她才蹦蹦跳跳地跑进去，宛如一只欢快的小鹿。

申寒见她心情这么好都被逗笑：“来上课这么高兴啊？”

林璟放下包，边脱鞋边傻笑：“来上课也高兴，见到教练更高兴。”说着从包里掏出一个陶瓷鲸鱼钥匙链递了过去，“教练，这个送给你，我在海边玩的时候买的，觉得很好看。”

申寒接过仔细看了看，顺手摸出一串钥匙把它挂在了上面：“谢谢了。不过就算贿赂我，一会儿训练时也不会对你留情的哦。”

“嗯！”

不一会儿，小学员们三三两两地来齐，训练开始。

林璟已经不似当初那般被小孩们排斥，反而很受欢迎，一想到下周就要离开他们去成人班，她还有点不舍。

中间休息，大家照例做游戏，申寒难得没有动，只是含笑看着林璟带孩子们跑来跑去玩游戏，几个小学员上前拉他一起来，无奈怎么拽都拽不动，倒是他袖子下露出的一块瘀青让林璟再也无法专注于游戏。她终于沉不住气，借故休息跑到申寒旁边坐下，佯装漫不经心地开口：“胳膊上的伤……是怎么弄的啊？”

申寒微微回头，挑眉看着她道：“眼神这么好？没什么事，不小心磕到了。”

可那块瘀青，无论怎么看都不像是磕的啊，倒像是经历过一番激烈打斗。不过凭申寒的身手，又有谁能伤他？

申寒仿佛看出了她的担心，放缓了语气：“我说没事就是没事。你难道对我不放心吗，我可是尚武的首席教练啊。”

话虽是如此，但这好像根本就是两码事，他受伤和他是谁，有什么关系呢？

带着忐忑，下半节课心不在焉地上完，等到小学员们走光，她被申寒拦了下来。

“你下周就要去成人班了，我先带你去新教室熟悉熟悉，不要走错，不要迟到。”

“嗯。”

成人班在五楼，林璟跟着大长腿的申寒一步两三个台阶，很快气喘吁吁地站到了教室门口，门被推开的一刹那，林璟便打了个冷战。

真是……好重的江湖气息。

成人班的训练室比儿童班大了两倍不止，被踢破的靶子散落在地上随处可见，搏击手套和护膝凌乱地散在窗台上，角落还放着一个打开的急救箱，里面的纱布已经用了大半，可见训练的残酷。只是站在这里，似乎就已经听到热血青年出拳时那声振奋的嘶吼。她在这里，真的没问题吗？也许林降龙并不是故意报错，而是知道她不适合成人班，故意给她报的儿童班呢。

“害怕的话可以继续留在儿童班。”申寒拍了拍她的肩膀。

他手心的温度透过道服，提醒着她做好准备。

可能确实儿童班更适合她，但是……

“你……会带成人班吗？”林璟的声音细若蚊蚋。

“再过两周去韩国进修的姜教练回来，我就回来带成人班。”申寒思索道，“不过在此之前，你要扛住王教练的魔鬼训练啊，他可是很严厉的。”

只是两节课而已，她一定可以的。

林璟默默地给自己打着气，感受着这里的气氛，一遍遍地深呼吸，丝毫没有注意到申寒投射过来的温柔目光。

回到宿舍后发现室友正围在一处谈论着什么，林璟好奇地凑过去，却看到她们正在看陈昭的空间，最新的一条动态正是他们一行人出去玩的照片，甚至她靠窗户上睡着了还被他偷偷合影了几张，幸亏拍得不算太难看。

“这下子全班都知道我们一块出去玩了啊，咱们跟班长团伙，锁了！”张聪聪一拍桌子道。

“那必须锁了啊，老三都被拐跑了。赶紧公开，别光让我们几个吃狗粮！”李栀搭着沈静怡的肩膀催促道。

“你们看下边的评论啊，都在打听阿璟。阿璟学跆拳道果然是正确的选择，谁敢对那么清纯动人的阿璟图谋不轨，就一拳打掉他下巴！”沈静怡做了个出拳的姿势，不小心打到床沿，瞬间痛得嗷嗷直叫。

“不对，儿童够不到成年人下巴，可以跳起来打掉下巴，哈哈哈！”

果然，又开始调侃她报儿童班的梗。林璟咳嗽了两声，在吸引了三人的目光后昂首挺胸道：“我下周就要去成人班了，不用跳起来也能打到人的下巴！不信试试。”

“唔……”那三人看着她瘦小的身板，不约而同地摇起了头，“我们怎么感觉你会被虐得很惨呢？”

HE IS SO / SWEET

第八章 进击，成人班！

又是阳光明媚的一天，暖风微醺，天高云阔。

这样的天气一般都是要上课的，看着排得满满当当的课表，404 宿舍的众人唉声叹气，不过大家早有准备，李栀去图书馆借好了课外书，沈静怡打算跟白轩一人一只耳机一起听情歌，张聪聪缓存了最新一集的综艺，而林璟，老老实实地准备了下节课的课本和笔记。

《旅游资源与开发》……翻着几乎崭新的课本，看着硕大的红字标题，她不由得又想到了澈城那抹飘逸的白裙。澈城就是很好的旅游资源啊，但因为附近暗礁太多不利于开发。

那样美的地方，其实不开发也好，她还要带申寒去呢。

课上斯文的中年男老师面无表情地播放着PPT，照着课本上的文字麻木地念着，台下同学们享受着窗外吹进的自然风昏昏欲睡。这节课教室的位置很好，在教学楼的最顶层，坐在窗户边颇有一种居高临下的感觉，林璟喜欢坐在这里，因为在这里可以看到枫城一隅的风景，还能看到尚武跆拳道馆的一小半招牌。想到申寒胳膊上的伤，她又不禁有些担心。

“林璟，你不玩手机，不看小说，也不睡觉，坐在这么好的位置，不觉得暴殄天物吗？”陈昭沉闷的声音自身后传来。

林璟眉头一皱，这家伙怎么又坐自己后边了。

“下节课你坐这里。”林璟自觉地向班长谦卑地低头。

“不了，我就喜欢坐你后头看着你。”陈昭偷笑了两声。

林璟瞬间浑身不自在，如芒在背。

“林璟，听说你在练跆拳道啊，辛不辛苦？”见林璟不再说话，百般无聊的陈昭再次打开话题。

“不辛苦。”

“开玩笑，练那个哪有不辛苦的。与其这么累，还不如直接找个男朋友保护你。”陈昭道。

“男朋友”这个词对林璟来说一向很陌生，但现在听到，竟然让她觉得离她很近，找个男朋友，就像申寒那样的男朋友吗？

想到申寒，林璟只觉得脸有些发烫，心跳也不由自主地加快了，看着尚武跆拳道馆的方向，似乎又听到了熟悉的吼声。

第二节课林璟果然没再坐窗户的位置，而是以上厕所为名故意进教室很晚，最终坐在正中间第三排的绝佳位置。好在这节选修课的大部分时间都是由老师播放一些国家地理的宣传片，让大家学习如何表达风景的优美和抒发心中的情感，为以后撰写导游词做准备。

这些风景都很美，如果能带申寒去看的话。

一周的课很难挨，除了上课，林璟几乎没有别的娱乐活动，即使背着英语单词也会顺便将腿放在栏杆上压一压，努力让自己的基本功更扎实一点，好应付传说中严厉的王教练。

周末，当她来到尚武跆拳道馆的时候原本想跟申寒打个招呼，然而他似乎在跟家长交涉什么，等了十分钟后她放弃了，直接上了五楼。成人班内有二十多名学员，此刻正在进行热身活动，王教练一米七左右，身材魁梧，一张国字脸不苟言笑，正坐在地板上翻看着学员名册。

“王教练，您好，我叫林璟，是申教练让过来继续训练的。”林璟站在他面前低声道。

“哦。”王教练应付了一声，指了指那边的单杠，“还有十分钟才上课，过去压腿吧。”

林璟应了一声，忐忑地走到栏杆边将腿抬起放了上去。

周围的师姐们似乎完全没有发现林璟的存在，在一旁笑着闹着踢靶子玩，一声一声的脆响听得林璟脚面一阵发紧，明明都是年纪相仿的女孩子，林璟却在她们身上看到了自己从小就羡慕的英气和刚毅，有一天她也会变成她们这样的吧。

“集合！”王教练放下名册，站到了最前方的国旗下，等学员们站好后才将右手攥拳放到胸口，“跆拳道精神！”

“礼仪，廉耻，忍耐，克己，百折不屈！”

整齐划一，震耳欲聋的吼声。

林璟站在最后一排，完全被这样的气势所震撼，心中一阵澎湃。

“今天给大家介绍一位新师妹，从儿童班转过来的林璟，以后跟大家一起训练！”王教练面无表情道。

“噗——”

林璟好像已经听到无数憋笑的声音，但还是故作镇静地走到最前面朝大家深深鞠了一躬：“请多多指教！”

抬头环视一圈师兄师姐，似乎男的占多数，女的只有五六位。师姐们普遍个子很高，眉宇之间尽显英气，看向林璟的眼神也充满友好和善意。

“好，你以后站第一排，训练就跟李蝉一组吧。”王教练摆了摆手，将一位个子很高梳着马尾的女孩子叫到了前边，“李蝉，过来，以后好好关照她。”

“是！”

“师姐，一定要对新来的师妹温柔点啊，可不要把她吓跑了。”后方传来一声方位莫辨的调侃。

大家笑了笑，气氛缓和了不少。

正课很快开始，王教练教的是更高级的具有些杀伤力的动作，并且掺杂着实战演习，例如侧踢、手刀诸类动作。稍有人做得不对便会遭到大声呵斥，大概因为林璟是新人的缘故，王教练来来回回几次从她身边走过，却没有训斥她，只是用眼神狠狠地瞪了她几下而已。

成人班还好，还好……林璟这么安慰自己，然而接下来的实战训练才让她对成人班有了更深层次的领悟。名叫李蝉的师姐丝毫没有脚下留情，即使拿着靶，林璟的手都被震得发麻，咬紧牙关死扛着师姐的连踢带踹。

“呼，换你。”李蝉接过靶子捋了下头发，微微躬身示意林璟进攻。

林璟深呼吸后照着刚刚李蝉的动作也是一通连踢带劈，李蝉却皱着眉头身形纹丝不动。

“你……没吃饭吗？动作也不标准，劈手刀的时候五指一定要并拢不能留缝隙，劈的动作要快，肩膀带动手肘发力，再来……”

林璟终于体会到了师姐的“亲切”关照，一个最基础的手刀动作愣是让她重复劈了百八十遍，小指一侧的手掌已经磨得通红，林璟毫不怀疑那靶子上已经沾了自己的一层皮，然而越是卖力，体力越是不支，劈得一次不如一次。幸亏教练及时喊暂停，让大家进入了中场休息阶段，林璟双脚一软瘫坐在墙边，几乎一点力气都没有，就连瓶盖都是李蝉帮忙拧开的。

“你真是一点基础都没有啊，怎么就想到来成人班呢？”李蝉在她身边坐下。

林璟连忙换了只手喝水，藏起了那只被磨破皮的手，她不想在师姐面前丢人。

“儿童班的内容太简单了嘛……真正要学点东西还是要来这里，对吧师姐。”林璟尴尬地笑笑。

“嗯，这倒是。”李蝉赞扬地点点头。

“师姐你练了很久了吗，好厉害。”

李蝉指了指自己红色的腰带，神情满是自豪：“我从高二开始练，现在已经将近五年了。”

林璟看着李蝉红色的腰带，眼中光芒盛放，正要再说些什么，只见前边的王教练似乎被某个染着棕头发的男学员触怒，一气之下一个绊腿直接将对方摔到了地上，惹得起哄声一片。

“不想练就滚出去啊，这里是混日子的地方吗，臭小子！”

林璟身形颤了颤：“王教练好严厉。”

“严厉吗？”李蝉皱了皱眉头，似乎对这个场面已经见怪不怪了，“还好吧，申教练现在在带儿童班，你应该跟他有过交道才对啊。”

冷不丁地听到申寒的名字，林璟一愣：“申教练……他怎么了？”

“他才是尚武最严格的教练啊，跟他比起来，王教练简直像绵羊一样温顺了。”想到申寒，就连李蝉都忍不住严肃起来，挽起裤腿给林璟看那一片紫青伤疤，“我像你这么大的时候一个侧踢无论如何都不过关，申教练放学把我单独留下，让我踢了将近五百次靶，我就边哭边踢，回家后觉得腿疼得不行，去医院一查医生说有些骨伤，我没敢跟家里说，只说是自己不小心摔倒了。”

林璟听李蝉讲述这段往事不由得张大嘴，这还是那个对孩子们温柔耐心的申寒吗？这样的冷血教练，简直是魔鬼吧。

没有注意到林璟的表情，李蝉反而打开了话匣子般继续说：“不过那次以后，我似乎渡过了一个劫，不仅是在跆拳道上面的进步，每次遇到生活中的困难和挫折，都觉得更有勇气去面对了……申教练也不只是严厉，他也很有担当，有一次龙威那边来闹事，他都不让我们出手，自己一个人就解决了对面的五六个人，只是……”

林璟还指望着李蝉继续说下去，然而王教练已经一拍手喊了句“上课”，所有人立马起立跑到自己的位置上站好，不敢有丝毫耽误。

“小师妹，你来得很凑巧，我们这个班每月月初都会聚餐呢。晚上你一定要来啊，跟大家好好熟悉熟悉。”李蝉站在她身后低声道。

“嗯！”林璟心中一阵澎湃。她一定会去的，为了那没讲完的故事也一定要去。

第九章 特殊待遇

HE IS SO / SWEET

因为很期待晚上的聚餐，后半节课对林璟来说也没那么漫长煎熬了，尤其在快下课时，竟然意外地在门口发现了申寒的身影。他已经换上了平时的便装，休闲又略带中式元素的棉麻衬衫，宽松的运动裤，此刻双手抱臂站在门口，嘴角微微扬起。林璟不知道他在看自己，还是在看其他学员。

“申教练！申教练！”

大家纷纷跟他打起招呼。

他含笑一一回应。

王教练头也不抬：“今天怎么有空过来这里？”

申寒伸了个懒腰，一个猛烈的回旋踢将挂在半空的鸡腿靶踢飞：“这不是到了聚餐的日子嘛，正好我也有点饿了，过来蹭顿饭没意见吧？”

自然没人有意见，只是林璟看到申寒心中一阵激动。第一堂课结束，她便跟严厉的李蝉师姐有了不错的关系。李蝉为人大大咧咧，却待人真诚友善，是一个不错的前辈，环视一圈训练室，李蝉貌似是除了教练外唯一的红带，不对，还有一个，是那个被王教练粗暴摔倒的棕头发男孩。

此刻李蝉正指导着其他人动作，林璟便默默地收拾起自己的东西。

“感觉怎么样？”申寒来到她身边问道。

听到申寒的声音，林璟有点受宠若惊，她不自然地捋了捋头发，强装镇定道：“挺好的，大家人都很好，很关照我。”

然而下一刻，她便被申寒抓住了那只捋头发的手，他皱着眉看了一会儿她手侧的磨伤：“过来。”

林璟被申寒拽到训练室角落的医疗箱旁，他熟练地从箱子里拿出纯净水、碘酒、棉签、创可贴等物品，半蹲在地上开始为林璟清理伤口，捏着棉签的手指轻柔仔细，生怕弄疼了她。

面对近在咫尺且动作亲密的申寒，林璟恨不得此刻自己脑门上能架个微型摄像机把这美好的一幕永远记录下来。当然，这一幕已经以第三视角被在场的所有人看到，师兄们唉声叹气，师姐们有的不甘，有的嫉妒，还有的装作视而不见。

“好特殊的待遇，能让申教练亲自处理伤口。”王教练语带玩笑。

“她是新人。”申寒笑着回应，并没有因此停止手上的包扎动作。

包扎完毕，林璟那只被申寒握了很久的手似乎麻木一般毫无知觉，也许是被他的温柔麻痹了吧。

“谢谢教练。”良久后，林璟才艰难开口。

申寒没说什么，直接起身看向其他人：“还是老地方吗，那我先过去了，你们尽快。”

聚餐的地点是在林璟第一次和室友吃饭的美食游乐城，而烧烤似乎是这里的主流食物，二十余人直接承包了两张大圆桌，这一次，林璟格外有安全感。

师兄们个个身材高大，无论穿着背心还是半袖，都掩不住那结实的肌肉和腰背流畅的曲线。几个师姐更是满脸写着不好惹，头发一散眼影一抹，无意一瞥都能将不远处的几个太妹吓得浑身一颤。

申寒坐在另一桌，正聚精会神地跟王教练商量着什么事。菜还没上，啤酒已开了一箱，林璟不喝酒，李蝉便单独给她要了橙汁。

“师姐……然后呢？”林璟拽了拽李蝉的袖子，一双眼睛亮晶晶的。

李蝉一愣：“什么然后？”

“申教练自己解决掉龙威的五六个人，然后呢……”

李蝉一拍脑门，这才想起来自己那没讲完的故事，当下精神一振：“好吧，那我就好好跟你讲讲咱们尚武的光荣历史。”

恰巧这时菜也陆陆续续端了上来，有酒有肉，林璟瞬间便被李蝉拽进了那个多彩的江湖之中。

原来尚武跆拳道馆在枫城是有死对头的，城北的龙威跆拳道馆，只比尚武晚开了两年。那时候申寒作为尚武的优秀学员代表去参加跆拳道比赛，刚好龙威也派了人去参加，原本申寒的实力是在他们之上的，但他们私下买通了裁判，对方好几个不合格的动作都被视而不见，最终以不符合跆拳道精神的乱拳重创了申寒，他们不以为耻反以为荣，拿那次比赛的胜利嘲笑了申寒和尚武很多年，往后更是挑衅不断，笼络学员和教练的事情时有发生，且百般诋毁尚武的名声，申寒为人正直，不屑用那些下三烂的手段回击，对他们的挑衅一再无视，他们却仍然不肯停手。

简直欺人太甚！林璟听李蝉说完简直气愤得不行，再看向另一桌的申寒和正欢声笑语的师兄们，忽然体会到了他们的坚守是多么不容易，无论承受怎样的压力和诋毁，始终对尚武不离不弃。

申寒察觉到她的目光，朝她微微一笑举起酒杯。

林璟脸一红，连忙将头转了过来。

“申教练，是真的很不容易啊……自己一个人坚守着尚武，也不知道是图什么。”李蝉举起杯子一饮而尽，拿过几个串开始大快朵颐。

“一个人……申教练，还是单身吗？”林璟咬着木棍试探性地问。

“是啊，他这么优秀，如果有了女朋友，只会成为累赘的吧。”李蝉耸了耸肩，将一串烤得焦香的肉串送进嘴里吃得津津有味。

林璟却忽然对这一桌子美食都没了兴趣，只是呆呆地咬着木棍。会成为累赘吗？

“师妹，听说你在这附近的大学读书，学的什么啊？”清脆的男声冷不丁从身后响起，将林璟吓了一跳。她回头一看，正是课上被王教练暴捽的棕发男孩。

“我学旅游管理专业，也就是导游专业。”林璟连忙起身礼貌地回答。

“噢噢，导游啊，真不错！以后要带我们出去玩啊。”棕发男孩笑眯眯道。

“嗯，一定。”林璟重重点头。

因为李蝉的一番话，这顿饭林璟吃得索然无味，不知不觉，天色渐晚。惦记着宿管阿姨的锁门时间，林璟几次看表后终于按捺不住悄悄起身，另一桌申寒跟几个师兄玩得正高兴，这一桌也是谈笑风生，大家有打有闹，热烈气氛丝毫不减，看得出他们关系真的很好。

“师姐，我要回去了，再晚宿舍楼要关门了。”林璟悄悄对李蝉说。

李蝉几杯扎啤下肚，脸上已一片红晕，神志也有些不清，似乎根本没听到林璟说了什么，只是含糊地摆摆手：“去吧，厕所在那边。”

林璟无奈，悄然退场。

为赶时间，短暂犹豫后，她还是选择了那条危险的小路。深呼吸后，她便走进了一片黑暗中，奈何没走几步，便听到了来自身后带着关切的严厉训斥。

“我不是让你别走这条路了吗？不听话，嗯？”申寒是真的有些生气，音调都大了几分，在荒寂的夜里十分清晰，林璟双腿瞬间软了一下。

“不是，我没有……我就是担心宿舍楼锁了回不去……”林璟连忙回头慌张解释了一通，正对上申寒因为喝了酒而泛红的脸颊。黑夜中，他的一双眼睛也十分明亮，就像夜晚出来觅食的野兽。

他下颌微微抬起，安静地看着林璟，似乎在等她继续说下去。

面对这样的申寒，林璟自然说不出话来，生怕不小心说错一个字就会变成他的猎物。林降龙从小就教育她喝醉酒的人很危险，看到一定要离远些，可眼前这个人，让她有一种主动贴上去的想法……危险，简直危险至极！

“回不去就不回去了。”申寒揉了揉太阳穴咕哝了一句，随后大步一跨瞬间迈到了林璟前边，“走吧，我送你回去，注意脚下别摔倒。”

有申寒在前边引路，林璟心中大为安定，满心欢喜地跟了上去，直至校门口，二人都没再说一句话。

“谢谢。”保安亭外，林璟低声向申寒道谢。

申寒洒脱地挥了挥手，头也不回地原路折返。

直到目送他的背影消失，林璟似乎还能闻到空气中那股他的味道。

第十章 应敌之道

HE IS SO / SWEET

林璟在宿舍床板下挂了一个悬浮皮靶，晚上会戴上耳机边听英语听力边比画两下。她也没想到自己有一天能对跆拳道这么感兴趣，如果林降龙看到这一幕一定很欣慰。

沈静怡正和白轩视频聊得火热，张聪聪、李栀开黑打《英雄联盟》被坑得哇哇直叫，林璟偶尔回头一瞥，大多时候看到的是她俩屏幕黑白，以及基地正在被敌人狂拆的画面。

等待复活期间，张聪聪一般会拿起手机刷两下，正巧一局游戏结束，她眉头紧皱地开了口：“不对劲，陈昭不对劲。”

李栀把鼠标一摔，瞬间爆发：“不对劲你个鬼！最后那么关键的一波团你留着大招过年啊？”

张聪聪无视李栀，继续自言自语：“你们没发现吗，陈昭和班里的生活委员田佳越来越暧昧了，他们还开通了情侣空间，互动也好频繁啊。”

“田佳？好像班费都是她管，班级活动也是她负责的……她不是于佳雪的室友吗？”李栀眉头一皱，觉得事情并不简单。

林璟的耳机忽然被扯下，李栀将手机举到她面前一脸凝重：“他带咱们出去玩，还对你那么亲近，我还以为他是对你有意思的。”

林璟没说什么，只是默默地把耳机重新戴上，继续对着皮靶练起了手刀，陈昭对谁有意思跟她可没什么关系。

次日中午食堂吃饭，404 宿舍众人果然看到了陈昭和田佳坐在一桌的身影。留着短发的田佳干净利落，一看就知是为人精明能打会算，怪不得导员会让她当生活委员。陈昭的目的也很明确，因为班干部是一年重选一次的，第一年大家都是新生均是导员任命，可到了明年就是班里投票选举了，现在笼络的人越多，对他越有好处。只是林璟不明白，一个职位而已，为什么在某些人眼里那么重要。

而于佳雪就坐在不远处，显然也看到了这一幕，虽然强装镇定地吃着饭，但通过她的神情不难看出她们宿舍之间已经有了很深的矛盾。

“于佳雪那面相，不好，凶巴巴的。”张聪聪叼着勺子，开始了自己的玄学分析。

陈昭仍然笑眯眯的，被无数道视线盯着也没有丝毫不自在，坦然自若地跟田佳谈笑风生，只是看到林璟时，笑容顿了顿，片刻后又恢复了正常。

林璟对这些事根本就一点都不关心，她只想努力学好课程早点拿到导游证。开学几个月下来，她发现自己原本畏惧的一切似乎都没那么糟糕，尤其是遇到申寒之后。

连着一周，陈昭和田佳之间还是下课一块散散步，偶尔一块吃顿饭，即使林璟不想听这些，也耐不住八卦的室友每天翻着手机在狭小的宿舍里交流自己所发现的蛛丝马迹，她们不解的同时也为林璟感到悲伤，似乎她放走了嘴边烤熟的鸭子一般。

转眼又到了跆拳道课的时间，令人惊喜的是那位去韩国进修的姜教练提前回来了，申寒便不用再待在儿童班。被调回成人班的那天，失去了申教练的孩子们万般不舍，躺地板上气得打滚，甚至认为是林璟拐走了申教练，林璟简直哭笑不得。

因为聚过一次餐，林璟跟大家也逐渐熟络，不再如第一节课那般拘泥，也渐渐了解了大家的职业。他们的年纪普遍比林璟要大，学习跆拳道的年头也比她要长，他们有的是工程师，有的是程序员，有的是公司白领，有的是教师，各行各业无所不涉及，对年纪偏小初入社会的林璟格外关照。

申寒的归来受到了大家的热烈欢迎，王教练也得以轮换休息。看着站在最前面一脸严肃的申寒，林璟心中一阵窃喜，以为自己在成人班的日子能轻松些，然而很快她就认识到自己的天真，并深深体会到了李蝉师姐那日所说的话。无论男女，无论是新来的她还是其他老学员，申寒一视同仁，看到不标准的动作便大声怒吼训斥，就像听到森林中捕猎的雄狮咆哮，林璟娇弱的小身板总会被吓得一颤。

果然一个人温柔起来有多温柔，严厉起来就有多严厉啊。

申寒的课是没有中场休息的，即使大家已经累得气喘吁吁没有任何力气，还是在他的厉声催促下咬牙站直开始下一轮训练。林璟自然更是吃不消，但也抹了把汗强撑着站了起来，她不能让申寒看不起。

“接下来，踢靶训练，两人一组。”申寒冷声命令。

所有学员自觉地拿了靶子开始找同伴训练，申寒接过李蝉手里的靶子站到了林璟面前，示意她开始练习，稍微柔和的目光总算给了林璟些勇气，她一咬牙一个侧踢，脚面接触靶面瞬间火辣辣作痛，然而只发出了很小的声音，并不像周围宛如气球接二连三爆炸般的啪啪声。

“再来。”看林璟踢成这样，申寒脸色一冷。

林璟颤了颤，咬牙又是抬腿一脚，这一脚踢得还不如上一脚，似乎只是擦到了靶面。

“再来。”

一次又一次，林璟只觉得自己的腿似乎已经麻木，脚也不是自己的了，只是一个没有触觉的击打工具。然而在申寒冷酷的命令下，她依旧在坚持。

直到腿酸痛得再也抬不起来，申寒终于将靶子递到了她面前：“拿住，我再给你示范一次，不要把它当成靶子，要把它当成敌人。”

林璟勉强站定，双手紧紧握着靶，目不转睛地看着申寒的动作。

他先是向后撤了两步，随后一个快速的旋风踢，林璟甚至都没看清他腿抬起的动作，只觉得眼前一抹白色一闪，吓得她连忙闭上了眼，紧接着一声震耳欲聋的响，手中的靶子竟直接脱落，飞出去落到了好几米远的地方。

训练室内鸦雀无声，所有人都停下了训练看着这一幕。要是往常，申寒一定会勃然大怒，然而这一次他却格外平静，声音也平淡得没有夹杂任何情绪："面对敌人的攻击，不要闭上眼睛。"

林璟感受着自己发麻的双手，只觉得格外委屈，泪水在眼眶中转了几圈又硬生生憋了回去："记住了。"

课程结束，申寒照常跟着几个师兄整理训练室，林璟收拾好东西默默离开，二人的距离瞬间又拉得很远。

这节课下来，林璟感到了深深的挫败感，觉得自己在他心中肯定很没用，不过是一个笨学生而已，她不该对他有什么妄想。

她努力让自己不去想申寒，将更多精力放在课业上，宿舍的皮靶摇摇晃晃地挂在空中已经完全成了个挂件，她再也没有多看它一眼。

几个室友的业余生活很是丰富，打游戏、看综艺、聊八卦，偶尔心血来潮去健身房欣赏下新来的教练。林璟则一有空就钻进图书馆，唯有源源不断涌进脑海里的知识能让她的心情得到暂时平静。

抱着厚厚一摞书小心翼翼地挪动之际，猝不及防地被拐角突然冲出来的一个人影撞了个措手不及，书本散落一地，但林璟还是连忙主动道歉："对不起！"

对方发出一声极其不耐烦的叹气，不满地整理着褶皱的衣角："真是倒霉……"

林璟捡起书本，直起身跟那人打了个照面，瞬间怔住。

即使那女孩子烫着红色波浪，化着浓妆，她也不会忘记，那个高中欺负了她三年、让她望而生畏的人——袁清纯，怎么也在这里？

“林璟？真没想到咱们还能成为校友，真是幸运啊。”袁清纯一撩头发，皮笑肉不笑的模样让林璟再熟悉不过。

林璟显然并不觉得这是什么幸运的事。高中时代袁清纯便是枫城七中一著名校霸，长期霸占教室最后一排，肆意旷课早退，对班里相对老实的几个女生更是欺负得厉害，每个课间都要指使她们去帮自己买东西，这其中便有林璟。

一想到被袁清纯支配的日子，一种莫大的恐惧便涌上林璟心头。

袁清纯眯起眼睛，发出一种危险的信号：“我就说那天看到在台上下跪的那个女生像你，没想到真是你。”

“我还有事先走了。”林璟抱着书想要快速逃离，却被袁清纯伸手直接壁咚在了书架上。

袁清纯盛气凌人道：“你们班是不是有个叫陈昭的男生？”

林璟惶恐地点了点头。

袁清纯嘴角勾起，微微一笑：“姐姐我看上他了，你把他给我安排上。”

被迫添加了微信号、QQ号、手机号，袁清纯才心满意足地将林璟放走。这下子轮到林璟犯难了，陈昭是那么好安排的吗？可是如果不按袁清纯说的做，等待她的又会是高中时那样暗无天日的压迫吗？

真是福无双至，祸不单行啊。

HE IS SO / SWEET

第十一章 噩梦再临

袁清纯在枫城大学就读播音专业，因出众的外貌、高傲的气质加上盛气凌人的架势，她很快闻名于校园，成为无数男生追逐的对象。

自从遇到袁清纯，林璟终日诚惶诚恐，坐立不安，书看不下去。这件事她不想跟室友们说，否则在她们刨根问底之下，肯定会把她高中时被欺负的事挖出来，那可要比当着全校的面跪下还要丢人。

上课时分，她便会盯着陈昭的背影看。陈昭跟田佳坐在一处，无视老师精心准备的课件，二人聊得眉飞色舞，但关系也仅此而已，林璟都有点着急了，他们这么暧昧着还不如真的在一起，也免得袁清纯再找她麻烦。

“阿璟，盯着陈昭看什么呢……是不是后悔了？”张聪聪一副看透了所有的模样。

林璟收回目光，尴尬地笑了笑：“我不是，我没有，别乱说……”

“唉……来不及啦，晚啦！”

手机“叮咚”一声响起，忘关静音的林璟吓了一跳，连忙捂住了扩音口。她皱着眉头小心翼翼地一瞥，果然是来自袁清纯的短信。

她已经把陈昭的各种联系方式都给了袁清纯，可是约不出来人也要她负责是什么鬼？居然还怀疑她给的联系方式都是假的。

袁清纯已经下了最后通牒，今天学校播音楼旁边的凉亭里，她必须要见到陈昭。虽然没有明说后果，但发来一个恐怖的表情包已经让林璟打了个冷战。

袁清纯有个堂弟叫袁英俊，身高一米六，体重一百八，行动起来活脱脱一个球体，为人自命不凡，自从高中无意间见到林璟后便对其死缠烂打穷追不舍，加上有袁清纯的助威，以至于每到放学点都是林璟最恐惧的时刻，她必须飞快地蹬自行车，才能不被小恶霸拦下。那时候林降龙还在外地学习，林璟怕他担心愣是没告诉他，而是自己默默承受了长达一年的校园凌霸和骚扰，这也成为她人生中抹之不去的阴影。直到高考完，跟高中同学几乎全部断了联系，她才松了一口气，不料又遇到了袁清纯，如果再被袁英俊骚扰，那她真的要崩溃。

无论如何，她都要对不起陈昭了，这个约，她绑也得把他绑去。

思考了整整一节课，林璟给陈昭发了个短信，约他今晚八点在播音楼旁的凉亭里见面。陈昭没有回复，但通过他回头若有所思的一瞥，让她放了心。

月上柳梢头，人约黄昏后。

今天晚上有月亮，凉亭旁有湖有柳树，袁清纯不愧是学播音的，对约会气氛的把控简直炉火纯青。

林璟把自己关在宿舍里，一颗心如同打鼓般跳个不停，眼睛一眨不眨地盯着桌上闹钟正滴答转动的秒针。还有几分钟就到八点了，陈昭一定去了吧，他会发现站在那里的是袁清纯不是她，他一定会很生气吧？不对，也要往好处想，万一他们两个一见钟情、情投意合，她岂不是做了件好事？

八点刚过了一分钟，陈昭发来一条短信，内容只有两个字：呵呵。

林璟只觉得头皮发麻，又耐着性子等了几分钟，袁清纯还没有任何消息，这使她也搞不清陈昭发的那两个字的具体含义了。

几乎是彻夜未眠，奈何第二天一早还有选修课，林璟顶着两个熊猫眼全宿舍第一个起床，茫然地洗漱完毕，收拾好课本文具甚至把地扫了一遍又拖了一遍，看一眼表，才六点。

她不知道该怎么面对陈昭，但真正看到陈昭时还是让她心里打起了鼓。陈昭打着哈欠慢条斯理地走进教室，对她友好一笑，坐到了她身后的位置上。

田佳和于佳雪都没选上这个课，作为女孩子，她们更在乎能一觉睡到自然醒。

“林璟，你在帮别人追我？”

林璟肩膀一颤，一咬牙说了实话：“嗯……对不起，昨天骗了你。”

陈昭久久没再说话，她也不能回头看他的表情，只能听见身后不断的叹息声。

“你哪怕能给我一个希望，也是好的……”陈昭低声道。

林璟茫然地转着笔，直勾勾地盯着黑板，二人谁都没再说话。她听不懂陈昭的话里有话，她只想知道昨晚到底发生了什么事，以至于以袁清纯的脾气到现在都没有找她。

战战兢兢直到下课，确定陈昭离开后，林璟才起身走出教室，只觉得心中一阵烦躁，抬头看看湛蓝的天空，颇有一种“山雨欲来风满楼”的危险气息。

距离下次上跆拳道课还有几天，想到申寒那张严肃的脸，她的心更冷了，只是要当一个好学生的话，她可比不过那些能一脚踢碎木板的师兄师姐，如今面对袁清纯的刁难，这种手足无措的感觉似乎又回到了高中时代。

该一个人面对的，终归还是要一个人面对啊。

接下来的一天没什么课，林璟在宿舍里踱了一会儿，决定回家看看，虽然爸妈可能都不在家，但在自己房间的小床上抱着小熊好好睡一觉真的能带给她莫大的安全感。

走出校门没多久，林璟便看到不远处倚靠在树前正在对她挤眉弄眼的宽大身影。她转身想要跑，却被几个高大人影拦了下来，仔细辨认之下还都是熟面孔——高中袁清纯认的那几个高年级的哥哥，似乎一点变化都没有。

“妹妹，又见面了哈！”其中一人染着绿毛甚至还笑嘻嘻地跟她打招呼。

袁英俊扭着肥胖的身材呼哧呼哧地向她跑来。

那场面堪称第一视角恐怖电影，林璟生怕他一个刹不住车把自己撞进医院。

“林璟，我好想你！你怎么可以对我玩失踪呢，淘气！”袁英俊面对林璟表现得简直兴奋到模糊，语气忽而开心，忽而激动，忽而愤怒，忽而又娇嗔起来，简直不像个正常人。

林璟向后撤了两步，下意识地握紧双手，做好了申寒教的防备姿势，如果袁英俊敢有下一步举动，她会毫不犹豫地一拳打到他脸上。

“林璟，高中我那么喜欢你你都不正眼看我，那时候你不懂事，我原谅你，看看现在的我，你没有拒绝的理由了吧！”袁英俊捋了捋染黄一撮的刘海，一副自我陶醉的神情。

一万个理由都不止好吗！林璟内心疯狂咆哮，忍不住气笑了：“三年前你是头猪，现在还是头猪，一头只会欺负人的猪，你根本不配有人喜欢。”

袁英俊陶醉的神情僵住了，一会儿，开始变得阴冷，肩膀都气得发抖，如果仇怨的眼神可以化作利箭，那么林璟早已万箭穿心。

“你真是不识好歹。拒绝我，你以为你以后还有好日子过吗？我姐姐，会把你的一举一动通通告诉我，我……”

袁英俊威胁的话还没说完，只听到不远处传来一声清脆的呼喊：

“林璟！好巧！”

李蝉师姐！

林璟宛如看到了大救星，虽原地不动，但浑身每一个细胞都盼着师姐赶紧过来。

李蝉看到林璟被包围的一幕似乎很奇怪，习武的本能令她感觉到不对劲，再看林璟煞白的小脸和握紧的拳头，她瞬间便皱起眉头：“你们在干吗？”

“关你屁事，滚开！”袁英俊很不满自己的气场被陌生人打断，当下便不耐烦地爆了粗口。

李蝉眯起了眼：“啊？要是我不走呢？”

“那就别走了！”

几个跟班得到袁英俊的眼神暗示，立即撸袖子上前准备给李蝉好看。然而李蝉却不慌不忙地抓住离她最近的一个人的手，姿势优美得仿佛交际舞中华丽的转圈动作，犹如一只蝴蝶瞬间便轻盈地移动到那人身后，只听清脆的“咔吧”一声，伴随着一声痛苦的号叫，在对方哭爹喊娘声引来学校保安前，她果断地拉着林璟飞奔离开。

城市边缘一间不起眼的奶茶店内，脱离了危险的林璟几乎是埋桌痛哭，她太过害怕，害怕得浑身都在发抖。她知道哭哭啼啼的自己有多软弱不堪，如果申寒看到一定会很厌恶，即使学了跆拳道，兔子也不可能变成狼。

李蝉喝着饮料安静地听林璟诉说了高中的遭遇，很是同情，轻轻拍着她的肩："校园暴力确实会给人留下一生阴影。不要怕啦，现在你有我们啦，我们都会保护你的！"说着还拍了拍最新采购回来的皮靶。

见林璟哭得停不下来，李蝉眼睛一转神秘兮兮地凑到她耳边："你看这新靶子，靶面是不是比之前那批软多啦……也不知道为什么，你来了之后申教练就让我买了这种新靶呢……"

林璟哭声一顿，申寒的名字无论何时何地被提起都有让她安心的功效，他就像一个天神，一个信仰。

"他们兄妹俩不会放过我的。"林璟冷静下来吸了吸鼻子，"谢谢你帮我解围，师姐，我会自己想办法解决的。"

袁英俊知道林璟的消息，很明显是袁清纯告诉了他。袁清纯这么做的理由只有一个，和陈昭的约会没有达到她的预期，她可能很不满意，甚至很生气，而承担这种生气的，只有她印象中一直逆来顺受的林小兔子。

李蝉安慰地摸了摸林璟的头："不要怕，要相信师兄师姐们啊。"

"嗯！"

第十二章 天字一等

HE IS SO / SWEET

因为社会不良人员频频出入大学校园，许多不明所以的同学都暗暗提高了警惕，一些负责任的导员也提醒了学生要注意自身安全，404宿舍的众人觉得这事跟自己无关，没有任何反应，只是对林璟近些日子的敏感紧张感到疑惑。

仿佛成了谍战片的女主角，林璟每次出入宿舍楼都要乔装打扮，口罩、帽子不离，一双眼睛警惕地观察四周，接着一溜烟地跑到目的地。她那天说了那么过分的话，李蝉师姐还打伤了他的人，以袁英俊的性子，是一定会报复的。

这阵子也成了林璟和室友增进感情的黄金时期，秉着能结伴绝不自己一个人出门的原则，另外两个单身室友几乎成了林璟的贴身陪护。

然而，吃饭、上课、洗澡可以结伴，但真到不得已的时候，林璟还是要硬着头皮一个人出门，比如周末的跆拳道课，张聪聪和李栀并无法陪同。

“哇，那个大胖子，少说得两百多斤吧……”

“他们一定就是最近传的那些不良青年，咱们学校安保也太差了，这种人为什么要放进来！”

听着二人买饭回来的议论，林璟成功停下了出宿舍门的脚步。

“你们说，有个大胖子在楼底下等着？”林璟声音颤抖。

“是啊，咋啦？”张聪聪投来一个疑惑的眼神。

“没咋，不咋……”

“你怎么还不出门，还赶得上 2 路车去上你的跆拳道课吗？”

林璟硬着头皮，最终还是出了门。一路深呼吸地走到宿舍楼下，甚至看到了不远处正一脸阴沉等待她的袁英俊一伙，那么狭隘的楼梯口，她无论如何都不敢再迈出去一步。

然而也就在这时，一个高大身影缓缓从一侧走出，站到了袁英俊的侧后方。那人戴着墨镜，一身黑色休闲运动服，隐约可见外套里白色的道服，他将头微微一仰，冲林璟摆了摆手。

申寒！申教练！林璟激动得简直要哭了，甚至有种冲出去扑进他怀里的冲动，她没想到他居然会亲自来接她。

因为申寒在外面，林璟的眼里甚至都看不见那个已经长到两百斤不怀好意的球体了。她向后退了一步走到易容镜前整理了下碎发，练习了几个笑脸表情，这才走出去。

袁英俊见林璟终于出来，冷哼一声，双手握拳正要上前好好给她个教训，却冷不防被身后伸出的一只手用力向外一扒拉，那股大力竟然直接将他掀翻在草坪上打了好几个滚。

“不好意思，别挡道。”

袁英俊愤怒地爬起，却只能仰头看着那戴着墨镜神秘又英俊的男人发呆，感受着那股狠意，他连还手的欲望都不敢有。

林璟跑到申寒身边站定，眼中满满都是泪花，之前练习的几个笑脸一个都没做出来，反而委屈地撇了撇嘴，一副泫然欲泣的模样。

申寒被她这副样子逗笑:“能不能有点出息,在外别说是我的学生。”说罢自然地牵起了她的手，旁若无人地朝着校门口走去。

林璟宛若石化，双脚仿佛变成了滑板任由申寒拽着决定前进方向，上一次这么接触还是给她包扎伤口的时候，然而这次，他却是直接拉住了她的手，那宽阔温暖的手掌几乎把她整个手都包住了。

“申教练，我……”大脑空白直到被他塞上车的副驾驶座，林璟才意识到自己应该开口说点什么。

“李蝉都告诉我了。”申寒面无表情地开着车，“我的人，不能被任何人欺负。”

林璟坐在副驾驶座久久没有说话，只是透过玻璃反射欣赏自己复杂的表情，她好想拿手机把他刚刚那句话录下来啊。

“教练，谢谢……”林璟受宠若惊地低声道谢。她知道他那句话的意思，他的人，指的是他的学生吧，他一定也这样保护着尚武的每一个人。

“以后要出门就给我打电话，我来接你，不许再私自行动，知道了吗？”申寒命令道。

“知……知道了……”

林璟做梦也没想到，她居然也有被男神保护的一天。高大、威猛、帅气，这种形容词放在申寒身上，简直俗不可耐，如果要比喻，他更像古时候天字一等的皇家守卫，忠诚热血，正义凛然。

这节课上，林璟练习得格外卖力，无论劈手刀还是踢靶都用上了全身的热血。每当收获申寒一个赞扬的眼神，都让她的兴致更高涨上几分，就连师兄师姐对她都刮目相看，一组动作训练下来，李蝉竟然气喘吁吁有些吃不消。

“林璟……看不出来你这么瘦还挺有劲的，今天吃什么神药了？”

林璟兴奋地左右晃动着身躯用拳头瞄着靶子，按捺不住兴奋：“我要好好训练，成为跟师姐你一样厉害的人！”

李蝉“扑哧”一声笑了：“有申教练保护，我要是你我就不练了。”

林璟很感激李蝉，她原本也没想到李蝉会把她这种丢人的事告诉申寒，但若不是李蝉告诉申寒，她怎么能让申寒当她的天字一等护卫呢，但是当他不在的时候，她也一定要好好保护自己才行。

课程结束，天色渐晚，申寒要亲自送她回去。

等到所有学员走光，林璟默默帮申寒一起收拾散落在地上的靶。

林璟玩心大起将它们堆得高高的，申寒白了她一眼，伸手一揽全部抱起扔到柜子里。

“林璟，你怎么总跟个孩子一样呢。”申寒看着地上的一座座皮靶堆成的宝塔无奈道。

林璟不清楚这句话是褒是贬，只觉得脸一红，连忙也学着教练的样子严肃地把靶抱起扔到柜子里了。

收拾完毕，申寒开车送林璟到学校门口，理所当然地下车跟着她一同进了校门。穿着便装的二人仿佛大学中普通的一对情侣，只是申寒的外表太过优秀显眼，站在他身边的林璟倒成了绿叶一样的存在。

申寒默认自己的职责是把她送到宿舍楼下才算完成任务，林璟走得很慢，感受着越来越多羡慕嫉妒的目光，竟然不自觉地扬起了头。她膨胀了，路过超市玻璃窗前，看到里面并排走过的两个人明明很般配，虽然女的是傻了点，但也是清纯可人、五官明媚，她自己条件又不差，为什么要心虚？

“那个，教练……”林璟顿住支支吾吾。

“嗯？”申寒停下脚步回头看着她，“怎么了？”

林璟指了指食堂：“要不要一起吃个饭？我们学校第三食堂的饭很好吃。”

申寒几乎未迟疑便答应了下来：“好啊。”

激动的心情在踏入第三食堂门的那一刻瞬间沉寂下来，林璟一只手还扶在门框上，环视了一圈第三食堂，在座的好像都是熟人呢。

张聪聪和李栀正坐在靠窗的位置分享着一盆麻辣香锅，沈静怡正舀了一勺冰激凌喂进笑吟吟的白轩嘴里，陈昭和田佳还有其他几个室友聚在比较中间的联排桌子旁，一边吃着盖饭一边拨弄着笔记本电脑，似乎在商讨什么事。于佳雪拎着打包好的炒饼正往外走，跟林璟打了个照面。最最可怕的是，袁清纯跟几个同样穿着打扮时髦的女生见她进来，不约而同地放下正在自拍的手机，眯起了眼睛，不过她们看的似乎并不是她，而是……

“确实挺不错的，一进来我都饿了。”申寒丝毫没有察觉到无数投在自己身上的目光，而是一转头看向林璟，“想吃什么？”

林璟其实已经吃不下了，但是她把申寒带到这里，自然不能再提离开。可是面对这么多双虎视眈眈的眼睛，她真的有种如芒在背、如坐针毡的感觉。

还没想好要吃什么，她只觉得肩上一沉，接着一股刺鼻的香水味扑面而来。

“林璟，好巧哦，我们又在这里遇见。”袁清纯笑嘻嘻地走到旁边，故作亲昵地搂着林璟的肩膀，眼神有意无意地瞥向申寒。

申寒似乎也通过林璟难看的表情察觉到什么，只是微微一笑，静静地看着她的反应。

对袁清纯的亲昵，林璟一脸木然。袁清纯有些尴尬，但播音素养锻造的随机应变的能力还是很是强大的，她马上话锋一转对准了申寒：“哎呀，这个帅哥是你男朋友吗？咱们三年的交情，你有男朋友居然都不告诉我，好不够意思哦……”

且不说她故作嗲甜的语气，这么明目张胆地套话已经让林璟很是不爽——追陈昭失败，为了报复她，让袁英俊来骚扰她，现在又故作亲切地来这套。如果只她一个人也就罢了，偏偏申寒也在，她可不愿让申寒继续欣赏袁清纯令人作呕的演技。

“他是我的跆拳道教练。”

“哇！跆拳道教练……怪不得一看就跟我们学校那些瘦竹竿男生不一样，真是好有气质，教练你在哪里上课啊……”袁清纯眼中漾起水波，一脸崇拜。林璟都能脑补出她头上冒出的粉红泡泡了。

“尚武。”

“哦，我知道那个地方，其实我也想学跆拳道很久了呢。”袁清纯一脸妩媚地看着申寒。

“已经截止招生了。”申寒冷淡地回答。

被泼了冷水的袁清纯笑容停滞了一下，随即又恢复娇嗔的语气：“那下次招生的时候教练能告诉一下我吗？”

林璟突然站了起来：“教练，咱们走吧，不是还要去找师姐吗？”

申寒默默地跟随林璟起身，离开了第三食堂。

看着二人完全无视她离去的背影，袁清纯气得直跺脚。

第十三章 猛兽和牛羊

HE IS SO / SWEET

离开第三食堂后，林璟始终是一副闷闷不乐的模样，甚至连申寒什么时候偷偷走开了一会儿都不知道，直到一个甜筒出现在她面前，把她吓了一跳。

“你什么时候……”

申寒将甜筒递给她，反而是一脸无奈：“吃吧，知道你们小女孩最喜欢吃这个。”

林璟默默吃着甜筒，心里嘀咕着他用甜筒哄过多少小女孩。

都说甜食能让人心情愉悦，这话一点也不假，秉着愉快的心情，她索性带着申寒趁着夜色参观起学校来。

枫城大学规模不小，最著名的景点也就是贯穿各个教学楼的彩虹桥，每到夜晚，桥边绚烂的彩灯便会接连亮起，就像一条飘荡在空中的五彩丝带，美丽又梦幻。它也被学生们戏称“虐狗桥”，因为基本上桥散步的都是一对对恋爱中的情侣，彼此依偎，十指紧扣，单身狗是不会来这座桥上转悠的。

林璟本来也没想上去，但申寒忽然就被那座桥吸引，大步走了上去。林璟张了张嘴，阻拦的话却没说出口，只能踱着小碎步跟上申寒。

这座桥她只在开学时跟室友来转过一次，也为它的美丽所惊叹，但自从知道它的别称后，她就没再上来过了。

虐狗桥名不虚传，现在是晚上八点多，彩灯已经亮起，无数情侣自他们身边依偎而过，脸上满是甜蜜幸福的笑容。有那么一刹那，让林璟无地自容小脸一红，但转念一想，怕什么呢，她也是身边跟着男神的啊！

申寒仿佛自动无视了一对对情侣，靠在桥边欣赏起整个校园的景色。夜风拂过他的脸颊和发梢，吹散了几分凌厉，添上了几分温柔，林璟看着他的侧面，一时有些呆。

“真美。”良久后申寒发出如有若无的一声叹气，眼中星光暗淡了几分，“我想象中的大学校园也是这个样子的。”

申寒的家庭背景什么的，林璟是一无所知的状态，她对他的了解不过是通过跟李蝉师姐的聊天，此时冷不丁地听他说出这么一句话来，倒让她险些没回过神，下意识道：“教练没上大学吗？”

这句话说出口，林璟恨不得狠狠抽自己两巴掌，这不是哪壶不开提哪壶，这么不会说话还有脸当导游，迟早得被游客暴打吧。

申寒一脸不以为然，神情没有丝毫变化：“嗯，高中毕业后家里人都去了国外，我留了下来……”

所以去了尚武当跆拳道教练吗？可是这么多年不跟家人在一起的话，是会很孤独的吧。林璟这辈子都没有离开过父母很久。那么，对于申寒来说，尚武就是他的家了吧。

注视着申寒的侧影，林璟不知道怎么着就想到了鲁迅的一句名言，牛羊成群，唯猛兽独行。自己一个人注定要背负很多他人想象不到的困难。

站在申寒身后的林璟，觉得自己也变成了一头高傲的猛兽，环视四周拥吻的情侣，内心简直各种不屑。

哼！你们这群牛羊。

“天色不早了，回去吧。”欣赏完美景，申寒双手交叉活动了下筋骨，转身下了桥。

一路上申寒都没再跟她说话，只是默默地把她送到了宿舍楼下。

“进去吧。”

“好。”林璟一脸蒙地转身，刚走了几步忽然想到了什么，回头冲着申寒尚未走远的背影大喊，“教练！”

申寒一脸疑惑地回头。

她露出一个不好意思的腼腆笑容：“我欠你一顿饭。”

申寒笑了笑，朝她挥了挥手：“我记住了。”

林璟心中满是甜蜜，一口气蹿上四楼不费劲，如同一只欢快的小兔子般跳进宿舍。

三个室友已经归位，大家看向她的眼神颇为钦佩。

“林璟啊林璟，真是深藏不露，想不到你才是咱们宿舍最厉害的那个。”张聪聪一边泡脚一边鼓掌，眼中满是对林璟的崇拜。

“我遇到点麻烦，申教练帮我出头，只是想请他吃个饭而已，不要误会。”林璟哭笑不得。

“可饭也没吃成啊。大家都看见有女的上去搭讪，你直接就把申寒拉走了。这是什么？这是赤裸裸的吃醋啊！这是赤裸裸的危机意识啊！”

“……”

林璟哑口无言，似乎觉得室友说得没错，她吃醋了吗，有吗？有的。

沈静怡试穿着新买的洛丽塔套裙，一边摆弄着头发一边摇头叹息：“吃醋很正常啊，就是不知道她和班长哪个吃得多喽，白轩说陈昭回宿舍后脸色很难看，一句话不说在阳台狂抽烟呢。”

“哇！他这是什么意思？是不是对我们阿璟还有意思？告诉他，晚了！申教练一巴掌能把他拍飞！”听到八卦的张聪聪满足且兴奋，比画着跆拳道直拳姿势对着空气张牙舞爪。

林璟也皱了眉头，一脸平静地换上睡衣：“跟我应该没多大关系吧。身为位高权重的班长，还不能有点儿女情长之外的烦心事吗？”

“也对。”

这一夜林璟睡得格外好，因为有申寒的保护，即使在梦里都让她格外安心。

也许是申寒的出现起到了威慑作用，袁清纯和袁英俊都没再出来为难林璟。除了一周一次的跆拳道课，其他时间林璟单独出校门也没再麻烦申寒。那段时间，林璟过得相当安静充实，她有足够的时间学习，静下心来学习课业，跟尚武的师兄师姐也打成了一片，另外，跟几个室友有意无意的斗嘴让她的口才得到了提升，伶牙俐齿的模样跟刚开学时内向结巴的新生妹简直判若两人。

连续几次专业考试林璟都在班里高居榜首，导员对她印象良好，想要将她提拔成导助却被她以没时间为由拒绝。放弃了这么个美差，所有人都很不理解。

而在尚武，加入了成人班的学员都是要考级的，也就是通过升级腰带的颜色来升级段位。

跆拳道分为十级九段三品，从白色腰带升到黑色腰带要通过十级的考试，而从黑带一段升到九段更是需要千锤百炼，李蝉师姐的红带属于二级高手，而申寒则是黑带五段，是国内少数经国际跆联委员会考核通过的，其厉害程度不言而喻。

红带以下的学员每两个月要进行一次考试，来升级自身级别和腰带的颜色。林璟自然已经达到考试的要求，从白带升到白黄带，基本没什么难度。但她还是格外认真，几次认真训练后，无论出拳或者踢靶的动作已然十分标准，跟李蝉或者申寒进行互动训练也不再扭捏畏惧，配上沉着冷静的面容，无端生出几分女侠的味道，就连张聪聪都说她气质变了很多。

虽然只是简单的一次考核，林璟却格外重视。考试的地点在枫城市体育馆内，临近的几个城市的跆拳道馆也会有学员来参加考核，尚武其他需要升段的学员跟林璟时间不同，自行前往，而林璟因为是第一次考试的缘故再一次受到了特殊对待，由申寒亲自送考。

周末一大早，林璟整装出发，一出校门便看到了申寒，当即欢快地跑了过去："教练！"

申寒自然地为她拉开车门："走。"

经过几个月的相处，他们的关系已经不似之前那般僵硬有距离感，亲近了许多。虽然还没有成为让他骄傲的学员，但她会以此为目标继续努力的。

很快，到达枫城市体育馆。

搏击厅内已是人满为患，随处可见穿着跆拳道服身系各色腰带的学员热身，其中不乏众多黑带红带的高手，还有几位年纪稍大的中年男子正坐在裁判席上交流。

申寒带着林璟穿梭在人群之中。很多人跟他打招呼，他都一一笑着回应，反而跟在他身后的林璟有些战战兢兢，第一次见这么大的场面，见到这么多的跆拳道选手，其紧张程度不言而喻。

"紧张吗？"申寒刻意放慢了脚步跟她并肩而行。

"嗯……"

"很快就不用紧张了。"申寒似笑非笑。

林璟一头雾水。

穿过几个考试区后，林璟果然不紧张了。

最后一块考试区是专门用来留给白带升级白黄带的学员的，放眼望去，尽是系着白色腰带的小朋友，年龄最大的也不过初中左右，他们看到林璟，大大的眼睛里满是疑惑。

林璟的脸腾地就红了，她想到了第一天报到的场面，她似乎也因为年龄问题被一群孩子围观质疑过。

“一会儿叫到你的名字，就到台上去。”申寒在她耳边低声道，随后径直走到裁判席空着的一个座位上坐下，跟身边年长的裁判攀谈起来。

没了申寒，林璟更是窘迫，身边来考试的孩子们似乎都有家长陪着，唯独她突兀地站在那里，眼巴巴地望着申寒。

“下一个，尚武跆拳道，林璟。”

林璟深吸了一口气上台，熟练地打完那套反复练了无数遍的基本动作，最后一个收式动作做完，她收获了申寒一个赞扬的眼神。

连小朋友通过率都高达百分之九十的考试，她自然也没问题，而申寒的任务也算圆满完成。

林璟看了眼表，时间尚是充裕，这个点回学校，恐怕室友都还没起。

她并不想离开，索性站到了其他几个正在比赛的擂台前观赏了起来。一个约莫初中的男孩子系着绿带，正聚精会神地跟一个比他强壮很多的男生对战，即使戴着头盔，也能看到汗珠顺着他纤细的脖颈流下，他眼中满是紧张和坚毅，二人你一拳我一脚，最后他不幸落败，黯然下台。

“教练，我以后也必须要打擂台吗？”林璟回头看着申寒。

申寒看出她眼中的担忧，缓缓摇头：“并不是到了学龄就强制性参加考试，强制性比赛。腰带的颜色只是次要，实力才是最重要的，不然李蝉他们的级别早已远远超过红带。带你来参加考试，不过是想让你体验体验这种感觉。”

听申寒这么说，林璟心中暗暗松了口气。从小到大，她很怕看到搏斗场景，哪怕看到电视上演搏击节目都要赶快换台。这一切来源于她童年时，林降龙有次单独值夜班，被之前抓过的混混结伙报复，寡不敌众，他受很重的伤被紧急送进医院，当时还是小学生的她背着书包站在病房外，看着浑身是伤昏迷不醒的林降龙吓得瑟瑟发抖，这一幕在她心里一直挥之不去。

比赛就有可能会受伤，申寒，他一路走来，身上又有多少伤呢？

HE IS SO / SWEET

第十四章 狐假虎威

观看了一会儿青少年组的比赛，林璟转而来到了成人组，参加比赛的选手均是红带以上的高手，身材高大，戴着头盔和护具站在擂台上，特别有气势。

入口处传来一阵叽叽喳喳的声音，十几个小朋友系着白色腰带在教练的带领下整齐有序地步入场馆，不知道是来参加升级考试还是观看比赛。

“好可爱！”林璟被这群小朋友萌化了。

申寒含笑道：“是不是想你儿童班的伙伴了？要不要送你回去

看看？”

“还是算了。”林璟悻悻道，“万一打不过他们岂不是很丢人？”

台上激斗正酣，时不时传来围观群众的叫好声，林璟虽是个半吊子，但学了这么长时间也能判断出那一拳一脚的大概力道，要是没有护具，一定伤得很严重。

“喂！那里是我们的座位，谁让你们坐的，起来！”

一声严厉的呵斥从身后不远处传来，林璟回头，看到一名身材壮硕系着黑腰带的平头男子正呵斥着刚刚进来的一群小朋友，他们似乎坐错了座位，此刻面对突如其来的训斥纷纷手足无措地起身，年轻的教练不停地鞠躬道歉。

明明那么多位置都空着。

林璟皱起眉头，平头教练让她十分不舒服。

“真是的，怎么教的学员，看不清前头铭牌上的字吗？”平头教练不依不饶地呵斥。

“对不起对不起，我们第一次来观看比赛，没有注意到。”年轻教练擦了擦额头的汗，有些不好意思。

小朋友们呆呆地站在不远处，似乎不明白自己为什么会被斥责，一脸懵懂的表情令人心疼。

“这位教练，礼仪，廉耻，忍耐，克己，跆拳道的精神你没有吗？”林璟终于忍不住上前理论。因为爸爸是警察，她血液里似乎也流淌着一股与生俱来的正义感。

大概没想到有人敢出头，平头教练诧异地回头，看到一个系着白色腰带的年轻女孩子在质问他，当即更是不屑。

“我的学员正在台上比赛，一会儿下来需要争分夺秒地休息，难道要等到那时候再来跟他们磨叽让他们离开？影响后面的发挥怎么办？”平头教练瞬间转移怒火，瞬间将林璟怼得哑口无言。

她作为新人，确实不知道有这个规矩，但转头一看，似乎台上的比赛早已结束，此刻并没有选手在比赛啊，这个平头教练很明显是站在理所当然的制高点狡辩。

“看来杜教练的学员，都是隐形人啊。”申寒不紧不慢地走过来，倒是将平头教练吓了一跳。

平头教练看着申寒，神情逐渐变得阴冷。

“依我看，这里似乎并没有你的学员在比赛吧，连新开的针对学龄前小朋友的道馆你都要立威，不愧是龙威。”申寒语气轻松，却又带着几分嘲讽。

这位杜教练脸色由白变红，嘴上仍不饶人：“我说怎么连个新学员都敢跑来出头了，原来有申教练在背后撑腰。”

“我的学生，当然由我守护。不像有的人，仗着龙威，狐假虎威。”申寒毫不留情地反击。

杜教练已经面目扭曲得说不出任何话，而申寒则对着那不知所措的年轻教练招了招手：“你们是天耀的吧，再过两个区那片蓝色椅子是我们尚武的座位，可以带着孩子们到那里去。”

年轻教练对申寒的解围十分感激，深深鞠了一躬：“谢谢你，申教练。”

看着天耀的小朋友们离开，林璟忽然觉得“龙威”这个名字格外熟悉，似乎在哪里听到过，看申寒和他之间剑拔弩张的状态，好像不是很对付。

“林璟，咱们也走吧。”申寒完全无视那位平头教练，径自离开。

林璟走了很远一回头，还能看到那个杜教练叉着腰站在原地一动不动，似乎被气得不轻。

林璟暗呼过瘾，看自家教练的眼神多了分崇拜。

“下次如果我不在身边，不要贸然出头了。”走着走着，申寒冷不丁严肃起来。

林璟心里一紧，想到刚刚的场景若是申寒不在，她还真不知该如何收场。

“知道了。”

说变脸就变脸，这大概就是所有人都对他敬而远之的原因吧。

林璟回到宿舍时，室友们都还在睡懒觉没起，她蹑手蹑脚地开了门，换了衣服，趴在桌子上发了会儿呆，吃了会儿零食，听着空气里安静有规律的鼾声，她轻叹一声，找了几本专业书准备去图书馆学习。

“林璟……回来帮我带份炒饼，微辣，多放醋。”临出门之际听到头顶上方的某个床位传来一声哼唧。

“手抓饼，加烤肠。”

“黑椒烤肉饭，小份。”

“……”

她们几个这种时候耳朵最灵了，林璟无奈地“嗯”了一声，抱着书出了门。

周末的图书馆一如既往的安静，金黄色的阳光透过斑驳树荫洒到窗边的自习桌上，听着窗外鸟叫，静谧又美好。

一页一页地翻着《国家地理》杂志，看着高清摄像机下的壮美河山，仿佛整个灵魂都陷了进去。

“林璟。”

一道人影忽然坐到她旁边的座位上。

林璟甚至不用抬头也能听出袁清纯那独一无二的带着命令与骄傲的嗓音，林璟不想搭理她，于是低着头一言不发。

手中的杂志被一把抢去，袁清纯一声冷笑：“哟，有了教练当靠山就是不一样啊……我想问你陈昭……”

“陈昭跟我没关系，你对他有什么想法自己去跟他聊。”林璟不耐烦道。

袁清纯没想到林璟对她的态度也能这么硬气，当即结舌：“你，你……”

“你可以继续叫袁英俊来找我麻烦，我不怕！”林璟一仰头，眼中无畏。

“好，你等着。”袁清纯再次露出那招牌式冷笑，“实不相瞒，你那位教练，我也很中意呢。”

袁清纯气冲冲地离开。

林璟脑海中回想起高中时袁清纯带人把校草堵在胡同里的场景，

要是她故技重施对待申寒……不知道申寒能不能应付。

一低头，手里杂志里面的图画，都在恍惚间变成了申寒的模样，初遇的模样，穿道服的模样，穿便装的模样，严厉的模样，温柔的模样。

林璟揉了揉太阳穴，纠结着要不要给申寒提个醒。袁清纯只要想得到某样东西，就会不择手段，她信得过申寒，却不想他再受到任何不必要的伤害。

回到宿舍，室友穿着睡衣宛如行尸走肉，一双双眼睛盯在林璟身上——

“我们的饭呢？”

“啊，我忘了。”林璟机械地又转身走了出去，“我现在去买。”

第十五章 黑历史是万万不能暴露的

HE IS SO / SWEET

自那天起，袁清纯又安静了一段时间，没再刻意来找林璟的麻烦，虽然偶尔也会在校园或者食堂里遇见，但林璟都是置之不理，她觉得自己似乎没那么惧怕袁清纯了。

跆拳道真的有令人内心变强大的功效，遇到再棘手的事情，只要握紧拳头，就能顷刻间镇定下来。

这当然少不了申寒悉心教导的功劳，一边练跆拳道，一边努力学习，林璟如愿以偿拿到了全宿舍第一个导游证，不只几个室友，连班里同学顺带导员都对她刮目相看，这么早就能拿到导游证的，她还是系里第一个。

捧着那来之不易的绿本，林璟躺在床上一闭眼，只觉得环游世界的梦想就在眼前，光是想想就很令人激动！

转眼间，天气转冷，风一吹，叶一落，走在铺满金黄的校园小路上，所有人都不免深深一叹，这个季节，要是有个男朋友抱着取暖就好了。

几个室友因为爱美仍穿着短裙光着腿在风中打颤，张聪聪捧着一杯速溶的香飘飘狠狠吸了吸鼻涕。

林璟穿着牛仔裤白色工装上衣朝张聪聪丢去一个敬佩的眼神。

白轩和沈静怡的感情很是稳定，沈静怡已经开始学习各种织围巾的攻略，各种材质的毛线球散布在宿舍各个角落，半夜上个厕所都能被绊倒好几回，作为爱情礼物的试验品，404宿舍的众人已经人手一条残次品羊毛围巾了。

林璟伸手接住一片飘零的落叶，她也很想给申寒送点什么，却又不知道送什么好，更不知道以什么名义送，是应该谢谢他这大半年来的教导，还是对她的呵护和关照？

寒假将至，转眼尚武又开始了招生，林璟没课时会跟着师哥师姐一同待在招生办做咨询。尚武一众穿着道服的俊男靓女甚是养眼，不少带着孩子的家长都跃跃欲试想要报名，光一个下午，报名表就见了底。

申寒下课出来，刚巧与林璟打了个照面，他走到她身边拿起一摞已经填好的报名表仔细翻看了一下，目光柔和：“辛苦了。”

“哎呀，教练你是不知道，林璟师妹往这儿一坐，来报名的小伙噌噌往上涨；我往这儿一坐，来报名的小姑娘噌噌往上涨；我俩一块坐在这儿，龙威那边一个人都别想招上！”坐在身边的师兄廉钰得意扬扬道。

林璟听到这种调侃忍不住笑了。这位廉钰师兄就是她第一次进成人班目睹被王教练暴摔在地的那个棕发男孩，他总是有各种各样的办法惹教练们生气，再用嬉皮笑脸的本事假装什么事都没发生过，这一点令她颇为佩服。

“哦，那要是我坐这里呢？”申寒将胳膊搭在他肩膀上。

“那……那广场上的大妈都不跳广场舞啦，都得来咱们尚武天天瞅着教练您哪……哎哟哎哟，疼！”

廉钰话没说完便被申寒提着领子拽了起来：“过几天李蝉有比赛，上去陪她练会儿。”

支走了廉钰，申寒自然而然地坐到了林璟旁边。瞥着他挽起袖子下古铜色的结实肌肉，林璟的心跳又开始不受控制地加快了。

“教练……”林璟没敢看他，声音很轻。

“嗯？”申寒审阅着报名表，低沉回应。

“我考到导游证了。”

“恭喜你。”

林璟有点后悔提起这个话题了，接下来该怎么聊下去呢？她默默擦了把额头的汗，注视着大街上来来往往的车辆，一时两人陷入无言。

这时，一名打扮时髦的妈妈骑着电车一脸好奇地停到了招生位前，坐在后边的小学生一脸警惕，探头探脑地观察着，似乎已经预感到了即将霸占自己寒假美好时光的罪魁祸首，他揪着妈妈的衣角做出各种不情愿的表情。

年轻母亲询问了几个问题，申寒都很专业地一一作答，令她很是满意，拿着报名表反复地看，似乎已经下定了决心。

“槐安路小学，距离天耀跆拳道馆比较近，那里主要针对年纪偏小的孩子，环境设备师资都不错。”申寒看了一眼小学生身上淡蓝色的校服平静道。

“是这样吗，好的，我过去看看。”年轻母亲一愣，又骑车载着孩子离开。

林璟有些不解，高中暑假她也有帮各种补习班发传单的兼职经历，各大教育机构无不是用尽手段争抢资源，申寒竟然主动把资源让出去。

“我们也是有少年班的啊。”林璟微微皱眉看向申寒。

申寒双手抱拳抵在下颌，注视着来来往往的车辆轻轻摇头：“我们的少年班是几年前在附近家长的强烈要求下才开办的，几个教练都没有经验，对孩子也没有足够的耐心，靶具也都是成人班淘汰下来的，无论哪方面，都不如新开的天耀适合这群孩子。”

这么揭自己底的吗？

林璟沉默了一会儿，内心又泛起一股难以言喻的澎湃，尚武从来都不是赚钱的工具，只有他认为合适的学员，才会被招进尚武。

整理着厚厚的一沓报名表，林璟忽然发现一件微妙的事情，那便是报名表上都贴有准学员的二寸照片，无论成人还是青少年皆是如此，那么林降龙给自己报名的时候岂不也贴了照片？

林降龙不会找了她小时候的丑照拿来用吧。

黑历史，黑历史，黑历史……想到申寒可能看到自己齐耳短发一脸无神的样子，林璟的心在滴血。

“数清了吗？”申寒见林璟一脸痛苦状。

“啊！好像没数对，我再数一遍！”林璟回过神，手忙脚乱地重新整理。

低下头的她没有发现，头顶上方的申寒露出的宠溺笑容。

几天的招生结束后，林璟在尚武也可以说是老熟人了，虽然段位比较低，但她待的时间足够长啊。加上因为这里有申寒，还有李蝉这些师兄师姐，每次来到尚武，她都很有归属感。

今天因为老师有事没上课的缘故她来得比较早，甚至赶在申寒之前就到达了场馆，正挥舞着拖把打扫卫生，忽然，一个穿着道服的瘦高个年轻人映入眼帘。

不是尚武的人，林璟将拖把拄在地上，一脸不惧：“谁啊？”

那人猛然听到呵斥，吓了一跳，随后才扭捏不安地从门后走出来。

林璟看着那张年轻局促的面孔只觉得颇为熟悉，尚未开口询问，倒是那人先说了话：“我是天耀那边的教练，路小飞，还记得我吧……上次在体育馆，谢谢你们了，我是来道谢的。”

林璟一拍脑门终于想起了他是谁，申寒口中擅长低龄儿童跆拳道的天耀跆拳道馆，那天她对他率领的一队萌娃可谓是印象深刻啊！

“噢噢，是你，快进来坐……好像也没地坐……”林璟发挥着导游的本能热情环视了一圈干干净净的场地后有些尴尬，下一秒又神态自若，“你说上次的事，没关系，不过要好好谢谢申教练才是……”

路小飞颇有些不好意思：“申教练，他还没来吗？”

“现在还早，你找他的话可以再等一下。”林璟放下拖把拿起扫帚，准备把角落的灰尘也顺便清理下。

路小飞看着林璟忙碌的背影，脸有些红，一滴汗水也顺着额头流了下来，声音细如蚊蚋：“那个，我是来找你的。”

林璟好奇地转过身，重新凝视那张清秀的面容。他似乎不敢与她对视，不停地躲闪着目光，也许是紧张的缘故，耳朵根微微发红。

林璟盯着他看了一会儿恍然大悟，一个不可思议的想法浮现于脑海之中。

这家伙不会是来跟她告白的吧？

她知道自己长得还行，但他们才见过一面而已啊，这就对她一见钟情了？不行，她是不可能答应他的，她是尚武的人，是申寒的人。

正当林璟思考着该怎么拒绝他之际，路小飞似乎做了什么决定，深呼吸了之后神态平静了许多，抬眼看着林璟一脸认真：“你有个师姐叫李蝉对吧，我见过你们尚武聚餐，你每次都跟她坐一起，你们应该关系很好吧？”

“啊？”林璟愣在原地，突然有种无地自容的感觉。

“还好。”她擦了擦汗佯装镇定道。

“嗯……我一直都，很想认识她……”路小飞忽然对她来了一个九十度大鞠躬，“所以希望你能帮忙！”

林璟还没想到该怎么开口，只听一声轻笑从楼梯拐角处传来。

“小孩子教多了自己也变成小孩了，追女孩这种事是别人可以帮忙的吗？”

“申教练！”路小飞看到申寒终于又开始紧张，想着自己这种行为算什么，挖人墙脚吗？以申教练的性格，不知道自己今天要折几根骨头才能离开了。

申寒并没有生气，而是露出一副十分有趣的表情：“李蝉现在确实单身，不过要当她男朋友，你可能首先要打得过她才行。”

林璟同情地看了一眼路小飞瘦竹竿般的身材，想到师姐的利落身手，更是惋惜地叹了口气。

路小飞并没有因为这番打击恼羞成怒，而是颇为镇定，低头思考了一会儿后走到场地的悬空靶前，猛然抬腿一个漂亮的回旋踢。那声音震得林璟耳朵嗡嗡作响，她没想到看似瘦弱的路小飞有这么大的爆发力，不愧是教练。

“不错。”就连申寒都露出了赞扬的神情。

“我会努力的。”路小飞站在靶前，似乎是在对二人说话，又像是在给自己打气，接着转身离开了尚武，徒留林璟跟申寒面面相觑。

“带得了娃，打得了架，这小伙子挺不错。”申寒道。

林璟听申寒这么说忍俊不禁，看着走远的路小飞：“要是他听到你这么夸他，一定会更有信心追李蝉师姐。”

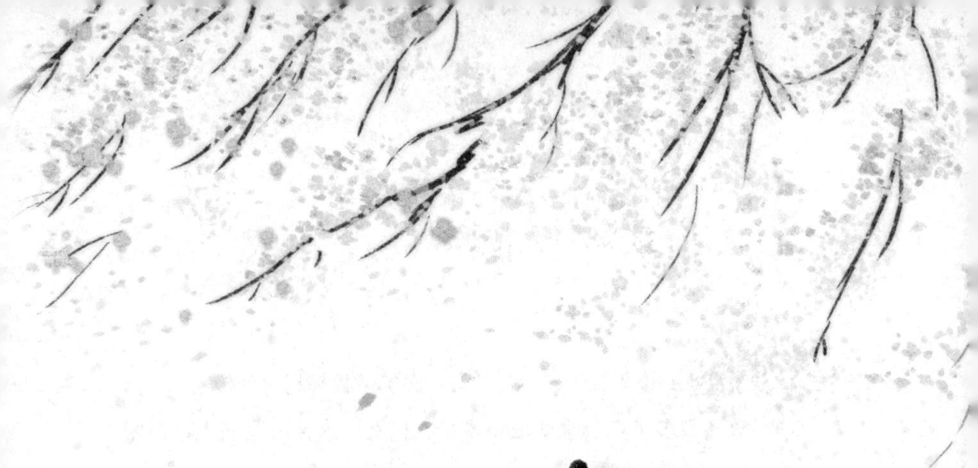

HE IS SO / SWEET

第十六章 师姐的魅力

某天，林璟拎着道服揉着脖子疲惫不堪地从尚武跆拳道馆出来时，又看到了路小飞。

路小飞也换下了道服，看到林璟先是不安地看向她身后有没有出现申寒的身影，在确定没人后再鬼鬼祟祟地朝她走了过来。

林璟哭笑不得，看着他将一袋子零食塞到她手里。

“贿赂我可行不通哦……”林璟盯着那袋子零食，拉长了音调。

路小飞神情纠结了一会儿，艰难地开口道：“这周六有我们天耀的开课典礼，希望她可以来……”

“儿童跆拳道馆的开课典礼，让我师姐去干吗？你这约会安排得也太直男了吧。”林璟毫不客气地吐槽，却丝毫没有把手中那袋子零食还回去的意思。

“不是……”路小飞见自己被误解连忙解释，“这届学员里有很多小姑娘，她们一直要我带跆拳道厉害的姐姐过去，整个枫城似乎没有比李蝉更合适的了吧？”

林璟若有所思了一会儿，觉得他的话似乎很有道理，随后骄傲地一仰头：“谁说的，我也可以！”

“不，你不可以。”看着当场石化的林璟，路小飞察觉到自己说的话有点不妥，随后又安慰地补了一句，“不过你可以陪着她一起来。”

林璟还没有来得及回答，只见路小飞忽然看向她身后，继而脸色一变，宛如兔子见老鹰般撒腿跑开，临走还不忘说一句：“一定要来啊！”

林璟回头，果然看到申寒正慢悠悠地从楼梯口走出来。他看看林璟手里的零食，再看看跑远的路小飞，似乎已经明白了。

“什么事？”申寒看着林璟。

林璟将路小飞对她所托之事一五一十地说了出来，原本以为申寒会生气，但他只是笑了笑：“还算有脑子，知道改变策略贿赂你。”

林璟脸一红，随后把零食袋子打开，像献宝一样捧在申寒面前，一脸期待：“教练你吃吗？”

申寒先是一愣，看着面前身高只到他胸口的女孩，突然内心一软，极力克制住自己很想揉揉她的小脑袋的想法，温柔地道：“我不吃，你吃吧……”

林璟“哦”了一声收回袋子，又将问题转移到了路小飞的所托之事上，讷讷道：“李蝉师姐应该已经走了吧，我该怎么跟她说啊……”

申寒缓缓抬起手指了一个方向，那里是枫城商业区内最高的一栋大厦。

“去找她。”

宝元大厦坐落在枫城市中心最繁华的地带，也是无数创业公司社会精英聚集之地，在这里，随处可见昂贵的西餐厅和咖啡厅，穿着西装的男男女女抱着厚厚的文件仍然走路带风，面不改色地对着电话说着自己的方案。

林璟踏进宝元大厦的一瞬间就感到了自己跟周围西装革履的商业精英们的格格不入。

环顾四周……她之前听说过李蝉师姐是做秘书工作，此刻却不知道要如何找到对方。

在前台询问得到李蝉在“23楼2306室”的确切地址后，林璟就跟着一群精英进了电梯。23楼是一个跨国商贸公司，也是宝元大厦最有气场的公司，它占据了整个楼层，从装修到摆设无一不透露着大气，乳白色的大理石地面光可鉴人，头顶的水晶吊灯柔和却不晃眼，妆容精致穿着高跟鞋的女员工步履匆忙地走过，空气中残留的香水味久久不散。

偌大的办公室富丽堂皇，纯黑色的办公桌后却只坐着一人，那个穿着合身西装的年轻女人有着一头乌黑的长直发，容貌俏丽，身材匀称，戴着一副金丝边眼镜正埋头记录着什么东西，声音干脆利索：“简历放这儿，然后可以开始自我介绍了。”

要不是后边架子上摆着李蝉穿道服的相片，林璟简直不敢相认，良久后才战战兢兢地开口：“师姐……”

“啊？”李蝉听到这声熟悉呼喊猛地抬起头来，不可思议地看着林璟，神情瞬间变得亲切柔和起来，“林璟？你怎么来这里了？我还以为是来面试的人，快点坐下，你喝茶还是喝咖啡？”

“不用不用，师姐，我是来找你的。”林璟连忙解释。

“找我？”李蝉拿着两个纸杯一愣，神情又凝重起来，“尚武出什么事了吗？龙威又来捣乱了？”

“不是不是！是有个儿童跆拳道馆这周六要举行开课典礼，他们希望有学习跆拳道厉害的姐姐参加，于是找到尚武帮忙，所以我就来找你了……”林璟丝毫未提及路小飞。

李蝉如释重负地叹了口气：“哦，原来是这样，我这阵子真是精神绷得太紧了，那天我会去的。”

看着李蝉桌上厚厚的文件，林璟忽然就涌上一阵莫名的羡慕——职场上的师姐跟穿道服的师姐简直判若两人，哪怕发脾气训人都透着一股干练劲，以后也要努力向师姐看齐才行啊。

跟李蝉交代好了时间地点后，林璟便离开了。

结束了一周的学习，林璟又怀着快乐的心情来到了跆拳道馆。因为考到了导游证的关系，她经常被导员叫去辅助他做一些事情，所以最近特别忙，一想到几天没见到申寒，她上楼梯的脚步都加快了。

今天她来得有些晚，大家都已经开始了课前热身，李蝉也神态自若地活动着筋骨。她跟申寒默契地对视了一眼。

训练一结束，林璟便冲到了李蝉面前："师姐，别忘了天耀的开课典礼。"

李蝉一愣，随后一拍脑门："糟糕……今天好像没开车。"

林璟心里一揪，正要开口，申寒拿出绑着鲸鱼钥匙扣的车钥匙晃了晃："我送你去啊。"

"好。"李蝉点了点头便开始收拾自己的东西，继而又皱起了眉头，"我是代表咱们尚武去的，不给孩子们准备点礼物好吗？"

林璟又是一声叹息，正在脑中快速思考着办法，申寒慢条斯理地打开柜子，拎出一个装满了卡通文具的塑料袋："给你准备好了。"

林璟看着申寒，简直目瞪口呆，这是什么全能神！

李蝉茫然地接过塑料袋，看了看林璟，又看了看申寒，似乎总觉得哪里不对："你们两个是不是有事瞒着我？"

"没有！"

二人异口同声道。

千哄万哄，总算将李蝉哄出了门，林璟眼巴巴地跟在后头。申寒似乎察觉到了她的渴望，朝她招了招手："一起来见见世面，也许下次就是你去了呢。"

"好嘞！"林璟满心欢喜地上了车，见不见世面倒无所谓，主要是想跟申寒多待一会儿。

开车到天耀要穿过一个城区，虽然堵车耽误了些时间，但总算在六点五十分赶到了现场。天耀跆拳道馆的招牌就立在大楼显眼的位置，三人很轻松就找到了地方。

路小飞早已焦急地等候在门口，身边还簇拥着无数个稚气未脱的穿着白色道服的小朋友，一时间叽叽喳喳童言童语十分悦耳，三人一进来就被这样的美好气氛打动了。

林璟原本以为申寒把她们二人送到就要离开的，没想到他也大摇大摆地跟着进来了。李蝉没觉得怎么样，倒是站在门口迎接的路小飞笑容明显僵了一下。

“申教练，你们……都来了！”路小飞连忙迎了上去，面对李蝉时耳朵根又开始微微发红。

“嗯，过来给你捧个场。”申寒笑眯眯道，随后向后退了一步，“介绍一下，我的两位学员，林璟，李蝉。”

“你好。”林璟忍俊不禁地打了招呼，李蝉也微笑示意了下。

“你好……我，我叫路小飞，是天耀的教练。”路小飞看着李蝉有点结巴。

林璟已经完全被无视了，她撇了撇嘴，自觉地向申寒旁边靠了靠。李蝉丝毫没觉得不对，反而大大方方地跟这位年轻的教练握手，谈吐间落落大方，气质逼人。这样的师姐，别说路小飞，就连林璟一个女孩子家都要心动了。

互相认识完毕，开课典礼很快开始。

面对一群萌萌的小朋友，林璟根本没把自己当嘉宾，她在儿童班待过，一屁股坐在孩子们之间只觉得很是亲切。天耀的其他教练都知道申寒，对他能亲自前来很是惊讶，此时将他围在其中探讨一些比赛知识。李蝉落了单，自然只有配合路小飞好好当本次典礼的重要嘉宾，二人假装对手互相过了几招，底下的小孩子们早已经鼓起掌来，对李蝉崇拜不已。

等到盛满小礼物的袋子变空，典礼也要结束了，孩子们依依不舍地将李蝉和林璟围在中间，可怜巴巴地问她们什么时候再来，比起一脸严肃的申寒，还是年轻漂亮的大姐姐更受他们欢迎。

三人在路小飞依依不舍的注视中返程。

申寒先送了李蝉回公司，因为她还有事务要处理，随后才送林璟回学校。坐在副驾驶座上，一会儿看看晃动的钥匙扣，一会儿看看夜幕下申寒的侧脸，林璟心情无比愉悦。

"教练，你就这么舍得把师姐交出去吗？"想到申寒的配合，林璟十分好奇。

"嗯，我希望我的每个学员都能有好的归宿，也乐意帮忙。"申寒单手转动着方向盘，嘴角微微弯起，余光注意着坐在副驾驶座上林璟的表情。

原来他还有当月老的习惯……林璟暗自吐槽，将头别向了窗外。看着霓虹灯闪烁的城市街景，她又鼓起勇气转过头来："那，教练你有中意的人吗？"

申寒将车停在校门口，转头看着林璟。

夜幕中被那样一双深邃的瞳孔凝视令她心跳加速，甚至有些后悔问出那个问题，申寒会如何回答呢？

“再不下车就进不去宿舍楼了哦。”

“啊！”林璟一看表，果然距离封楼还剩五分钟。今晚的开课典礼玩得太高兴导致她完全没有注意时间，如果恰好再遇到于佳雪查寝……后果简直可怕！

“谢谢教练，教练再见！”林璟果断地拉开车门跳下车便朝着宿舍一路飞奔而去。

申寒看着她慌张奔跑的背影，随后将视线转移到鲸鱼钥匙扣上，林璟的问题让他陷入思考，自从家人出国，他一门心思都放在了尚武，这些年独来独往惯了。

中意的人？

摩挲着手中的鲸鱼钥匙扣，他的嘴角不禁露出一丝微笑。

第十七章 天苍苍，海茫茫

HE IS SO / SWEET

申寒终是没有来得及回答那个问题，林璟也得以在封楼之前回到宿舍，打开电脑，突然“叮咚”一声，一封新邮件映入眼帘，竟然是一家旅行社发来的面试通知。

“海程假期……”林璟呢喃着这家旅行社的名字，似乎有点熟悉。经过了一年的系统学习，又考到了导游证，于是她一时脑热给好多家旅行社发了简历，大多是石沉大海。这家海程假期是第一个给她回复的，难道她的导游生涯就要开始了吗？

想到这里，林璟突然有点激动。

“要熄灯了，同志们。”李栀嚷嚷了一句，顺便关了灯。

整个宿舍陷入一片黑暗之中，林璟在被窝里用手机搜索着关于海程假期旅行社的信息，看着整洁的公司环境和丰富的旅游线路很是心动，萌生了一定要去试一试的想法。

趁着周末天气正好，林璟按照邮件中的地址到了海程假期旅行社。公司不大，却处处透露着精致和惬意，旅游广告宣传单的设计也非常新颖独特。接待她的工作人员也都亲切随和，这很大程度上缓解了她的紧张。

面试林璟的是这家公司的小老板，一个三十来岁的程姓男子，办公桌上摆着他登上山顶的照片和一家三口的全家福，他详细介绍了自己的公司，认真看了林璟的简历。

在几番交谈之后，程老板显然对林璟的能力很满意，当下就拍板决定让林璟在暑假来公司做兼职导游。

返程的路上林璟心情格外愉快，终于要开始自己的第一次带团了，这个暑假肯定会过得无比充实啊！

期末考试一结束，林璟便参加了公司的新员工培训，与十几名预备导游一起投入了热火朝天的学习中。

当导游很重要的一点是口才，如果说一年前的林璟还是个不善言辞唯唯诺诺的小姑娘，那么一年的时间无论是跟室友扯嘴皮子或者在尚武跟师姐师兄们聊天，都让她的口才得到了很大的锻炼，讲师布置的关于解说词以及突发事件的作业她也都很好地完成。七天的培训结束，加上跟着公司的老前辈走了几次团，她已然对自己的第一次出行自信满满。

第一次带团要去的目的地是一个拥有美丽海岸的城市，在出行前林璟已经做足了功课，路线的规划、渔栈的安排、景点的解说词等等，时间定在周二到周五，一共四天时间。

打开手机看着申寒的电话号码，她犹豫了一会儿，最终还是决定不告诉他。第一次带团，她希望能够不依赖任何人，圆满完成好这次工作任务后，再和他一起分享喜悦。

周二大清早，市博物馆门前，大巴车已然停妥，林璟一身运动服棒球帽轻装上阵，举着游客名单从车上跳下来，望着眼前准时到达的游客们一脸兴奋。这个团里面有老人，有孩子，有一家三口，也有小情侣，第一次单独面对如此多的人，林璟内心激动又紧张。

“大家好，我是本次澜城之旅的导游林璟，你们可以叫我林导，今后四天由我来负责大家的导游工作，希望大家都能有个愉快的旅途！”

林璟一口气说完预备好的解说词，只觉得浑身畅快。而游客们也对这个年轻漂亮有活力的女导游充满了好感。大家都热情地鼓掌，林璟露出感激的笑容。

“那么现在我们来点名，点到名字的请喊‘到’，然后上车坐在各自对应的座位上。苏小强！”

“到！”

“王博一家三口！”

“到！”

“秦坤四人！”

“到！”

“蒋云飞二人！”

“到！”

……

林璟埋头划着名册，游客们一个个从她身边走过上了车。

正式发车前，林璟上了个洗手间，对着镜子给自己加油鼓劲后最后一个上了车。

司机师傅是个热心的中年男人，叫魏晨光，在来接游客的路上，二人便交谈了一下，在得知林璟是第一次带团后，他自信地拍胸脯让她放心，他开了多年的旅游大巴车，见识过无数导游，并对林璟讲了许多关于导游外的冷门知识，林璟自觉受益匪浅。

等到大巴车发动，她又站在最前边用扩音器介绍了一遍自己，又介绍了一遍澜城，语言风趣幽默，轻松易懂，收获了不少游客肯定的眼神。然而林璟却总觉得自己被车厢里一束特殊的目光凝视着，在休息间隙，她走到后车厢准备巡视一圈，继而被那个稳稳坐在角落的英俊男人险些惊掉下巴。

申寒正坐在最后一排靠窗的位置，看着林璟，神情有些忍俊不禁，尤其当她跌跌撞撞身形不稳，看到他后完全不知所措的样子，简直太可爱。

“教练，你怎么在这儿……”想到自己刚刚在最前边张牙舞爪介绍的模样，林璟有点不好意思。

“我刚好要去澜城比赛，正好想顺便看看那边的风景，就跟同伴一起报了名。”申寒微笑着告诉她。

原来如此，林璟十分懊恼，这种组团报名的话只用报一个人的名字就可以了，怪不得她反复核对名单都没有申寒的名字，他可能混在某某二人或者某某家里。

可是这样一来，他不就是她的游客了吗？

“你不是说要带我出去玩的吗？怎么自己带团不通知我，嗯？”申寒用半开玩笑的语气质问，眉头微微皱起。

林璟听他这么说更是心虚不已，她将头别到一边，声音带着哭腔：“这是我第一次带团，我没信心能做到万无一失，原本想等成为一个合格的导游再通知教练你的……”

申寒也没想到自己一句玩笑话却让她瞬间如此紧张，当即舒展眉头笑着说：“好了好了，我开玩笑的，别那么紧张。你做得非常好，你看大家都很喜欢你。”

受到申寒肯定，林璟放下心来。看着他身边空着的座位，她又疑惑起来：“教练，你的同伴呢？”

“家里临时有事去不了了，还有一个跟老婆、孩子一起去，坐在前边。”申寒指了指第三排正在跟孩子讲故事的男子。

大巴车摇摇晃晃地行驶着，电视上正播放着郭德纲的相声，游客们有的玩手机，有的听歌，有的吃零食，有的已经戴上眼罩进入梦乡，林璟借此机会也可以在申寒旁边多留一会儿。

“教练，你去澜城打什么比赛啊？”

“城市之间一个友谊赛。”申寒道。

“在哪里，什么时候比赛啊，我可以去给你加油吗？”

“武术馆……如果没有行程安排的话当然可以啊。”

得到回答后，林璟满足地坐回前方的导游位，拿出行程本开始研究，在确定了那个时间是自由活动时间后，靠在椅背上开心地笑了起来。

“这么高兴，那个小伙子是你什么人？”魏晨光冷不丁地开口问了一句。

“我跆拳道班的教练。”林璟道。

“哟，你还学跆拳道啊？不过也好，你这么年轻漂亮，以后还要经常带团出远门，学个防身术挺不错……你喜欢这个教练吧？”

“噗——”林璟刚拧开一瓶矿泉水，第一口还没咽下去就被这句话刺激得喷了出来，她狼狈地擦了擦嘴，不满地看了魏晨光一眼，“司机师傅，你的职责是开车，不是跟导游闲聊的。”

魏晨光却很有他的一套理由：“其实导游和司机聊天，是为了防止司机犯困，如果有人陪着聊天转移注意力，就会提起精神。司机长时间驾驶是很辛苦的，你想想，一个疲劳驾驶的司机，载着一车游客，是不是很危险……”

“咦！好像有道理！”

看着林璟一脸萌新却好学的模样，魏晨光识趣地没再调侃她和申寒。二人就真那么闲聊到了大半天，从魏师傅的远房表妹离婚再复婚，到林璟高中被袁清纯姐弟俩欺负，简直相谈甚欢。不知道过了多久，林璟忍不住回头检查了一遍已经睡得东倒西歪的游客，后排的申寒将头靠在椅背上闭着眼睛，不知是在冥想还是已经睡着了，他两手抱臂放在胸前，就像一个抱着剑的侠客。

林璟也有点困了，但想尽到一个好导游的义务，强打起精神继续跟魏晨光聊天，倒是这个中年大叔有点不忍心了。

“丫头，你也睡一会儿吧，不用陪我一直聊了。”魏晨光好言提醒。

“没事，我不困……咱们接着说，刚刚说到哪儿了……”

“说到你爸被小混混报复进医院了。”魏晨光干脆道。

“哦，我爸进医院了……好多人来看他，我就站在门口哭……哭……”林璟声音越来越低，很长时间都没再说话。

魏晨光转头看了一眼，小丫头已经歪着头靠着玻璃窗发出了轻微的鼾声。

第十八章 没那么简单

“林导，醒醒，我们要到了。”

迷迷糊糊中，林璟似乎听到魏晨光在叫自己。伴随着车厢内部各种嘈杂的声音，她刚一睁开眼就被窗外直射进来的阳光险些晃瞎了眼睛，直到窗外的景色越发明亮鲜活，她才想起自己在哪儿。

这是她第一次单独带团，她此刻是以一名导游的身份坐在这里的，刚刚明明在跟魏师傅聊天，不知道怎么就睡着了，连过了几个服务区都不知道，简直失职。

随后她立即拿起话筒蹿到了车厢正中间一个踉跄后站稳，随后换上一副灿烂的笑脸："各位游客，我们马上就要到达澜城。接下来我来给大家简单介绍一下我们即将要去的景点，首先是城市纪念碑……"

林璟早已将导游词背得滚瓜烂熟，此刻仿佛一个没有感情的复读机器。大巴车内的游客也基本没人听她说话，有的人在吃面包火腿，有的人正举着手机对着窗外录像，有的哄孩子，有的开始化妆，她一口气背完导游词，神情有些黯然。

然而还有一双眼睛是一直专注地看着她的。

申寒几乎没睡多久就醒了过来，他高大的身躯窝在狭隘的座位里着实不舒服，幸好旁边的位置没人，让他的活动空间可以多一些。车头跟车尾距离很远，他只能看到林璟跟司机师傅在愉快地聊天，并不能听清他们说了什么，随后她靠着车窗昏沉睡去，他甚至有点担心她颠坏了脑袋。

林璟察觉到那束关切的目光，朝着申寒感激一笑。只要有一个人在听，她就不算尴尬地自言自语，似乎她只是他一个人的导游，而他也是她唯一的游客。

介绍完景点，叮嘱完注意事项，林璟带着游客们下了车。她将旅行社的小旗子举得高高的，生怕有人看不见，不过有申寒走在队伍最末尾，让她十分安心。

每个景点停留的时间有限，导游介绍完就可以自由活动，到了规定的时间、地点上车集合就好。现在并非旅游旺季，景点人不多，这趟团大多时间都是自由的，对林璟来说省心不少。

游客解散完毕，偌大的队伍里只剩下了林璟和申寒两个人，他同伴一家三口已经在打过招呼后走开。不远处就是蓝天碧海金沙滩，海天一线的怡人景色，照例说林璟可以选择回到车里整理接下来的行程，但她鼓起勇气走到了申寒旁边。

“教练，一起走走吧。”

“好。”申寒点头，“在外边不用喊我教练。”

不喊教练的话，还能喊他什么呢？难道要直接喊他的名字？林璟的脸红了红。

跟申寒并排漫步在海边的沙滩上，林璟还戴着导游帽举着旗子，在外人看来似乎更像是一个富二代的私人导游，而申寒也已吸引了沙滩上诸多比基尼女郎的目光，他穿着一间黑色休闲衬衫，领口的扣子松着两颗，露出健康的小麦色肌肤和脖颈下一段弧线优美的锁骨，衬衣不算紧，却将他结实挺拔的身材包裹得恰到好处，接近一米九的个子，英俊的侧脸和一双摄人心魄的眼睛，只要被他看上一眼便完全沉醉。

林璟有点不敢直视他，一直低头看着脚下。等她回过神来，尴尬地发现申寒不知道什么时候停下了脚步，站在距离她身后十米的地方正面朝大海若有所思。

她连忙举着小旗往回跑，伸手抹了把额头的汗，假装什么事都没发生。

“给我介绍介绍这个景点吧，刚刚站得太远没听清。”申寒满脸含笑地看着她。

“好的。”林璟注意到了申寒的小动作，随后清了清嗓子，摆出一副专业的姿态，“这片沙滩算是国内不出名却风景优美的冷门景点，大海的另一端是韩国，游客们可以选择乘船去到中间的岛屿上领略异国风情……”

林璟边说边观察着申寒的反应，他始终面无表情地盯着前面那片海，她突然想到在学校虐狗桥上申寒无意提起的他的家庭，也许在他心中，大海的另一端，是他的家人。

手机铃声突兀地响起，打破了这难得的安静，林璟走远了几步接听了那个陌生号码。

“林导你在哪儿啊？我的充电宝落在了大巴车上，我要回去拿一趟！”

“大巴车停在服务区，我把车牌号发短信给你，我会给司机师傅打电话说明情况。”林璟冷静道。

“好的，谢谢林导！”

挂了电话，林璟呼出一口气，发完短信正准备走回申寒旁边，铃声再次响起。

“林导，我小孩从岩石上蹦下来扭伤了脚！”

“啊？严重吗？沙滩往北走一百米的停车区有出租车，去最近的医院处理下，不能按时集合的话要随时跟我汇报行踪。”

一波未平一波又起。

“林导，我的钱包好像被偷了……”

“报警了吗？”

“啊，钱包找到了，掉在大巴车上了。”

“林导，你有男朋友了吗？”

“有了！”林璟耐烦耗尽地挂完最后一个电话，有点心虚地看了申寒一眼，她感觉自己根本不像是个导游，反而像整个团队的保姆。

申寒见她动不动火烧眉毛的样子只觉得十分可爱：“对待游客要有耐心才行啊，林导。”

“嗯，是……”林璟脸红了红，为自己的失态深感愧疚。

很快到了中午，除了孩子受伤的那家人，其他游客都按时到达了集合点，点名完毕便由林璟带领去了事先订好的渔栈。海程虽然是个小公司，对待客户的态度却十分认真，这家渔栈整体呈现地中海风格，白蓝色调为主，墙上挂着关于海洋的照片绘画，还有船锚指南针等等装饰，每个房间都干净整洁，林璟很快便分配完毕，渔栈老夫妻二人准备的饭菜也十分可口，大家心情都很愉悦。

吃完饭回房间休息一下，下午再去一个景点，就可以自由活动了。林璟咬着一个馒头待在房间里翻着行程簿，惦记着下午三点申寒要比赛的事，她特意将他的房间安排在她对面，中间只隔着一个天台，此刻他房间窗户开着，窗帘却拉着，也许为了比赛养精蓄锐，已经睡下了。

简单休息了一会儿又到了出发时间，挂在空中的太阳越来越热辣，林璟索性也换下了运动服，穿了一件符合海洋主题的浅蓝色连衣裙，挎着导游包，左手举着小旗右手扩音器带领大家上了车。

申寒走到自己的座位愣了一下，因为座位上不知道什么时候被人放了一个 U 型颈枕，看着那个 U 型枕的少女颜色和可爱造型，不用猜也知道是谁放的。他莞尔一笑，垫上护枕，脖子果然舒服了不少。

游客们已经陆续坐好，林璟又站在最中间用扩音器激情昂扬地介绍着接下来的行程和景点。护枕是她趁着大家都午休特意去附近的商店买的，她不想他因为休息不好影响到他的比赛，此刻看到他惬意地枕着护枕对自己微笑，一时间大脑放空，差点将接下要说的导游词忘了个干净。

魏晨光很快便将车开到了目的地，抽出一张旧报纸盖在脸上开始休息，游客们跟着林璟下车。这个景点很普通，只有一个临海广场可以跟海鸥近距离接触，附近还有一个大商场可以供大家歇息购物，安置好游客后，林璟便跟着申寒一同打车去了澜城市武术馆。

场馆内已经聚集了很多穿着道服的人，林璟走在申寒后头活脱脱一个大佬的小跟班。她只在升段时见识过一次比赛，还只待了很短的时间，这次跟上次的场景完全不一样，到处是一米八以上的壮汉，无论出拳还是踢腿都发出震耳欲聋的吼声。

清一色的黑色腰带……高手云集啊。

二人一路走来，已经有不少人跟申寒打招呼，同时暧昧地看了看帮忙提包的林璟一眼。申寒已经换好了道服，无论外形还是气场都格外耀眼，就连走在他背后的林璟，都不禁挺直了腰杆，凝视着自家教练的背影，满满的都是自豪感。

“你坐在那儿等我就好。”申寒指了指某个擂台下的第一排座位。

林璟乖巧地抱着他的背包点了点头。

裁判席的几位中年男子一见到申寒便开始窃窃私语，其中还有一位穿着道服的金发碧眼的外国裁判。

申寒的对手是年纪相仿的一名年轻男子，二人似乎熟识，比赛开始之前似乎还聊了几句，气氛十分轻松。

一声哨响，比赛正式开始。

林璟聚精会神地盯着台上二人肃杀的身影。

互相鞠躬后，对方先是快速的一记重拳朝着申寒挥来，申寒则是稳稳地避开，顺便一脚踢中了对方腰部的得分点。对方随后的几次进攻均被他完美反击，身形流畅，动作出彩……

这是林璟第一次近距离观看申寒打比赛，就像那天夜色中的英雄救美一样，利索的身手、肃杀的眼神，一拳一脚，毫不留情地将对手击溃。

想到学校演讲台上自己被他抱在怀里流鼻血的事，林璟下意识地又摸了摸鼻子，确定没有红色液体流出才放下心，申教练啊申教练，你可别再这么撩人了。

良久后她左右环顾，才发现不知不觉间，自己所在的观众席已经坐满了人，大家似乎都特别关心这场比赛。

“不愧是申寒。”身后传来的议论不绝于耳，每个人在谈论申寒时都带着崇拜的口气。

申寒几乎毫不费力便拿下了这场比赛，临走还鼓励地拍了拍对手的肩膀。

他一个纵身跳下擂台，径直朝着林璟走来，从被她紧紧抱在怀里的背包中准确地抽出一瓶矿泉水仰头一通猛灌。

这个角度林璟是完全仰视他的，就像仰视一位战神一样，他的手臂、下颌，顺着脖颈流下的水珠，一切一切都是那样耀眼。

申寒喝完水低头，毫无征兆地对上那双迷离的眼，当即皱起眉头：“林璟，你发什么呆？”

“没什么……”林璟回过神来，赶紧收起花痴的眼神，随后换上一副笑脸，“我突然想到我还欠教练你一顿饭，渔栈不包晚餐，大家是可以自由品尝海边美食的，不如，我请你吃饭吧……”

“好。”

下一刻，他转过头朝着裁判席尚未离开的几位前辈招了招手：“何教练，今晚的聚餐我不去了。”

那边的何教练则是一脸不可思议：“法国大餐啊，你真的不去吗，很多前辈都想见见你呢？”

“我有事不去了。”

何教练看了看申寒身后站着的林璟，瞬间明白了什么，只好无奈道：“好吧。”

林璟听了这通对话可谓是心情复杂，她长这么大还没吃过法国大餐，申寒居然就这么拒绝了，如果可以，她可以替他去！

“教练，要不我改天再请你……今天你先去……”林璟仿佛一个做错事的孩子般神情惶恐不安。

“不，我今天晚上就想吃你请的大排档。”申寒嘴角上扬，语气坚决。

第十九章 河边轻轻走，一次就湿鞋

HE IS SO/ SWEET

林璟第一次正式邀请男生吃饭，她在心里默默地赋予了约会的定义。在走完了带团的行程，安顿好了游客后，她躲在渔栈的房间里，翻着化妆包，竟然只找出一根眉笔来。

对着镜子浅浅描了两下，林璟看着镜子中那张年轻清秀的脸庞，忽然想到了自己高中的模样。那也是自己一生中最平凡怯懦的时候了吧，无论是见证父亲被小混混报复受伤，还是被袁清纯欺负，那些都已经成为过去。

现在的她，眉眼中已然多了些酷似申寒的坚毅，而她也不再畏惧袁清纯了。

既然申寒答应了跟她吃饭，那她就应当好好准备，虽然不能让他吃到法国大餐，但这顿饭一定要舒心惬意才行。本来已经计划好了几个不错的海鲜酒店，然而申寒竟然主动提出了去大排档。她对大排档的概念不过就是城区中心那个老少皆宜的闹市，那也是她跟申寒第一次相遇的地方，如今二人第一次约会也选在类似地方的话，也是很有意义的事呢。

林璟默默地打着自己的小算盘。

收拾妥当，林璟正打算出门去附近的大排档踩踩点，此时响起了敲门声，打开门一看，一对年轻男女正笑吟吟地站在门外，是她团队中的游客。

“林导你好，在忙吗？”女孩子率先开口。

“不忙，请问遇到了什么问题吗？”林导专业地回答。

“哦，是这样，我们出来得太匆忙忘了带自拍杆，能不能请你帮我们拍一些合照呢？”

第一次带团，林璟非常希望自己能给游客留个好印象，并且看着面前甜蜜的小情侣，她也找不到拒绝的理由，只好跟着去了。

当她挎着相机如跟屁虫一样跟在甜腻的二人身后拍个不停时，她深深感到了做一名好导游的艰辛，客人就是上帝，让客人满意，让客人开心，才是一个好导游的宗旨。

这对情侣很年轻，正处于热恋期，女孩亲昵地挎着男孩的胳膊，二人有说有笑地漫步在沙滩上，时不时甜蜜对视，似乎完全忘记了身后林璟的存在。

林璟跟在身后连着按了无数下快门，此刻已经接近傍晚，夕阳的余晖斜斜洒落，将金黄色沙滩覆上了一层柔和的滤镜，那对小情侣找了块岩石坐下，女孩靠着男孩的肩遥望着远处的海天一线，似乎幻想着一起去海角天涯。

恋爱到底是什么感觉？

被狗粮吃撑的林璟举着相机，看着那对甜蜜的背影，突然有点幻想恋爱的感觉。母胎单身的她，从小受到的教育是，好孩子好学生不能早恋，再后来就是高中被袁英俊疯狂骚扰，对男生甚至有种反感的心态。可是现在，她开始想象她未来的恋爱对象会是什么样子……

他们也会一起来海边散步吗……为什么脑海里浮现出了申寒的模样。

正当林璟在幻想着申寒一起漫步海滩，手机铃声突然响起，正是申寒本人打来的，吓得她差点没拿稳相机。

“你在哪儿？”刚接起电话便听到了申寒略带慵懒又磁性的声音，他似乎睡了个舒服的下午觉刚刚醒来。

“有游客拜托我帮他们照相，我们现在在碧波沙滩上。”林璟低声道，边打着电话便又按了两下快门，将二人亲吻的样子定格到镜头里。

“噢，几点去吃饭？”

林璟看了下时间，惊异地发现虽然现在刚刚日落，但已经是七点多了。想到申寒一觉睡醒饿着肚子敲自己房门的样子，林璟简直愧疚得心痛。

“我这就回去！”

她的申教练怎么能饿着！

挂掉电话，林璟果断地将相机还给了小情侣，赶回了渔栈。

渔栈后院有个小花园，透过花丛和栅栏，可以看到几百米之外的一小片海，花园里放着几张靠椅和秋千供游客们休息，申寒正躺在其中一张靠椅上半闭着眼睛，而他身边的秋千上正坐着一位同住在这家渔栈的年轻女人，此刻正脸颊泛红、眼睛放光地盯着申寒故作娇俏地说着笑话，时不时捂嘴偷乐。

林璟上气不接下气地跑到后花园，看到这样的一幕，不禁放慢了脚步，伫立在门口扶着门框不敢吭声了。她在不清楚这女人是谁、是否认识申寒的情况下根本不敢贸然上前。

听到脚步声，申寒睁开眼睛侧了一下身，就看到了林璟可怜巴巴一脸警惕地站在门口的模样，心突然就柔软下来。他哪知道眼前这个浓妆艳抹的女人从哪儿冒出来的，他不过是在这儿休息等她回来，莫名其妙就被盯上搭讪，他也很无奈。

见到林璟，他一个挺身猛然坐了起来，将那女人吓了一跳。他快速几步走到林璟面前，声音无奈中还带着几分委屈：“怎么这么慢才回来，我都快饿死了。”

这么亲昵的口气……林璟有点明白他的意思，再看秋千上的那神情复杂的女人，看她的眼神简直嫉妒得喷火。

“我来迟了，咱们现在就去吃饭……”林璟也不知哪儿来的勇气，一把挽住申寒垂在身侧的手臂。申寒也没有挣脱，任凭她挽着出了门。

此时天色渐晚，远方天空的红霞越来越暗，而街上反而灯火通明，各类小吃摊大排档纷纷摆了起来，而且全是爆满的状态。

不是节假日竟然也有这么多食客，这是林璟没想到的，她十分懊恼，这可是第一次正式请申寒吃饭呢。看他一脸笑笑无所谓的样子，完全就是让她自己做主的意思。

林璟一咬牙，果断装作胸有成竹的样子拉着他沿着街道继续走，同时眼睛快速搜索着周边的大排档店铺。走到几乎街道的尽头，在一个偏僻的巷子拐角，她终于看到了一个不起眼的招牌。

何老三海鲜烧烤大排档。

店面整体环境看着还好，奇怪的是里面居然空无一人，也许是刚开始营业的缘故，林璟心想着，便将申寒带了进去。

店里只有两名服务人员坐在凳子上玩手机，一名留着络腮胡的胖老板坐在账台后面无表情地看着二人，随即递了一张菜单过去："想吃什么拿笔钩上就好了。"

林璟接过那张简易的菜单，总觉得哪里不对，却也没有多想。她只想让申寒快点吃上东西，便将笔递了过去："教练，随便点啊，千万不要客气。"

申寒拿着笔在指尖转了几圈，看了看菜单又看了看老板，似乎有些欲言又止。

察觉到林璟一脸期盼的表情，他笑了笑，动笔在那菜单上钩了起来。

客人少，菜就上得快，申寒点的虾蟹贝类、烤鱼烤串都很快端了上来，味道虽然不如枫城闹市的好，但就着海风也颇有滋味，申寒要了啤酒，林璟要了果汁，坐在窗边的位置看着远方的灯火通明，烟火袅袅，如梦似幻。

无论如何，这顿饭还算顺利。林璟松了口气，看着桌上散落的空盘和蟹壳以及申寒微醺的脸庞，觉得差不多该回去了，便朝老板招了招手："你好，这桌麻烦结下账。"

那络腮胡老板听到这句话抬头，眼中一抹精光划过："一共是一千三百八十元。"

要不是自己喝的果汁，林璟一定以为自己醉了。

"多少钱？"

"一千三百八十元。"老板又一本正经地重复了一遍。

"怎么可能，我们明明……"林璟看着一桌子凌乱的七七八八，忽然发现他们点餐时的菜单不见了，可能是上菜时被服务生拿走了。她也终于想起了哪里不对，那张菜单上根本没标价钱！

林璟蒙了，她完全没料到会遇到这种情况。事实上，景区里经常会有这种宰客的黑店来欺诈游客，但她可是一个导游啊，居然也会上这种当！

老板见她脸色煞白，慢悠悠地点了一根烟拿了一张新菜单过去："你看看，我们店可是明码标价的，你点了多少，自己算算，看是不是这个数……"

"不用算，就是这个数。"未等林璟开口，申寒一罐啤酒一饮而尽，"菜单上标得没错，可我们没打算按菜单上的付钱。"

老板听申寒这么说，当即脸色一变，眼神立马凶了起来："你这话什么意思？想吃霸王餐？你也不打听打听我是谁，今天不把账结清，我看你们怎么走！”

老板声音洪亮，很快将藏在后堂的六七个伙计全叫了出来，一看便知是早有准备。

林璟完全处于不知所措的状态，现在应该怎么办，报警吗？可那张未标价的菜单已经不见了，光凭那张明码标价的账单她完全吃亏；可是不报警的话……

看着已经近乎半醉的申寒，林璟几乎要咬牙掏钱走人了，学费没了可以再赚，面子丢了这辈子都找不回来了。

正当她苦苦思索之际，申寒忽然凑到她面前，伸手将粘在她嘴角的一点酱汁抹掉，声音温柔：“吃饱了吗，吃饱了咱们走吧。”随后自然地走到桌旁牵起了她的手。

林璟有点腿软，但被申寒的大手牵着，让她充满了安全感。

“嘿！还真敢走啊，就不把我何老三放在眼里呗？我说你们走不了，你们就走不了，拦住！”何老三暴怒地对待命的伙计们一声令下，二人瞬间便被围在了大堂之中，其中更是有胆大的伙计上来扒申寒的肩膀。

林璟的手被松开，申寒将她推到墙边站定：“等我一小会儿。”

她已经预感到了要发生什么。

果然，下一秒，被困在中间的申寒开始防守，瞬间已是三四人中招，在尚未反应过来之际要么已经捂着肚子倒地，要么挨了一记重拳脸上青了一大块。

申寒出手非常犀利，余下的几个人一拥而上愣是没能把他制住，反而被他一手一个揪住衣领狠狠抛到了身后。

林璟帮不上什么忙，只能像个雕塑一样贴墙站着，目瞪口呆地看着申教练一挑七实战现场。游戏里的虐菜不过如此吧，满级大佬回新手村也不过如此吧？她是谁？她在干吗？等着捡装备吗？

不出片刻，大厅内已是一片狼藉：被砸坏的桌凳，碎掉的碗盘，倒在地上捂着某部位发出痛苦呻吟的伙计，还有站在他们中间活动着手腕面无表情的申寒，在林璟心中形成了挥之不去的画面。

何老三也没想到招惹上这么个练家子，看着倒了一地的自己人，想到要赔的医药费，他的脸色由红到绿再到青，缩在桌子下悲愤得不能自已。

“你们还打人……我要报警，我报警……”他从兜里拿出手机，无奈手抖得厉害，连图案锁都画错了好几次。

“好啊，就等你报警呢。”申寒忽然转身走到桌前蹲下，与何老三对视。

何老三浑身一激灵，警察来了，那吃亏的还不是自己？

申寒拿出手机划拉了几下：“你不报是吧，那我帮你报警喽！”

“不不不……不用了！大哥你们快走吧，天黑了车都不好打了！”听到这话，何老三慌忙从桌子底下钻出，连滚带爬地蹿到了柜台前又是拿烟又是拿酒一股脑堆到了申寒面前，“对不住，对不住……”

“这顿饭钱到底是多少……”

“哎呀，不打不相识，还提什么饭钱，权当我何老三请了，我请了！”何老三满脸堆笑道。

什么？林璟又蒙了，不过是想请申寒吃顿饭，怎么就这么难！

直到离开何老三海鲜烧烤大排档很远，林璟仍然一言未发，低着头沉默不语，不仅是因为请客失败，为自己的粗心大意懊恼，想到刚刚申寒被一群人攻击，更是有些后怕。

“你是不是早就发现这个店有问题？”

“嗯。”

“那你怎么不提醒我？”

“你第一次请我吃饭，我不想让你扫兴。如果他们老老实实当然好，但既然让我遇上了，那就趁机好好给他们一个教训，免得更多的导游和游客受害。至于后面的事情就交给警察处理吧。”申寒挥了挥手机，原来他还是报警了。

听他这么说，林璟眼睛有些红，她是被感动的。

“怎么了，你是不是吓傻了？”申寒轻声问道。

“没有，我只是在想……这顿饭又没请成。”

“没关系啊，你已经请了我更好的东西。”申寒的语气很温柔，像是安慰，又似乎很满足。

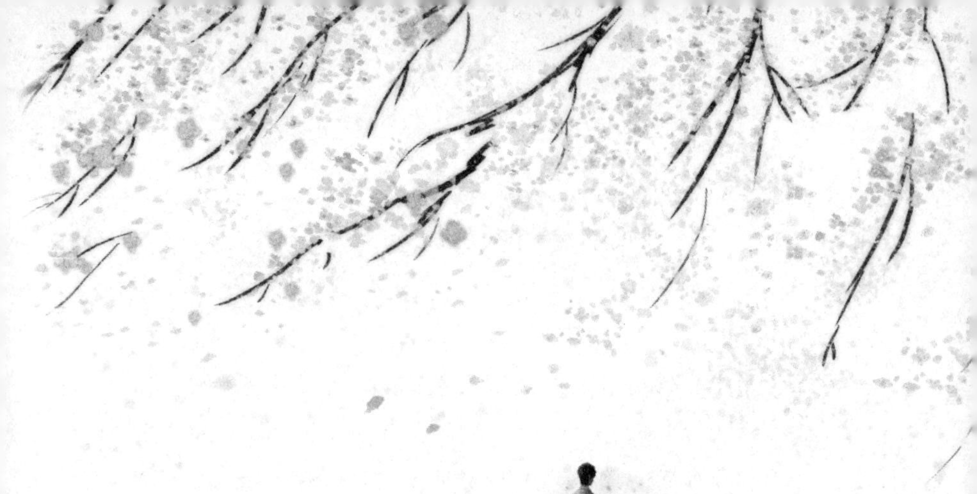

HE IS SO / SWEET

第二十章 新学员，来者不善

多亏有申寒，林璟的第一次带团算是圆满成功，无论那天晚上她有多丢人，除了申寒再无熟人知晓，她甚至觉得有属于二人的小秘密这件事有点小甜蜜。

带团归来的林璟受到了程老板的表扬，很多游客都在反馈中给予了这位年轻美丽的新导游很高的评价。

长达两个月的假期并不是每天都有团带，假期也变得有点素然无味，林璟在没有团带也没有跆拳道课上的时候，只能选择宅在家里吹空调，偶尔在家里没人的中午叫个外卖，在宿舍群里跟室友瞎聊天打发时间。除了李栀在超市兼职打工，其他两位也享受着假期养膘的生活。

经历了宰客事件后，林璟才知道她目前距离一个优秀的导游还差得很远，她在家里的时间也在一直反思。身为高中班主任的杨芸见女儿像是有心事，端着一盘切好的水果在敲了两下门后推门而入。

“小璟，是不是谈恋爱了？”

谈恋爱？并肩漫步沙滩，相互依偎看日出？林璟脑海中浮现了那对情侣的模样，缓缓摇了摇头。

“那是有了喜欢的人？”杨芸继续试探。

林璟没点头也没摇头，而是深深地叹了口气。申寒对她来说是男神一样的存在，她无比仰慕他、崇敬他，“喜欢”这个词用在他们之间的感情上，她竟然觉得自己有些不配。

“没，就是带团期间遇到点小问题，已经解决了。”林璟冲母亲露出一个笑脸以示自己没事。

“失败和挫折每个人都会遇到的，吸取教训，下次注意就好啦，我相信我女儿是最棒的！”杨芸鼓励道。这是她一贯鼓励学生的方式，也是她的口头禅。

“谢谢妈。”

杨芸离开后，林璟默默吃完了整盘水果，果断一个翻身下床，换好衣服后出门去了尚武。今天她是没课的，但申寒在带一个中级班，她现在对申寒的课程表了如指掌。

工作日的尚武格外安静，因为是暑假的缘故，中级班的学员大多是初中高中的学生，穿着道服已经有了些大人模样，申寒还没有下课，正面朝学员们教着最新的踢腿动作，学生们瞪大眼睛聚精会神地看着，额头已经渗出了细密的汗珠。

“教练，有美女姐姐找你！”忽然，前排一个皮肤黝黑的小男孩注意到了林璟，开口叫道。

申寒回头看到林璟，神色稍微缓和，又转身继续教了几遍动作才下达命令：“休息十分钟，解散。”

“终于可以休息了，累死了！”学员们如释重负，一个个开始捏肩捶腿，纷纷朝林璟投去感激的眼神。

“训练强度这么大，他们可以吗……”脱鞋进了训练室，林璟坐到申寒身边。

“这个年纪的孩子骨骼条件最好了，此时不好好开发更待何时？”申寒拧开杯盖喝了口水，这才将视线放在林璟身上。她今天似乎刻意打扮过，披肩发两侧编成了复杂的蝎尾，将原本就清秀的脸庞衬得更是娇俏动人，米黄色的针织衫和过膝碎花裙恰到好处地勾勒出完美的身材比例，周身洋溢着一股青春气息。

“你是来看我的吗？”

“当然不是！我是……”面对这么直白的问句，林璟脸红地连忙解释，“我是为了上次大排档的事情，向你正式道谢的。”

申寒眼睛一眯，眼神中带着些玩味：“我接受你的道谢，你可以回去了。”说罢指了指墙上的表，“十分钟已经到了哦……全体集合！”

真是好严谨的一个人，说十分钟，一分钟都不肯多留给她……林璟一脸黑线，随即无奈地站起来落寞地走到门口：“那，那我走了。”

申寒头也没回，只是挥了挥手，便恢复了严肃带领学员们继续进行高强度骨骼训练了，却在听到林璟落寞离开的关门声后回过头来，无奈一笑，这小姑娘，什么时候能变得勇敢一点。

林璟郁闷地离开了尚武，此时天色尚早，又不想回家，她迫切需要一个能够带给自己治愈的地方，猫咖啡？奶茶店？图书馆？

她一边思索一边上了公交车，等回过神来下车的时候，一个硕大的招牌已经出现在眼前。

天耀跆拳道馆。

不知不觉怎么跑到这里来了？林璟万分疑惑，正犹豫要不要进去之际，就听到二楼窗户上传来熟悉的喊叫声：“林璟！林璟！上来玩啊！”

怎么跟古代逛青楼一样？看路小飞那激动的样子，就差一条花手绢了。

林璟一踏进天耀的儿童班便受到了热烈欢迎，因为参加过开课典礼的缘故，孩子们对她很是眼熟，他们喜欢这个大姐姐，不少孩子牵着她的手，仰着天真的小脸夸她今天真好看。

这个地方真是太治愈了，林璟完全沉浸在被天使们笼罩的幸福里。

“你今天去约会了吗？”好不容易摆脱孩子们，路小飞便凑了过来认真盯着她的脸看了一会儿，“还特意化了妆。”

“我……哪有。我只是路过，顺便来看看孩子们。”林璟慌张地解释。

还好路小飞没有继续就这个话题追问，开始向她诉苦。

“李蝉她工作很忙吗……我每次找她聊天她都不怎么理我……”路小飞愁眉不展道。

林璟暗叹一声，那样一个强势的李蝉，想追哪那么容易。

“加油！小伙子，任重而道远啊！”林璟语重心长地拍了拍他的肩膀。

路小飞十分焦灼，好看的眉眼拧成了一团，看上去可爱又委屈。

直到林璟下次来尚武上课，刚一踏进训练室便察觉到一股微妙的气氛，申寒看着她若有所思，李蝉则是朝师兄们聚集的地方扬了扬下巴，弯腰继续戴护具。

林璟放下背包，看着被师兄们围着的人影，总觉得分外眼熟。

“哎哟，师兄你可真讨厌！”

熟悉的声音一响起，林璟便出了一身冷汗，也正在这时那女孩转过身来，冲着林璟不怀好意地眨了眨眼。

袁清纯！竟然是她！

她竟然真的报名来了尚武。

林璟下意识地朝申寒丢去一个求救的眼神，申寒却回了她一个鼓励的眼神。

林璟无语了，这里是让她第二个有家的感觉的地方，师兄师姐们都跟亲人一样温暖，为什么会掺和进来个袁清纯，对方到底有什么目的，纯粹是为了报复她吗？或者说……

她担忧地看了眼申寒，双手紧紧握成了拳，如果袁清纯的目标是申寒，那她情愿是第一种可能。

“林璟，以后你就是我师姐了哟，多多关照！”袁清纯嬉笑着上前，亲热地抓住了林璟的双手。

林璟嫌恶地甩开袁清纯，袁清纯却好像并不在意，继续绽放她虚假的热情。

“我会好好加油的，大家都对我很好呢，尤其是申教练，他刚刚亲自教我绑了腰带耶！”

林璟按捺住内心的惊涛骇浪，努力想要让自己平静下来，她内心不断告诫自己，申寒是尚武的首席教练，是这个班的主教练，他想要对谁好，或者对谁不好，她都是无权干预的，他也曾温柔地为她包扎过伤口，他是教练，他教袁清纯绑个腰带再正常不过，自己气什么呢？

她一点都不气，她不过是一直鼓着腮帮子板着脸罢了。

第二十一章 虎山行

HE IS SO / SWEET

事实上，林璟的每一个小动作，哪怕一挑眉一嘟嘴，申寒都看在眼里。

这小丫头，还真生气了。

申寒只觉得好笑，又不好上前安慰，低头看了看表后，他起身拍手：“集合，准备开始上课！”

“跆拳道精神！”

“礼仪，廉耻，忍耐，克己，百折不屈！”

训练室内传出整齐划一的口号。

袁清纯因为是新人，又是女学员，和林璟一样，她被安排站在第一排。这再普通不过的待遇在她看来似乎得到了申寒的特殊优待一般，而且可以如此近距离地观看这个英俊的男人，若隐若现的锁骨、肌肉、腰线，每一眼都让她脸红心跳。

不过她作为一个插班生，自然是无法跟上训练节奏的，整个班几十号人，不能因为她一个人而慢了节奏。申寒继续教着高难度实战动作，学员们聚精会神地学习，很快到了分组练习阶段。以往林璟都是跟李蝉一组的，但如今来了新人，固定的分组就必须要发生变化了。

“教练，我跟新来的师妹一组！”一位身材微胖的师兄腼腆上前道。

“周小胖你给我稍稍往后一点，师妹是我的……嘿嘿，师兄可是很温柔的哦！”

陆续又有几名师兄上前表现，纷纷表示了想跟袁清纯一组的强烈愿望。

林璟一言不发，只是冷着脸埋头整理着自己的护具。

“新来的袁清纯跟李蝉一组，林璟，我来陪你练。”申寒皱眉思索了一会儿开口道。

林璟一愣，她原本以为他会主动辅导袁清纯的……想到袁清纯要跟李蝉师姐一组，哈哈，那可是李蝉师姐啊，想到她第一天来师姐的严厉模样……她心中忽然有点窃喜，迫不及待地想看到袁清纯被师姐狠摔的模样。

训练很快开始。

在尚武，林璟已经不是一个新人，无论是出拳还是踢腿已然有模有样，该有的力道准头跟其他师兄师姐比起来一点不差，马尾辫随着出拳动作在空中一甩一甩，晶莹剔透的汗珠顺着白皙清秀的脸颊滴落，她一脸专注地盯着面前的靶子，而不再是举着靶子的申寒。

“踢得不错，再用力一点。”申寒赞扬地点了点头。

“啪！”

林璟听到这话飞起一脚，几乎用尽了全力，几秒后脚背一阵刺痛，就像踢到了钉板上。她在原地站了好一会儿才缓过劲来，只觉得脚背麻得厉害，差点站不稳。

申寒伸手架住她的胳膊道：“先坐到那边休息一会儿吧，不要影响接下来的训练。”

在申寒的搀扶下林璟默默地坐到了靠墙地带，从包里拿出水壶开始喝水。

“教练，我也要喝水！”袁清纯跟李蝉练了几个回合早已经招架不住了。那师姐又凶又严厉，不仅对她百般呵斥，训练时更是一点不留情，把她的手腕震得生疼，真是一点都没把她当新人对待。

“我让你休息了吗？”申寒见她兴冲冲地跑过来的瞬间阴了脸，转身就是一个凌厉的眼神。

袁清纯被申寒的冷酷吓到，站在原地一动不敢动，满脸委屈，甚至故意卷起袖子露出不小心被李蝉误蹭到的泛红的手腕：“教练，我……”

“继续练，没我的命令不许停下来。”申寒冷脸道。

袁清纯尴尬地站在原地，眼中噙满了泪水。

身后的李蝉面无表情地拍了拍靶子：“速度，不要耽误时间。”

这一幕在场的所有师兄都看在眼里，却没有一个人敢站出来为袁清纯说话，他们早已畏惧申寒到了骨子里。袁清纯恶狠狠地瞪了那群刚刚还跟她一起聊天开玩笑的师兄一眼，转身被迫投入了跟李蝉的魔鬼训练中。

倒是林璟靠着墙喝着水惬意地看着这一幕，心里别提多舒坦。舒坦过后，她忍不住偷偷看站在不远处检查教具的申寒，恰好这时申寒也转过头来看她，二人毫无征兆地对视，她连忙红着脸别过头去。

申寒笑了笑，继续手上的活，她敢这么偷看他，说明已经不生气了。

一堂课下来，林璟神清气爽，袁清纯则是身心俱疲，她不明白为什么同样是女学员，差别会这么大。林璟没她嘴甜会说话，没她会打扮，从小到大她走到哪儿都是人群中的明星，跟她比起来，林璟不过是个再普通不过的路人甲，高中时候对她唯唯诺诺，现在上了大学不过是变漂亮了点，竟然慢慢比她还优越了，简直无法忍受。

这个跆拳道班简直是魔鬼，前一段很长时间因为有事，她没再找林璟麻烦，事情一结束她便报名尚武，原本是想给林璟个下马威，顺便勾搭一下申寒的，没想到第一节课就被看了笑话。揉着发肿的手腕，拖着疲惫的身躯，只听得申寒一声解散，她便咬牙切齿头也不回地出了门，甚至没跟开课前一起玩笑调侃的师兄们打个招呼。

“唉……放着好好的清闲日子不过，非得跑到这里来找虐。”李蝉揉着脖子叹息。

想到上次被袁英俊围堵李蝉帮她解围，林璟赶紧凑上去道：“师姐哪里话，我不也是特意跑来找虐的嘛，我乐在其中！”

李蝉满意地眯着眼宠溺地摸了摸她的头：“还是林璟师妹深得我心，刻苦又勤奋的孩子无论到哪里都是招人待见的。”

得到师姐的夸赞，林璟甚是开心，傻笑了几声后又挪到了正在收拾靶子的申寒旁边，蹲下身来跟他一起收拾。

“教练，谢谢你。”她低声道。

“谢我什么？”申寒头也不抬。

“……”似乎也没什么可谢的，虽说李蝉把袁清纯虐了她很开心，但如果这并不是申寒刻意安排的话，岂不是她自作多情了？

林璟撇了撇嘴：“谢谢你亲自陪我练习。”

“我刚看某人的嘴角都要耷拉到下巴了。”申寒坏笑了下，抱起一摞靶子起身放到了柜子里。

她刚刚的表情有那么臭吗？申寒会开始在乎她高兴不高兴吗？这着实让林璟受宠若惊。

“那个胖子，还有继续骚扰你吗？”整理好护具，申寒回过头问道。

林璟想了一会儿才只知道他说的是袁英俊。袁英俊先后被李蝉和申寒两个人教训，自然不敢再找她麻烦，只是袁清纯简直太过胆大包天，竟然敢到这里来。明知山有虎，偏向虎山行。莫非袁英俊碍于面子没跟她告状吗？

“很长一段时间没有了。”林璟摇了摇头道。

“那就好。如果他敢再出现你的面前，你一定要告诉我。”

申寒若有所思。这个新来的袁清纯，恐怕比那个蠢弟弟还要棘手一些。

直到回到家躺在床上，林璟仍抱着被子来回翻滚着傻笑，申寒的关心和保护让她第一次有了被人罩着的感觉，她快乐得要飞起来了。

傍晚，林降龙难得准时到家，一家三口总算坐在一起吃了顿饭，其中林璟免不了被问各种问题，即使在假期也不得幸免。父母的关心永远学习第一生活第二，但林璟从小到大都是旁人眼中的乖孩子好学生，他们也就没有过多担心，尤其林璟考上了导游证，能找到兼职并顺利完成带团，她用赚到的第一桶金分别给林降龙和杨芸买了礼物，剩下的零头给自己置办了些练习跆拳道需要用到的护具，钱包一空，她对第二次出行已是兴致高昂。

饭桌上林降龙难得放松，在被杨芸批准的情况下喝了一罐冰镇啤酒颇为惬意，再看向自己的老实女儿，忽然就心生感慨，时光荏苒，岁月如梭，一不留神扎着羊角辫的小姑娘都长这么大了。

“小璟，你有男朋友了吗？”

林璟筷子一抖，一个鸡翅掉到了桌子上。她认真地摇了摇头：“还没。”

“学校没男孩追你的吗？”

追她？袁英俊？陈昭？一个恐吓一个利用，还是算了吧。

她继续摇头。

“那你想找个什么样的男朋友，跟爸爸说说，爸爸帮你留意留意。”

林降龙眯起眼睛，“我们单位最近新来了好几个不错的年轻人。”

杨芸放下筷子有些不高兴：“喝着酒还堵不住嘴，小璟还不到二十，你就这么想把宝贝女儿送出去吗？”

“哪有……只是我工作太忙了没时间照顾她，怕她受欺负嘛。”林降龙连忙赔笑解释。

听到林降龙这番话林璟很是感动，甚至眼睛都有点酸。事实上从小到大她还真没少被欺负，林降龙跟杨芸工作都忙，她作为一个懂事的孩子都不敢跟他们告状，无论是被调皮的男孩撕作业本，还是被校霸呼来唤去地使唤，她都咬牙将这些事吞到了肚子里。

“不用担心我了，我现在有能力保护自己。”林璟撸起袖子向双亲好好展示了下自己练出来的小肌肉。

海程假期暂时没有给林璟别的排班，但在无聊的时候她还是会主动跑到公司跟一些前辈学习调度经验。其中有一位三十多岁姓许的女导游，已有十多年的带团经验，林璟最为佩服的是她的口才，无论多么乏味的话题，到她嘴里都能侃侃而谈，并且生动形象，宛如说相声一般引人入胜。

许导很看好年轻人，尤其是林璟这种勤奋好学的年轻人，她甚至专门抽空带林璟单独出去玩。目的地是一处寺庙，见林璟满头问号，她神秘兮兮地解释道：“妹子，你这就不懂了，干咱们这一行，嘴都是要请佛祖开光的！”

捧着一炷香学着许导的样子虔诚跪拜，再起身注视那肃穆的大佛，林璟果然觉得心里踏实了不少。再逛了几圈，路过月老庙时，她不由得多看了几眼，许导心细如发，一把抓住她的手："妹子还没男朋友吧，抽一签试试！"

盛情难却，林璟只好硬着头皮进庙接过竹筒开始摇晃，不久后一支竹签应声落地，捡起竹签，林璟愣了。

身无彩凤双飞翼，心有灵犀一点通。

上上签。

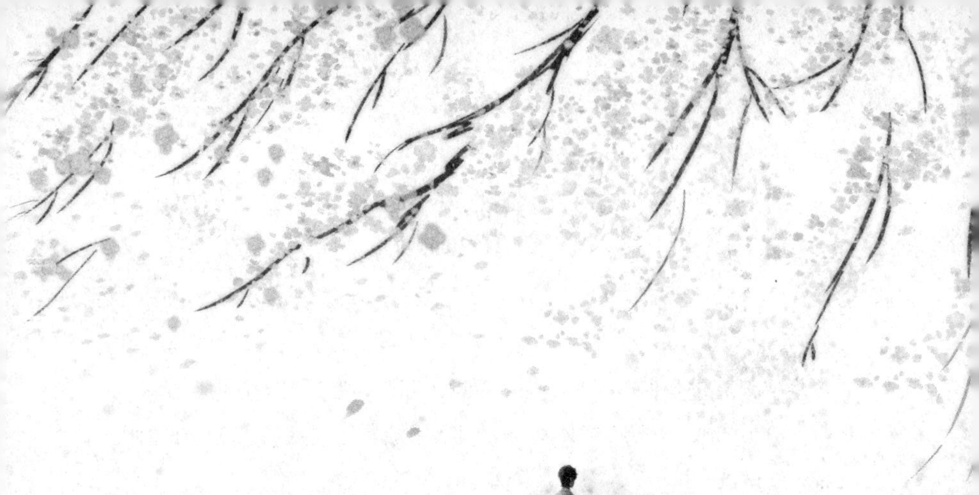

第二十二章 真假美猴王

HE IS SO / SWEET

交了四十八块钱的香火费之后，林璟怀着激动的心情跟许导离开了寺庙。

心有灵犀一点通，她的灵犀在哪里呢？难道真的快要结束母胎单身二十年的生活了吗？会是申寒吗？

想到申寒，她又开始犹豫，他是尚武的保护神，是跆拳道界的神话，哪跟她心有灵犀呢？

这时，正躺在自家大床上看书的申寒忽然打了个大大的喷嚏。

新的一周，林璟终于又被安排上了带团的任务，这次的目的地是一处古代某著名大臣家的园林，庭院中有山有水有湖，还有各式各样古色古香的华丽建筑，占地面积极广。林璟认真搜索了那处景点的相关资料，花了几天时间拟好了导游词和景点介绍的通告，在整理本次游客名单的时候稍有犹豫。

这次申寒一定不会在了吧？想到上次的危险状况她至今仍心有余悸，这次要是再出问题，不会再有任何人帮她了，反而她才是要保护游客的人。

此刻正是暑期最炎热的时候，偏偏又赶上了某些福利良好的公司单位放暑假，带着孩子父母出游的家庭比比皆是，光林璟手中的名单上某某之家五人、某某之家七人已经占了全部游客的一大半。

“小林，现在是假期，也是出游高峰期，那个尚书府园林是全国有名的避暑胜地，游客一定很多，你一定要提高警惕，千万不要出什么差错。”许导知道她要带这趟团，临行前特意对她千叮咛万嘱咐。

她对待林璟完全就是一个慈爱长辈的态度，林璟也是颇为感动，狠狠点头：“嗯，我保证带领大家顺利归来！”

这次的时间只有两天，晚上住在附近的民宿，早晨、中午有对应的饭店管饭，这些都是公司的计调事先安排好的，不用她担心。

周三一早在集合地点核对完人数，林璟业务熟练地带领大家上了车。

“各位游客大家晚上好，我是本次负责大家出行的导游，你们可以叫我林导，接下来，我来为大家详细介绍本次旅行的目的地……”

车上播放着赵本山的小品合集，这次的游客大多数都是中老年人，此刻已经纷纷被这百看不厌的笑点吸引，即使林璟已经将扩音器调到最大似乎仍然没什么人听她讲话，这次的司机也不再是上次话痨的魏师傅，而是一个较为消瘦的冷面中年人，他开车的时候聚精会神，一脸严肃，林璟甚至在犹豫要不要主动跟他展开聊天。

"范老师，我觉得猫走不走直线，关键是要看耗子。"

"脑袋大，脖子粗，不是大款，就是伙夫。"

"下蛋公鸡，公鸡中的战斗机！"

"人生最痛苦的事儿，就是人死了，钱没花完。"

"……"

一个又一个小品演完，车内笑声不断，林璟靠在最前边的导游位上已经是哈欠连天了。亏她怕游客们无聊还特意准备了些小游戏小互动，看来完全派不上用场。她拿出手机划拉几下，无数次点开申寒的聊天界面，也不知道他现在在干吗。

申寒的微信头像是一幅以黑白为主的抽象画，画的主体是一个眼睛冒着绿光的狼头，有一种令人不寒而栗的威严，倒是跟他生人勿近的气质很搭。

而他的朋友圈，则是一片空白。

伴随着赵本山经典语录和车内爆发出的一阵阵的欢笑，林璟只觉得无聊，她注视着这位名为徐富强的司机师傅，觉得再不聊上几句她自己都要先睡着了。

"徐师傅，旅游车上电视播放的节目都是公司提前找好的吗？"

林璟率先开了口。

徐富强缓缓摇头："都是我们自己找的。"说着腾出一只手从座位一侧掏出一沓光盘递给林璟，"想看什么你可以自己挑。"

林璟接过那些光碟目瞪口呆，电影、二人转、相声、七八十年代的经典歌曲，应有尽有，这位司机师傅真是亲近游客的好师傅！

徐富强话很少，林璟继而几次搭讪他都三言两语敷衍带过，林璟自讨没趣，索性也不再主动说话选择闭上眼睛浅寐，竟然还有点怀念起话痨的魏晨光来。

"林导，能不能停一下车，我小孩要撒尿。"

停车？林璟看了下导航，距离下个服务区还有二十分钟。

她说："不行，高速上停车很危险，让孩子再忍耐一下，马上就到服务区了。"

男子无奈地回座位，不一会儿便传来了争吵声夹杂着孩子的哭闹。

"你怎么能让小孩尿垃圾桶里呢？有没有素质了？弄得一车厢全是味道！"

"导游不让停车有什么办法？"

"明知道上厕所不方便还给他喝那么多饮料干吗？"

车厢内垃圾桶只有三个，导游和司机旁边有一个，车厢中段有一个，车厢后段有一个，林璟一言不发地将自己脚边的垃圾桶拎了起来向后走去。

"我把垃圾桶给你们换换就没味道了，下次带小孩出远门要注意，不要给他喝太多水。"

如此调节，总算平息了一桩纷争。徐师傅仍然面无表情地开车，只是二人闻着童子尿特有的“清香”，林璟就算不聊天都精神得没瞌睡了。

到达景点后，太阳正是热辣无比，然而众游客热情不减。景区入口已是人山人海，各大旅游团彩旗招展，来自全国五湖四海各个地方的导游操着不同的口音，戴着各种颜色的帽子，无一不是举着喇叭或扩音器声嘶力竭地吼着，让自己的游客跟紧自己不要掉队。

林璟没见过这阵势，当下惊了一下，此刻游客们也已经全部下车，等待着林璟的安排。

许导的经验在脑海中如同翻书一样过了一遍，遇到人山人海的情况，要设定一个统一的暗号绑定自家游客。

“大家听我说，现在是旅游旺季人比较多，大家一定要跟紧我的脚步不要走散。我们一起出来玩，就是一个不能分离的整体，我们这个集体需要一个名字，就叫幸福队好不好！来来，幸福队的队员跟我走！”林璟扶正了帽子举起了海程的小旗子，率领众人踏进人潮之中。

走了没多久，林璟已经遇上至少五个叫幸福队的旅游队伍了。

这使她不得不停下来重新整理自己的队伍清点人数，紧张之情溢于言表。队伍里的年轻人见她如此警惕不由得笑了：“林导太小心了，你长得这么漂亮，人群之中一眼就看见啦！”

林璟对这善意的调侃报之一笑，仍然在脑海中思索着不让游客走散的办法。

“妈妈妈妈！我要齐天大圣的绫子！”不远处一五岁小男孩扯着

妈妈的袖子拼命往特产店里拽。

“不买！你再看见什么要什么我就把你扔了！”

林璟眼睛一亮，也顾不得那么多了，直接走过去摘下那个挂在正门口的大红色的约莫有一尺长的绫子发箍戴在头上，随后结账出门。

她果然成了成千上万人中最耀眼的那颗星，头顶上那两条绫子太过醒目，她再度举起喇叭，自信满满：“好，我们这队正式改名叫大圣队。大圣队的队员跟我走，看好我头上的绫子，不要跟丢！”

多亏了这条绫子发箍，得以让大圣队的游客们无论参观多么拥挤的景点，距离林璟多么遥远，只要抬头环视一周，立刻就能确定自家导游的方位。

而此刻林璟正坐在茶摊上喝着凉茶，摆弄着头顶的两根绫子，只觉得自己简直太机智了，这下子是绝对没人跟自己撞了。

邻近中午吃饭，她看了看表，觉得是时候让大家集合了，便拿出扩音器调高了音量：“大圣队请集合，大圣队请集合！”

一小股人流逆着人群朝她走来，然而等他们真站到了她面前时，她却愣住了。

大哥大姐你们是谁？

来的竟然是一群完全陌生的面孔。

“哇！跟小秦哥哥一模一样的绫子，小秦哥哥呢？姐姐你是谁啊？”一个七八岁的小女孩好奇地站在她面前。

小秦哥哥？林璟一愣，跟那赶来的十几名陌生游客面面相觑了一会儿，盯着他们游客帽上印着的春和旅行社字样，很快有了种不祥的预感。

“打扰一下，你们不是来自枫城海程假期的游客吧？”

“可我们是大圣队没错啊……”游客们一脸茫然。

“我们跟错人了，她不是我们的导游。”

众人很快开始窃窃私语，继而大眼瞪小眼。

林璟正在焦急，忽然见远处有两条红绫子飘荡在半空，正是跟她一模一样的齐天大圣绫子！对方显然也发现了她，然而双方隔着一片人工湖泊，想要见面只有通过不远处的宽阔石桥，而对面那人已经在往桥上靠了。

“大家不要慌，跟着我走，我带你们去找你们导游！”林璟下了命令，也会意地朝着石桥冲去。远远看去，两个飘荡在半空的绫子穿过拥挤的人群，越来越近，那场景仿佛牛郎织女会面，又或者白素贞许仙的初遇，即使汗流浃背，双方大圣见面的那一刻仍然禁不住握紧了对方的双手，彼此热泪盈眶。

林璟没想到自己这么机智的想法仍然会跟人撞上，另一支大圣队领头的男孩跟林璟差不多大，眉清目秀，十分耐看。二人见面先是深感不易地握了握手，随后开始数对方身后紧跟的属于自己的游客。

“哇！两个大圣！真假美猴王！”

“我们的大圣是真的，你们的大圣是假的！”

“你胡说！我们的小秦哥哥是真的，你们的才是假的！”

来自双方旅行团的孩子们已经隔空争辩得面红耳赤，而林璟和那男孩清点完各自游客发现没少人后才不约而同地叹了口气，转而将注意力放到了对方身上。

那男孩先是“扑哧”一声笑了出来：“真是没想到，居然还有跟我想到一起去的人，连队名都起得一样！”

“……”

他把她要说的话抢了，她该说什么？

男孩见林璟没说话，友好地伸出了右手：“枫城市春和旅行社，秦溪。”

林璟回握，也是一脸疲惫：“枫城市海程假期旅行社，林璟。”

“幸会幸会。”

“久仰久……哦，初次见面，请多关照。”林璟脑子一时抽筋，但很快又转了回来。秦溪虽然看着跟她年龄相差不大，但无论是口才还是随机应变能力都强她太多。

双方都来自枫城，都戴着齐天大圣绫子，各自的队伍都叫大圣队，这是一种怎样的缘分？

更巧妙的是，两支大圣队无论是早中饭店还是晚上住宿，都在同一个地方。安排好了房间，安置好了游客，秦溪秉着同行之间的友好交流请林璟吃饭。

林璟对请客吃饭已经有阴影了，但同是枫城当地旅行社的导游，不去又显得不太好，只好硬着头皮赴约。吃饭地点是在一处位于繁华街道的特色小吃店，秦溪接连要了几样美食均让林璟赞不绝口。

秦溪性格开朗，风趣幽默，谈吐之间颇有书生快意之气，在得知她是枫城大学学生后更是对她早早就考取了导游证钦佩不已。仅仅是一顿饭的工夫，二人便发展为事业好友，甚至互留了联系方式，约好回去再聚。

一场混乱被完美化解，甚至还交到了一个优秀的导游朋友，吃了一顿美味的饭还没有被宰，林璟对本次出行相当满意，甚至在即将返程之际站在车门前戴着孙悟空绫子跟全体游客合了个影发到了朋友圈。照片中的她举着自拍杆站在最前边，头上戴着威武的大圣绫子，头发编成麻花辫斜在肩膀一侧，一只眼睛微微眯起，笑得甜美又灿烂，而她身后的游客们亦是一脸开心地比着剪刀手。

返程途中，车载电视上播放的已经不再是赵本山的小品，而是换成了八十年代经典歌曲大全，穿着白衬衣喇叭裤留着中分头的男青年和穿着花蝴蝶连衣裙戴着钻石发卡的女文青正手牵手漫步在沙滩上，伴随着优美的旋律唱着动人的情歌，车内几位中年人甚至跟着哼唱了起来。

林璟打开手机，除了几个室友同学的点赞，还意外收到了申寒的评论，只有短短四个字：

绫子不错。

不错吗？林璟将那绫子仔细收起叠好，小心翼翼地塞到了包里，那就带回去送他当纪念礼物好了。

想到申寒戴着大圣绫子给学员们上跆拳道课的画面，林璟忍不住笑出了声。

HE IS SO / SWEET

第二十三章 二度失败

这一次尚书府园林的行程在林璟看来还算顺利，虽然总是遇到突发状况但好在能完美化解，看来她这个导游当得越来越有样子了。

回到枫城仅仅休息了一天，便又是尚武的课程，换上道服系上腰带，一想到今天要见到申寒，林璟很是开心，然而一想到袁清纯那张脸，她又默默翻了个白眼倒回了床上。

转念一想，有什么可怕的呢，无论是申寒还是师姐都站在她这边的，瞬间又精神焕发地从床上弹了起来，自信满满地出了门。

她今日到得有些晚，师兄师姐都已经来了，申寒也在，环视一圈，似乎没有看到袁清纯的身影，难道袁清纯被打击过一次后不来了？这样最好。

林璟边戴护具边琢磨着，忽然只听到师兄堆里有人吸了一口凉气，随后爆发出一阵唏嘘。回头一看，他们都直勾勾地看着门口的方向，再转过头，果不其然，就是袁清纯。

跆拳道道服的领口很阔，像李蝉、林璟都会自觉地在里面套一件薄薄的白色里衣避免走光，上节课的袁清纯也穿着里衣，然而今天她故作慌张一路小跑进来，在门口弯腰换鞋时却春光乍泄地吸引了所有人的目光。

“师姐……她是故意的吗？”林璟低声和李蝉说。

李蝉眯起眼睛，一脸不屑：“当然是故意的，都记得化妆喷香水涂指甲，我就不信会忘了穿件衣服。”

看大家目光都聚集到自己身上的袁清纯一脸得意，随即又可怜巴巴地跑到了申寒面前：“对不起啊，教练，我今天在医院照顾奶奶，来得太晚了，没有迟到吧？”

申寒漫不经心地看了她一眼，随后指了指墙边那排单杠示意她去热身。

申寒明显在无视自己，但她很快调整了情绪，转身欢快地跑到了师兄堆里，接受众人追捧的眼神。

林璟默默压着腿，时不时往袁清纯的方向看上一看。

不得不说，袁清纯可真性感——高挑的个头，前凸后翘的身材，妩媚的妆容和黄鹂般婉转的声音，她此时正将一条腿搭在单杠上，压腿的用时微微扭动着腰肢，领口也随着她的动作不停改变，黑色的内衣带着蕾丝花边若隐若现，勾直了师兄们的眼睛。

这样一位美女若不是袁清纯，恐怕她也会被勾了去了。

“集合，准备上课！”申寒拍了拍手。

学员们很快站好了队列，袁清纯站在第一排，喜滋滋地看着申寒，期待他的眼神能落在自己身上一秒。她对自己的身材相当自信，只要申寒有一丝动容，她必趁机拿下他，令他无法自拔。

申寒教了几个新动作，简单讲解后又让大家单独练习了一遍，随后又是结伴练习环节。李蝉刚拿起靶子，袁清纯却忽然跑到申寒面前一脸单纯道：“申教练，你可以辅导一下我吗？我是新人，好多动作都跟不上，这样下去会把师姐的训练进度也耽误了的。”

尚武成人班里有一位师兄名叫周大仁，体形微胖，似乎在某家星级酒店当厨师，自打袁清纯来的第一天就被迷得神魂颠倒，此刻见她那般善良可怜，更是心急，便主动跑上前来：“清纯师妹，你跟我一组咋样，我基本功也不行！不想耽误廉师兄，我觉得咱俩正合适，嘿嘿……”

袁清纯瞬间白了脸，狠狠瞪了周大仁一眼。

“不用了，师兄，还是让教练辅导我吧。你不是有自己的搭档吗，我可不想破坏你们之间的默契……”袁清纯强颜笑道。

如此矫情，林璟都看不下去了，这么下去也太尴尬了，尤其是周师兄，简直被刚刚那凶神恶煞的一眼瞪傻了，站在原地半天没敢说话，不知道女神为何生气。

“周师兄，咱俩一组吧，我基本功也挺差劲的。”林璟犹豫片刻选择出来救场。

这样一来，李蝉只好跟廉钰一组，两个红带高手还没开始练习便已经目光带电了。申寒看了一眼林璟，默认了她的安排，拍了拍靶子，眼睛亮了一下，对袁清纯说：“那就来吧。”瞥了一眼她的衣服后又补充道，“把衣服带子系紧。”

林璟这么安排是有私心的，大概只有李蝉懂她的意思。

从没有一个新人到了申寒手里不被虐，袁清纯还是太天真，对自己的脸蛋、香水和蕾丝花边太过自信了。

周大仁在跟林璟训练的同时还不忘含情脉脉地看向申寒、袁清纯那一组，林璟稍微用力，一个回旋踢后靶子意外地飞了出去，这一幕似乎有些熟悉。

“师兄，你能不能专心一点？”林璟一脸无奈。

周大仁颠颠地捡回靶子，甩了甩头，果断装作一副专注的样子：“再来！”

仅仅过了几分钟，那边袁清纯竟然坐在地上低声抽泣了起来，引得众人纷纷围观。只见她不停揉着左脚脚踝，神色的痛苦不像是装出来的，她幽怨地抬头看了申寒一眼，眼泪顺着脸颊滴落。

“起来继续，你不是想快点赶上大家的进度吗？这就顶不住了？”申寒居高临下冷冷地看着她，双手抱臂，无情得像一座大山。

“教练我，我真的站不起来了……”袁清纯捂着脚踝已经近乎认㞞的状态了。

“那你就坐着吧。”申寒说完便走到学员堆里检查起大家的练习情况，留下袁清纯一人坐在原地满脸悔恨。她赌输了，她真的选错了人，这人一点都不懂得怜香惜玉……

很快，结伴训练时间结束，袁清纯也一瘸一拐地回到了队列里，她迁怒地狠狠瞪了林璟一眼。

而林璟的目光始终放在申寒身上，牢记他的每一个示范动作和每一句话，她是申寒最专注的学生。

堂课结束，申寒一声解散后，大家都开始收拾各自的东西陆续离开，袁清纯动作尤其迅速，一瘸一拐拎着包走得比正常人还快，似乎一秒也不想在这里多留。

林璟一直磨叽到了最后，申寒早已有所察觉，等到训练室只剩他们二人，他才抬起头来眼神，温和地道：“是不是有事跟我说？”

被拆穿了……

林璟有些不好意思，缓缓从包里拿出在尚书府园林买的大圣绫子转身递到了申寒面前。

申寒愣了一下，伸手接过，整个人有些不知所措：“给我这个干吗？”

“就是……一个特产礼物。”林璟声音很低，目光也因为紧张而左右乱飘。

申寒看着手中长约一米的绫子，那天她发了朋友圈，他评了个绫子不错，所以她就干脆把绫子带回来送给自己了？

“谢谢，我很喜欢。”申寒笑了笑，选择收下。

见他肯收，林璟又鼓起勇气：“教练，没课的时候你一般会干吗？”

申寒摆玩着绫子剑眉微蹙，没课的时候吗？在家里睡觉、练拳、看武术比赛、玩搏击游戏，或者漫无目的地出门闲逛……这样的宅男生活也许在一个旁人眼中是不属于一个优秀的跆拳道教练的，但他毕竟也是个只大林璟五岁的年轻人啊。

尤其父母和哥哥都在国外，加上性子高傲，除了跆拳道同僚更是没什么朋友，他一向讨厌无意义的交际。

“一般都会在家里休息。”

“那我下次再带团的时候，可以邀请你跟我一起出去玩吗？”林璟忐忑地看着他，一双眼睛里满是诚恳。

这样的邀请让申寒心中一动，注视着林璟那张恬静动人的脸庞，他的心也不禁平静了下来。跟她一起去旅游，看美丽的风景，一同领略山巅的豁达和低谷的深邃，这个邀请似乎很对他的胃口。

他已经故步自封在跆拳道这个圈子里很多年了，他本能地拒绝与外界新鲜事物接触，享受着少数人眼中的巅峰之境，如今林璟的话令他陷入沉思，假如离开了跆拳道，他又是什么？

他无法拒绝这个邀请，于是轻轻点了点头：“好啊。”

林璟眼睛一亮，流露出的是发自内心的开心，笑得眼睛都弯了起来：“那我们说好了，下次我再带团叫你，我会给你一个员工特惠价！”

得到了申寒肯定的答复，林璟连蹦带跳地拎包离开，活泼得就像一只小兔子。申寒看着那样的背影，也情不自禁地勾起了嘴角。

自从生活里有了林璟出现，好像，还挺不错。

第二十四章 知难而退 智者也

HE IS SO / SWEET

接二连三地碰壁，袁清纯大概也失去了耐性，在尚武的几堂课让她无论身体还是心灵都遭到了重创，再一次上课，她老实了许多，乖乖地穿了里衣，妆容也淡了一些，整个人也不那么高调了。其他人都觉得很不可思议，只有周大仁师兄表示心疼得不行，暗自埋怨他们联手欺负无辜的师妹。

若不是她又开始刻意亲近廉钰，林璟几乎要以为她改邪归正了。

廉钰算是这个班继申寒之后跟李蝉并列第二的高手，也是继申寒后尚武第二有着出众外貌的男人，若是谈及大家对他的印象，那只有一个字：皮。

廉钰因为嘴臭被暴躁的王教练摔在地上的场景还历历在目，他活泼起来很活泼，安静起来很安静，谁也摸不透他到底是怎样一个人。

或许高手普遍将儿女情长看得很淡的缘故，从第一节课开始，当所有人都围着袁清纯转圈的时候，廉钰则是默默地站在一旁跟悬挂在空中的靶子大眼瞪小眼。偶尔申寒性情好让大家短暂休息的时候，他会独自坐在角落拿出随身携带的轻薄笔记本电脑开始写代码。起初林璟以为他是个程序员，后来才知道他在一家游戏公司担任主创，由他经手设计的几款游戏都在市场上取得了不错的成绩。

“师兄，你在做什么啊？”课间休息，袁清纯紧挨着廉钰坐下，盯着他的电脑屏幕故作疑惑。

“写游戏代码。”

“哇！好厉害啊，我最喜欢玩游戏了。”袁清纯一脸崇拜。

“是吗？”廉钰转过头来，一双狭长的桃花眼微微眯起，“你都玩过什么游戏？”

“我玩过……消消乐……”袁清纯皱着眉头想了半天，被廉钰一本正经地这么问，脸上又有点挂不住了，“QQ 斗地主？”

廉钰冷笑了两声，索性不再跟她说话，倒是不经意地抬头看了正在压腿的李蝉两眼。

林璟正坐在申寒旁边向其展示着海程假期的最新宣传单，清新的排版列着好几种旅游目的地和详细行程安排。

“思君山，梦芽泉，天祁古镇，这几个地方好像都不错，我都可以带团，教练你最想去哪儿？”林璟边介绍边注意着申寒的反应，只要他开口决定，她就去跟程老板申请，将那条路线拿下。

申寒轻松地靠在墙上，微笑地看着林璟在叽叽喳喳地介绍。

“我随意。”

“那就去思君山好了。听说那里山顶的风景比较好看，教练应该是喜欢爬山的吧？”林璟边说着边开始用手机搜索思君山的图片，时不时叫申寒一起看。

这样的一幕被袁清纯看在眼里简直要气得火冒三丈，偏偏她还对付不了林璟，上节课回去后弟弟一听到申寒的名字就吓得不轻，也没胆子招惹林璟了。她自认是个不服输的人，怎么甘心被一个林璟比下去。

下节课，袁清纯彻底没再来了。

结伴练习总算恢复了正常，林璟继续跟李蝉一组，周大仁也哭丧着脸继续忍受廉钰，申寒穿梭在学员中，时不时驻足严厉指导，不过大家都看在眼里的是，不知从什么时候起，申教练变得不那么冷漠暴躁了，他变得爱笑，并且宽容了很多。

训练到一半，姜教练进来，一脸严肃地打量了所有学员一眼，随后朝着申寒招了招手。二人走到了门口，然而李蝉跟林璟站在离门口最近的第一排，只要踢靶子的声音小点，不难听到二人的对话内容。

“申教练，你班里之前有个袁清纯的女学员，她在这儿遇到了什么麻烦吗？”姜教练道。

“遇到麻烦是什么意思？”申寒冷冷道。

“她转去了龙威那边，说在这里过得不愉快。是不是有人欺负她了？”

旁听的李蝉和林璟险些没站稳，对袁清纯的厚脸皮程度又有了新的认识，这也太能倒打一耙了吧？

“没人欺负她，只是她基本功太差又吃不了苦，可能是怕拖大家后腿吧。”申寒漫不经心道。

林璟偷偷笑了声，怕拖大家后腿，这不正是袁清纯的口头禅吗。

姜教练沉思了一会儿：“哦，是这样吗……唉，只是龙威一直跟我们不和，不知道她过去会不会有事。”

“放心吧，那边的人一定会很喜欢她的。”申寒拍了拍姜教练的肩膀示意他放宽心，随后将大家集合继续开始教习新动作。

袁清纯在龙威过得怎么样，林璟不得而知，几乎整个假期都没有她的消息，倒是带着申寒出的那趟旅行团很是丰富多彩，并且行程一路顺利，她特意为他留了一个宽阔的好位置，就在导游位的正后方，还有置物桌可以让他趴下休息。每当申寒趴在桌子上，都跟前边那散发着淡淡香味的柔软发丝近在咫尺，一阵颠簸，一阵微风，头发掠过指尖，余下的尽是温柔。

林璟也已然变得开朗大方，她带着甜美微笑从容不迫地向大家介绍每一个景点，无论壮阔巍峨的群山，还是溪水潺潺的古镇，林璟举着旗子戴着扩音器带领游客有条不紊地游览，申寒就跟在最后默默注视着她的背影，听着她亲和婉转的声音，数不清的风景名胜，历史古迹自眼底一瞬带过，唯独她的身影镌刻心头。

林璟走在队伍的最前面，当她转过身来跟大家讲解本处的风景典故时，有时候视线会不经意地落在申寒身上，二人就会相视一笑，再无他言，即使如此，只要知道申寒在队伍里，对她来说就是最大的安全感。而她跟申寒时不时地互动令车里单身的年轻人放弃了对她的想法。

这个假期，林璟奔波在尚武跆拳道馆和海程假期旅行社之间，过得无比充实。偶尔训练结束后还会一个人跑到小吃街吃个炸串，一串烤面筋入口，焦香四溢。

“林璟！”肩膀被人从后边猛然一拍，吓得她险些一个反手将竹签捅到那人眼睛里。

路小飞看着那距离自己只有几厘米的竹签，一时间瞠目结舌：“饶……饶命……”

“下次想活命就不要从背后偷袭人。”林璟收回签子。

好久没见路小飞，没想到会在这里偶遇。他今日没课，穿着一身蓝色休闲运动服，戴着鸭舌帽，似乎刚从健身房之类的地方出来，人倒是不似之前那般瘦弱，感觉逐渐硬朗了起来，最起码跟那一米八的个头很搭了。

他来跟林璟主动打招呼无非只因为一件事，林璟几乎已经猜到了。

“李蝉什么时候才能再过来啊……”

“不知道。”林璟回答得干脆。

路小飞从林璟盘子里拿过另一串面筋一脸忧伤地吃了起来，暗恋的滋味可真是不好受，林璟是不会懂他的。

因为加了路小飞，二人又点了一些食物，正大快朵颐，林璟忽然又听到一声熟悉的呼喊。

即使没回头，她也听出了袁清纯的声音。

现在听到袁清纯的声音，林璟已经没有惧怕的感觉了，倒是路小飞回头看了一眼，神情立刻严肃了起来。

林璟好奇之下也回了一下头。

袁清纯并不是独自一人，她身边跟着好几个身材魁梧的男子，其中那平头男子正是跟二人有过不愉快交集的龙威跆拳道馆的杜教练，袁清纯站在杜威身边可谓是趾高气扬，而杜威亦是一脸不善，他还记得申寒跟林璟一起让他难堪的场景。

路小飞不认识袁清纯，但他认识杜威，他下意识地用口型暗示林璟离开，林璟却慢条斯理地吃着盘中小吃："怕什么？"

"这不是怕，好汉不吃眼前亏啊。"路小飞低声提醒，却被林璟更是鄙视，她相信在这样的闹市区，袁清纯是不敢把她怎么样的。

"哟，尚武的吊车尾女学员跟天耀的儿童教练，在聊什么？在讨论谁更丢人一点？"杜威当着这么多人的面毫不留情，大声讽刺起二人。

袁清纯一脸甜笑："教练，她是我的高中兼大学同学，我们可是好朋友，你不要再开她玩笑啦！"

"哼，去哪儿不好非得去尚武，申寒那个手下败将竟然还有脸留在枫城，教出来的学员也一个个的没教养，跟他们教练一个窝囊样。"杜威仗着人多言辞逐渐激烈。

袁清纯一挑眉，伸手稍稍捂住偷笑的嘴。

林璟听到这话瞬间一股火直冲脑门，羞辱她可以，竟然敢羞辱申寒，她当即拍桌站起:“杜教练，还希望你嘴下留德。明明是你胜之不武，还窃取尚武学员资源，尚武不跟你计较，你怎么反而蹬鼻子上脸了呢？申教练不是你可以污蔑的，你不配！”

在场所有人，包括炸串摊老板都愣住了。林璟也没想到自己一怒之下能做出如此猛烈的反击，路小飞更是一脸震惊，他知道此刻局面已经控制不住了。

袁清纯和她几个师兄站在杜威后面，也是脸色一白，因为他们的教练此刻双拳已经紧紧攒起，手臂青筋暴露，整个身躯都因为愤怒而在微微颤抖，从没有人敢这么跟他说话，从没有人敢这么揭他的底……

“你……你说什么？你有胆子再说一遍？”杜威怒极反笑，面孔已经极度狰狞。

林璟见状也笑了一下，无畏地直视着杜威，一字一顿道：“我说，你——不——配。”

HE IS SO / SWEET

第二十五章 祸端

杜威早已控制不住心中的怒火，只待林璟话音刚落，他随手抄起一酒瓶就朝着林璟那桌砸了过去。

路小飞眼疾手快伸手一把将林璟拽开，啤酒瓶砸到了二人的盘中，一时食物残渣四溅。

“好，你有种，敢不敢来打一场？你不是想证明自己吗？你不是想证明申寒不是窝囊废吗？那看看他教出来的学生水平如何？”杜威瞪着她，完全失了仪态，双目似乎要喷出火来。

林璟只觉得手背凉飕飕的，低头一看是被飞溅的啤酒瓶碎片不小心划破了手，一道伤口此刻正在缓缓往外渗血。

杜威要跟她单挑？一个男教练跟一个女学员单挑？亏他说得出来。

“我来跟你打。”路小飞起身走到前边，将林璟挡在了身后，神情郑重，手却背在身后冲林璟比画出了110的手势示意她报警。

“哈？儿童教练？你跟我打，你配吗？”杜威一脸蔑视。

“申教练是我的好朋友，尚武也是天耀的好伙伴，你作为龙威的教练，跟一个女学员单挑，好意思吗？传出去名声好听吗？跟我打也是一样的吧，杜教练。”路小飞脱下外套，只穿了一件健身工字背心，露出精壮的身躯和肌肉，此刻已然摆好了姿势，一副随时准备迎战的状态。

看着挡在自己身前的背影，林璟有点莫名感动，她曾对林降龙自信满满地说她有能力保护自己，其实是她总是被朋友保护着。

杜威完全没把路小飞放在眼里。

“好，好，你跟我打，我就打到你彻底服！”

杜威话音刚落，一拳已经朝着路小飞脸上招呼了过去，他本就是又高又壮，此刻整个人扑过来，那一拳的力道无法想象。

路小飞单手撑桌侧了一下身，惊险躲过，同时也看准空隙，果断进行了反击。他虽然跟杜威比起来没有那么高大强壮，身体却是很灵活的，左闪右避，竟然躲过了杜威的好几次重拳出击。

这样的单挑场面在围观群众看来是十分危险的，尤其是炸串摊老板更是心急如焚却不敢上前拉架。捂着流血手背的林璟被好心的大婶拉到了后面躲避，而袁清纯和其他几个男子就不那么淡定了，眼见着杜威马上要落下风。

杜威也没想到一个儿童班教练身手能这么好，身体灵敏不说，力道还极重，自己被他踢到的地方无一不是骨折般剧痛，这样下去恐怕就要在众目睽睽之下丢大人了。

眼见着路小飞攻势越来越猛，杜威转攻为守躲了几下绕到另一桌旁，抄起桌上的啤酒瓶就朝路小飞砸了过去，路小飞闪避不及被砸中肩膀，当即痛得倒吸一口凉气后撤几步拉开距离："杜教练，我记得跆拳道里可没这种动作。"

杜威奸计得逞，露出一抹狡黠的笑："又不是在比赛，谁跟你按跆拳道规则来啊……"说罢再次挥拳出击，趁着路小飞受伤之际又是一波猛攻。

"路小飞！"林璟站在人群中看到路小飞受伤，脸色一白，连忙也冲了过去。

"你怎么还没走？快跑！"路小飞朝她大喊。

杜威处于上风一时得意，然而路小飞即使受了伤，仍然游刃有余地跟他周旋，最后瞅准时机凝聚全身力气往他膝盖上踹了一脚。

清脆的骨裂伴随着惨叫响彻全街，杜威当即单膝跪到了地上。面对如此奇耻大辱，他回头一脸狰狞地看着袁清纯以及龙威的几名学员："你们还愣着干什么？上啊！"

这是要群殴？林璟瞬间便觉得大事不好，而路小飞转过头来冲她道："让你跑你不跑，现在可以跑了，我们分头跑，我先跑了啊。"说罢立即朝着小吃街出口的一片密林跑去。

林璟简直要哭了，这哪是分头跑啊，这明明是帮她引开敌人啊。

此刻龙威的其他人纷纷朝着路小飞追赶而去，只剩下袁清纯，狠瞪了林璟一眼，上前搀扶起杜教练打算离开。

“你，你们给我等着……”杜威回头冲着林璟恶狠狠道，随后任袁清纯搀着他一瘸一拐地离开。

此刻只剩林璟一个人在原地了，她担心路小飞会被他们抓到，但又不知道要不要追过去，颤抖着拿出手机，惊慌失措中却不知该给谁打。

街头斗殴自然早已有热心群众报了警，这时警车过来，穿着警服的林降龙一下车便看到了急得团团转的林璟，当即大步上前：“怎么回事？”

林璟如同看到了救命稻草，连忙起身指了指路小飞逃走的方向：“我没事，你们快去那片树林，有混混挑事打伤了我一名同伴。”

众人赶到密林时，只发现了路小飞一人浑身是伤晕倒在地上，警车马上将他送到了医院。

林璟跟着林降龙去到派出所做完简单的笔录便匆忙赶到了医院，路小飞仍然躺在病床上处于昏迷的状态，浑身缠满了纱布。

这样的一幕深深刺痛了她的眼睛，站在床边她双拳紧握，不停地调整着自己的呼吸，龙威的恶远远超出她的想象。

毕竟事发于闹市，人多口杂，这场精彩的斗殴很快流传开来，不一会儿，天耀的其他几位教练还有申寒也来到了病房之中，见路小飞被伤成这副样子纷纷攥紧了拳头，目光悲愤不已。

护士正在给林璟被酒瓶子碎片划破的手做简单的医护处理。申寒等在一边，等她处理完伤口后，神情凝重地问：“怎么回事？”

面对袁清纯的挑衅她没哭，面对杜威的侮辱她没哭，甚至面对被重创的路小飞她都没哭，直到面对申寒，林璟即使努力控制着自己的恐惧和害怕，声音还是抑制不住地开始颤抖，随后视线蒙眬，没出息地哭了。

“对不起，教练，都是我不好……”她一边哭，一边断断续续地跟申寒说了事情的全部经过。

说到在密林里发现晕倒的路小飞时，她已泣不成声：“都是我不好，我要是听路教练的，当时走掉就好了……好汉不吃眼前亏，是我非要逞强，刺激对方，害得他……”

申寒听完叹了口气，看着她的手缠着纱布，眼中满是心疼。

他伸手轻轻将她拥入怀中，安慰地拍了拍她的肩膀：“不怪你，你没做错什么。路教练看起来严重，但没有重伤，会没事的，不要再自责了。”

林璟将头埋在那结实的胸膛里索性哭了个痛快，申寒笨拙地安抚着林璟，看着她哭得颤抖的肩膀，十分懊悔自己当时没有在现场保护她。

“下次遇到这种事，一定要第一时间给我打电话。”

当天林璟被林降龙一个电话叫回了家里，除了担心她受伤的手，还对她进行了严厉的教育。

林璟安安静静一声不吭地听完林降龙的训斥，默默地回房间关上了门。

这一天可以说算是惊心动魄了，在申寒怀里痛快哭了一场后，她的心情平复了很多，躺在自己柔软舒服的小床上，闭上眼睛，想着路小飞此刻的惨状，她的眼睛又开始模糊了。

第二十六章 知恩图报

连续几天，只要没事，林璟便往医院跑。路小飞身体素质很好，恢复能力更是惊人，就连医生都为之惊讶。

“你救了我，从今天起，你就是我大哥！”林璟一脸郑重道，“如果你留下什么后遗症，我会对你负责的！”

路小飞靠在病床上忐忑地接过林璟削好的苹果，半天不敢下嘴，被林璟的郑重吓到。那天本来他可以逃脱，谁知道被地上不起眼的一个树杈绊了一脚，整个人扑到了地上，这才被龙威那伙人抓住狠狠教训了一顿，不过一想到转移了他们的怒火林璟是安全的，他便又觉得挨这顿打很值了。

“我可不敢当你大哥，再有下次恐怕我这小身板就彻底废了。”路小飞简单啃了几口苹果放到一边，转而举起一面小镜子左照右照了起来。现在他的左脸颊和右眼眶还呈现不同程度的青肿，他照了一会儿，深深一叹，“可怜了我这张帅脸，他们一定是嫉妒才下这么重的手，这下子毁容了，希望不要被李蝉看到才好……”

话音未落，病房门被推开，李蝉出现在门口。

她是趁着公司午休特意赶过来的，一身正装都没来得及换，修身西服和黑色短裙，配上黑色丝袜高跟鞋，随手一撩头发，散发着职场精英干练的气质，路小飞一时看呆了，好久后才默默举起抱枕挡住自己的脸。

李蝉看着路小飞到处缠着纱布绷带的样子，眉头一皱：“怎么搞得这么严重，我今天上午才知道这件事，你们为什么要招惹龙威的人？”

“是他们先招惹我们……”林璟解释，“总之都怪我，我逞一时口快骂了那个杜威，他恼羞成怒，多亏当时有路教练在。”

“谢谢你救了我师妹，路教练。”李蝉诚恳地向路小飞道谢。

“不……不客气，这是我应该做的！”路小飞连忙摆手，并艰难弯腰从床底下拉出一个盛满零食的箱子，“还麻烦你跑一趟真是辛苦了。你吃饭了吗？喝点什么？可乐？雪碧？王老吉？吃薯片吗？”

林璟默默翻了个白眼，她都连着来了几天了，都不知道床底下还有这些好吃的。

李蝉不禁笑了：“我不饿，你也少吃，这些东西不利于伤口恢复的。”

“啊，好的。”面对李蝉的关心，路小飞直接红了脸，正要鼓起勇气再说点什么，病房门又被推了开来，这次进来的是七八个约莫上小学一年级的孩子，有男有女，他们有的捧着鲜花，有的拎着水果，一拥而入，正是天耀可爱的小学员们。

“教练！我们来看你啦！”

“李蝉姐姐，林璟姐姐也在！”

病房气氛因为孩子们的到来变得无比热闹，叽叽喳喳童言童语响成一片。李蝉笑眯眯地摸摸这个的头发，拍拍那个的肩膀，面带笑意地跟他们说话：“有没有跟着教练好好练习啊？学习也不能落下哦。”

跟两位姐姐寒暄完毕，他们很快想到了自己此番前来的目的，纷纷挤到了路小飞身边，一个个眉头紧皱。

“教练你没事吧，伤得重不重，疼不疼？是谁把你打成这样的啊，要我们几个帮你报仇吗？”

路小飞哭笑不得：“君子报仇十年不晚。你们跟着赵教练好好训练，十年之后再为我报仇吧……我不在的这几天你们乖不乖啊？有没有调皮捣蛋？”

“乖！”

“教练，我帮你浇了窗台上的花！”

“教练，我帮你整理了靶子！”

“教练，我帮你清理了地板！”

“教练，我帮你写好了遗嘱！”

听到最后一句，路小飞简直要被气晕过去：“那我没死真是对不起你了。”

李蝉和林璟已经笑得上气不接下气，林璟更是随手一指路小飞尚未来得及收起的零食箱：“孩子们，这么远前来看望教练真是辛苦啦，路教练知道你们要来，特意准备了好多零食饮料哦！尽管吃，吃不完随便拿！”

“等等……我……”路小飞脸上一白，根本来不及阻止，几个孩子“哇”的一声一起冲上去，零食箱瞬间就变得空空如也了。

“谢谢教练！”

“不客气……”路小飞一脸生无可恋。

李蝉和林璟一起送孩子们离开。

在医院门口，李蝉突然脸色凝重：“龙威那帮王八蛋简直欺人太甚，我非要好好教训教训他们不可。”

林璟一颤：“师姐，申寒教练要我们不要轻举妄动……”

李蝉转头看了林璟一眼：“那是当然。你也要小心一些，我听说那几个参与打架的暂时被拘留了，小心出来后报复你，尤其那个袁清纯还跟你一个学校。马上开学了，要是她敢对你怎样立刻给我打电话。”

听到李蝉这么挺自己，林璟内心很感动，她重重地点了点头，随后把李蝉送上了出租车。

也许是没有了零食的缘故，路小飞仅在医院又待了不到一周就吵嚷着出院了，他准备先回家里养伤，虽然他心里迫切地想回到天耀，回到孩子们身边。

林璟也投入到临近开学的准备和旅行社的行程安排之中。开学前最后一次跆拳道课，尚武的学员们都得知了林璟、路小飞跟龙威爆发冲突的事，都来关切地询问，好几个在枫城大学周边居住的师兄都主动要求林璟有事给他们打电话，林璟一串谢谢说个不停。

看到被包围着的林璟，申寒倒是十分淡定地在前面温习教案。

“教练，我听说龙威那几个打伤路教练的人都被一个神秘黑衣人教训了。”课间休息，林璟偷摸溜到申寒旁边坐下神秘兮兮道。

“哦，是吗？”申寒头也不抬道。

见申寒不愿接这个话题，林璟也只好吐了吐舌头不再多言。从师兄师姐口中对那个神秘黑衣人的形容，她内心坚定地认为那个人肯定就是申寒。不管他承不承认，她都感受了被宠被保护的感觉。

“谢谢你！”看着申寒高大的背影，林璟在后面轻轻地说。

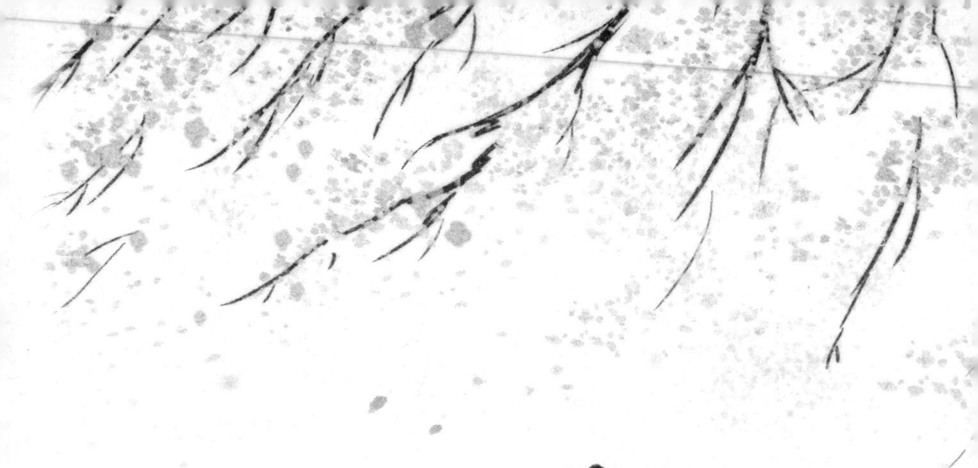

第二十七章 关关雎鸠，在河之洲

HE IS SO / SWEET

一个假期结束，转眼间当年懵懂无知各有抱负的少女四人组已经晋升为新生的学姐。枫城的夏天一如既往的炎热，更加燥热的却是班里某些学生的内心，因为一年一度的班干部大选即将来临。

林璟仍然是陈昭那个班级群的管理员，新学期第一次班会上看到陈昭，烫了新发型，显得自信满满、意气风发，看得出来他对此次班级大选势在必得。

果不其然，投票结果出来，陈昭稳居票首，稳坐第二学年班长的位置。同在第二排，林璟能看清于佳雪铁青的脸色，也看到了陈昭和田佳私下紧握着的手。

“呸，渣男！”张聪聪戴着耳机一声怒吼，将正在发表演讲的导员和全班学生都吓了一跳，视线纷纷朝着这边转了过来。

张聪聪还沉浸在愤懑的情绪中，对自己身处何处丝毫未察觉。林璟连忙一把扯下她的耳机，她这才回过神来，尴尬地冲着导员笑了两声。

陈昭也看了过来，不过他看的却是林璟。林璟不想跟他对视，索性将目光挪到了窗外。

然而她越不想跟他接触，偏偏下课在食堂就碰到了他。

彼时林璟正拎着室友的两份饭往回走，猝不及防地被陈昭拦了个正着，她一愣：“什么事，班长？”

陈昭眯起眼睛从上到下仔细打量了林璟一通：“听说你整个暑假都在带团，一定积攒了很多经验吧。”

“还好。”

“要不要来我家的旅游公司做导游？”陈昭直接向其发出了邀请，一脸自信满满，“会给你很好的待遇的。”

林璟微笑着婉拒：“我已经有兼职的公司了。”海程虽小，却是个温暖充满人情味的公司。

陈昭被拒绝，笑容有点僵硬，神情也变得黯淡，随后又抬起头问：“是因为田佳吗？”

“嗯？”林璟不明白这跟田佳有什么关系。

陈昭却突然说：“我跟她只是逢场作戏，我其实一直是喜欢你的。”

这样的表白让林璟目瞪口呆，她似乎有点不认识眼前的陈昭了。

逢场作戏，感情这种事也能拿来作戏吗？林璟无法理解更无法认同，她干笑了两声果断绕开陈昭快步离去，想到刚刚张聪聪在班会上咆哮出的那两个字，贴切，真是太贴切了。

刚回到宿舍，她接到了来自海程的最新带团安排。由于开学的缘故，她没办法带时间过长的团，只能带一些周边游和一日游的团。翻着列表，忽然一个名字映入眼帘：澉城。那是陈昭上次组织他们八个人去的那个地方，沙滩，海浪，蓝天白云，还有穿着白裙子坐在岩石上拉提琴的少女关梓妤——已经快一年未见了，她还好吗？

林璟毫不犹豫地选了澉城，想到她曾经在澉城海边给申寒发过一条短信，说下次带他一起来好不好，他当时回答说好。那么这次……

卧室里的窗帘拉得密不透风，床头的落地灯映出温暖的亮光，浴室门开着一道缝，阵阵水雾飘散而出蕴染了室内的空气，申寒只用一条毛巾围住腰身，擦着头发从浴室走出，脸上满是疲惫，但在路过玄关立着的拳击架时，他还是调整姿势重重打了一拳，清脆的一声在空气中楼梯间回响了很久。这样孤独的声音他早已习以为常，他喜欢黑暗，喜欢阴天，喜欢独处，偏偏扔在床上亮着屏幕的手机吸引了他的视线。

是林璟刚刚发来的短信，邀请他去附近的临海城市澉城，并且发来了具体时间。

想到那张带着甜美笑容的少女脸庞，他心头一暖，不知不觉中，她每次发来的邀请出游的短信已经成了他的期待。

拉开窗帘，阳光倾洒而入，挂在墙上的齐天大圣绫子也被镀上一层金光，斑驳灿烂。

收到申寒肯定的回应，林璟开心地在床上滚了两滚，她立即起身打开电脑开始查看具体行程，准备导游词和景点介绍。

一年过去，澈城似乎没什么变化，仍然是个冷门的海滨小城，能搜到的介绍少得可怜，林璟索性将自己偶遇关梓妤的那片岩石沙滩也私自加到了行程里，那里离关梓妤所在的渔村很近，说不定会有游客去消费。

之后几天的课程她都没怎么听进去，只等周五时间一到，抓起包就冲出了宿舍。

“这次带团怎么热情这么高……”李栀敷着面膜一脸疑惑地嘀咕道。

只要是林璟带的团，导游位后边的位置已然成了申寒专属，他戴着墨镜悠闲地靠在椅背上，这样就可以光明正大地盯着他可爱的小学员看了。

站在一米外的林璟仍然满是激情地举着小旗子用扩音器向大家介绍着本次旅行的行程。尽管不少人昏昏欲睡，但林璟始终面带微笑，专业又尽责地说完所有行程和注意事项后，才坐回位置上深深呼出一口气。

忽然，从身后递出一瓶水到她的脸侧，一回头她便看到了申寒那张放大版帅脸。

“一口气说那么多，很累吧？”

林璟接过水连喝了好几口才缓过劲来，摇了摇头："不累，习惯了。"

申寒笑笑，没再说话。林璟犹豫了一会儿后小声道："教练，我经常叫你出来你会不会烦啊……"

申寒将墨镜往上一推，注视着她的眼睛，轻声道："你这么天真好骗，一个人出来我还真的不放心。"

林璟一时语塞，默默红着脸转了回去。

想到第一次被何老三宰客事件，她瞬间觉得申寒的担心也是有道理的，不过经过这么多次的带团出行，她早已具备了应对各种突发事件的能力。

旅游大巴很快到达了澈城。澈城作为一个冷门的旅游小城，景点并不多，林璟介绍得很详细、很认真，她对这个干净的海边小城印象很好。今天的天气不冷不热温度适宜，海鸥展翅盘旋在湛蓝的海洋上空，浪花一次次抚平沙滩上的脚印，只留下大大小小的贝壳。自由活动后，林璟便带着申寒又来到了那片岩石密布的沙滩，她这次特意带来了相机，调试了镜头后，自告奋勇地要帮申寒拍照。

申寒没有拒绝，只是随意地站在海边，或单膝弯曲坐在岩石上，无论正脸还是侧脸，比起男模来有过之而无不及。

教练真的太帅了！林璟拿着照相机咔咔咔就是一通猛拍。

"我带你，去见一个朋友吧。"临近中午，林璟带着申寒来到了关梓妤家所在的小渔村，几家小饭馆大门敞开，年纪大的阿公阿婆正坐在门口择菜或者整理海鲜。迎着海风走在鹅卵石小路上，林璟很快凭着记忆找到了关家渔栈，站在门外，阵阵悠扬的小提琴声正从二楼传出。

她轻轻叩响了门，不一会儿便听到了脚步声。

门被打开，关梓妤看到她先是一愣，随后激动地拉住了她的手："你是林璟！你怎么来了！快进来。"

关梓妤把林璟拉进门，又看到站在不远处的申寒，先是一愣，随后脸颊有点红，这个男人简直比电视上的男明星还要好看。

"介绍一下，这是我的跆拳道教练，申寒。这是我在这里认识的新朋友，关梓妤。"林璟笑眯眯地介绍。

"你好……"关梓妤脸红着微微点头，"快进来吧，我们正准备吃饭。"

因为有客人来到，关家老夫妻很热情地为年轻人们准备了满满一桌子饭菜，都是一些简单、口味不错的小海鲜，吃得林璟大呼过瘾。

虽然之前只有一面之缘，但二人如知己老友一样坐在小院子里聊了很久。申寒似乎在陌生人面前始终很冷漠，又戴上了墨镜靠在不远处的凉椅上吹起了风。

"游客还是很少，村民又走了一些，现在几乎只剩下些小孩、老人。"关梓妤靠在秋千上，眼神哀伤地看着远方的海平面。

林璟也有些难过："其实你可以离开这里到城市里去发展的。"

关梓妤看着不远处忙碌的父母轻轻叹息："他们两个年纪越来越大，需要我照顾，而且我也没有什么技能，就算离开这里，也不知道能做什么。"

林璟听到这样的话很是心痛，她很想帮助关梓妤却不知道要怎么做。

关梓妤连忙转移话题：“算了，不提这些难过的事了。我给你拉首曲子吧，最近新学的。”

“好啊。”林璟笑着答应。

关梓妤便迈着轻快的脚步上楼取小提琴。

申寒看了一眼林璟，她眼中包含着对关梓妤处境的怜悯和无奈，他捕捉到这丝信息，仍然一言未发。

关梓妤带着小提琴下来，甚至还精心打扮了一下。披散的长发，白皙的皮肤，淡橘色的口红，脖子上戴了一条珍珠项链，配上雪白的裙子，仿佛一位从神话中走出来的公主，她抿嘴对着林璟的方向浅浅一笑，便开始了自己的演奏。

带着咸味的风穿过花丛撩起她的发梢，清爽悦耳的乐曲洗涤着每个听众的耳朵，林璟半闭着眼睛，听得如痴如醉。

然而曲子拉到一半却突然停了下来，因为关梓妤竟然开始断断续续地抽泣起来。林璟吓了一跳，连忙上前安慰，安抚了好半天，关梓妤才平静下来坐到石凳上。

关梓妤揉着发红的眼，露出一个勉强的笑：“对不起，在你们面前丢人了，我只是突然很难过。”

“呃，没关系，艺术家本就是多愁善感感情丰富的啊。”林璟握着她的手，虽然不明白她为什么哭，但还是尝试着安慰了下。

关梓妤被林璟逗得笑了下：“我算哪门子艺术家啊，就是一个单纯爱好音乐的普通人罢了。”

林璟还想再安慰她点什么，那边的申寒慢悠悠地开了口：“我有个朋友在枫城开了一家教育机构，你有兴趣的话，我可以介绍你过去当小提琴老师。”

关梓妤一愣，眼中瞬间满是喜悦：“真的吗，我真的可以吗？”

“嗯。”申寒微微点头，他看到林璟也表现出发自内心的欣喜和开心。

“太好了，你来枫城，我们就能经常见面了！”林璟高兴道。

“嗯！”关梓妤擦干眼泪重重点了点头，看向申寒的眼神除了感谢和崇敬，更多了几分难以言喻的感情。

第二十八章 梦里见过你

HE IS SO / SWEET

一切安排妥当，有林璟和申寒帮忙打点，关梓妤很快便来了枫城并且入职了申寒朋友的那家教育机构。该教育机构主要业务是针对初高中生的课外兴趣班，其中有美术、舞蹈、音乐等，而关梓妤的小提琴专业刚好合适，加上她气质外貌出众，几乎一去面试便被老总正式聘用。

林璟很是感激申寒，她能力有限，拯救不了那个小渔村，他却拯救了她的朋友，给了她朋友拥有新生活的机会。她相信凭关梓妤的能力，可以在枫城过得很好。

申寒很是享受林璟崇拜的眼神，他一向不爱管闲事，却总是忍不住做一些能让林璟高兴的事。他喜欢看她笑，喜欢看她发自内心高兴的神情，那弯弯的眉眼如星如柳，暖意盎然。

转眼间，已经过去一个月，林璟这学期的课程并不是很多，除了日常带团外，她还会抽空去看望关梓妤。关梓妤渐渐适应了这里的生活，并且因为离家近，每周回澈城看望父母也很方便。

林璟也经常约关梓妤出来逛街吃饭。关梓妤的言语间总是带着文艺和忧伤，林璟则默不作声地扮演着一个聆听者的角色，偶尔她的话题会转移到申寒身上，眼中又变得神采飞扬。

“林璟，这周末你有空吗，我想请你和申教练吃饭。你们帮了我这么多，我要好好感谢你们。”关梓妤一脸认真道。

这当然没有理由拒绝，林璟答应了下来。

周末一下跆拳道课，林璟便找申寒说了这件事。申寒不是那么情愿，但看到林璟那充满期待的样子，他犹疑着。

“教练，你不去的话她会很伤心的！”只是请吃个饭而已，她着实不懂为什么申寒表现得有些抗拒。

看着那张带着恳求的面孔，申寒无奈地叹了口气：“好吧。”

关梓妤将吃饭的地点定在一个环境幽雅的私房餐馆，穿着西装戴着绅士领结的服务生十分礼貌，举止优雅，关梓妤从容不迫地翻着菜单点着这家餐馆的美食，甚至点了一瓶红酒。

“林璟，申教练，谢谢你们对我的帮助，我真的非常幸运能遇到你们两个好朋友，以后也希望我们能一直一直在一起。”关梓妤笑着举杯，林璟只是浅抿了一小口。

在这样的饭局上，申寒的话更少了，大多时候都是听林璟和关梓妤聊天，一个对艺术侃侃而谈，一个对海边的旅游业发展充满向往，时间伴随着优雅的钢琴曲一分一秒地过去，两个女孩子似乎都有点喝多了。

“我出去透透气，很快回来。”申寒起身礼貌地微笑了下，便大步离开。

关梓妤始终注视着申寒的背影，直到他消失在门口才低下头羞涩地笑了：“你知道吗，之前我在渔村的时候，总是会梦到一个人。”

林璟一怔：“什么人？”

关梓妤眼神微醺：“是一个浑身散发着光芒的战神，只能用最美妙的音乐才能形容出的男人……我经常站在海边，用我手中的琴思念他，呼唤他。”

艺术家的世界，她果然不懂，不过看着关梓妤一脸陶醉的神情，她觉得即使是在梦里，关梓妤也一定很喜欢那个人。

林璟看着一桌子几乎没怎么动的食物，默默夹了一筷子放到嘴里：“哦，他出现了吗？”

“嗯。”关梓妤忽然眼睛放光，用力点了点头，“从我见到他的第一眼起，就知道，他来拯救我了。”

林璟忽然有了种不祥的预感，于是试探地开口：“是谁？”

“申寒。”关梓妤神采奕奕，脸上满是幸福，“林璟，我觉得他就是我梦里的那个人。”

林璟瞬间酒醒了大半，她看着关梓妤坚定的模样，突然感到无比无助和失落，甚至有点羡慕。羡慕关梓妤这么有勇气，能这么坦然地把对他的喜欢说出来，可是她自己却不行，明明她是离申教练更近的人啊。

“是吗，申教练人是挺好的啊……”握着杯脚的手一阵收紧，林璟觉得有点头晕目眩，心中失落更甚，索性也扶着额头佯装醉酒地起身，“我去趟洗手间。”

用凉水洗了把脸，片刻的冰冷总算让林璟得到暂时的清醒，她本就没怎么化妆，抬头看到镜子里那张朴素淡雅的脸，只觉得自己越发普通。如关梓妤所说，申寒是散发着耀眼光芒的战神，她在他身边简直太不起眼了。李蝉师姐曾说过，申寒高傲得像一匹孤狼，身边多出的任何人都会成为他的累赘，然而即便如此，她还是痴心妄想能得到他更多。

好不容易调整好了状态，林璟走出洗手间，申寒不知道什么时候已经回来，此刻二人正面对面坐在靠窗的位置上，关梓妤甜笑着不知说了什么后，二人举起手中的酒杯轻轻一碰，杯中红酒摇晃。餐厅内灯光昏暗，烛光摇曳，本就外貌出众的关梓妤更是被衬得脸颊泛红，眼波流盼，从旁观者的视角来看他们两个简直是天造地设，战神和女神，如此般配。这样的情境，让她还怎么好意思走过去？

林璟直接打车回了宿舍，一言不发地洗漱完毕爬上了床，顺便给关梓妤发了一条短信，告诉她自己身体不舒服才提前离开。

关梓妤关切地问她有没有事，她没有回复，酒精的麻醉劲正好上来，她便借此昏昏沉沉睡了过去。

第二天醒来，捧着疼痛的脑壳下床顺便看了一眼手机，十几个未接电话都是申寒打来的。回想起昨晚的场景和关梓妤的话，林璟又是一阵失落，看着屏幕上申寒的号码，应该只是教练对学员的关心吧。

她深呼吸了几次后拨了回去，几乎瞬间便被接通，对方沉默了几秒后才开口："林璟，你没事吧。"

"教练，我没事……"林璟抿了抿嘴，这句话带着苦涩。

"你昨晚不舒服吗？怎么不让我送你回去？"申寒的语气有点急，又像在责问。

林璟当即泪水就开始在眼眶中打转，一边暗自嘲笑着自己没出息，一边故作平静道："看你们聊得很开心，我就自己回来了。我收拾下去上课了，先不聊了。"

匆忙挂掉电话，林璟狠狠吸了吸鼻子。

申寒没再追打电话过来，事实上，他的车就停在枫城大学校门外，人就坐在车里，也许只有昨晚的路灯知道那一次次未拨通的电话让他有多着急。

林璟的课上得心不在焉，打开海程假期群浏览一下最新的旅游线路，她认真挑选了起来。

是时候再来一趟净化心灵的旅行了，谁也不告诉，也不用谁保护，只有她自己和一群可爱的游客，无论车上放小品还是相声，她都要跟着大家一起开心地笑。

第二十九章 险象环生

原本定了去名扬湖，光看宣传片的介绍，林璟就被那山清水澈的秀美风光所吸引，湛蓝的天空下，碧玉一样的湖泊镶嵌在群山之中，戴着斗笠的渔夫站在细长的竹筏之上，在湖中用竹竿撑开重重波纹，真是好生安逸。

为了确认行程，趁着没课林璟又去了公司一次，她迫切需要找点事来充实自己，才不至于一直想着申寒和关梓妤。

海程假期的午后很是安静，程老板不在，其他同事有的在吃外卖，有的在打瞌睡，也有的噼里啪啦地敲打着键盘。打过招呼之后，正巧看到许导抱着一沓文件从办公室出来。

原本眉头紧锁的许导看到林璟，瞬间眼睛一亮。

“呀！林璟，你来得正好。”

林璟跟着许导进了办公室，很快弄清了目前公司面临的棘手问题。

公司新开发了一个旅游路线云镜峡谷，原本计划由一名经验丰富的导游带团，然而那位导游家中临时有急事去不了，而公司的其他导游已经确定了各自的行程，面对已经报了名的数量众多的游客，云镜峡谷这趟团箭在弦上，不得不发。

“林璟，你可以带吗？如果可以的话我跟程总说一声，这趟团给你双倍的报酬。”许导对她说。

林璟翻看着云镜峡谷的照片，高山深涧，飞鸟孤鸣，真的很美，应该是很锻炼人的一次行程。

“好，我来带吧。”林璟随后又补充了一句，“钱不钱的无所谓，我就是想多攒点阅历。”

回家后，她打开电脑在搜索引擎输入了“云镜峡谷”四个字，很快找到了关于它的“百科”。看照片，高耸巍峨的山，风景也还不错，怎么就不出名呢？“昼夜温差较大”“空气潮湿度高”“山路崎岖”等几个关键点进入她的眼帘，并且下边还弹出了几条关联新闻。

云镜村的村民生活在云镜山的半山腰，由于山路不好走容易打滑，他们不经常下山，下山一次就要采购几个月的生活必需品回来，然而即便这样，还是每年有村民失足滑落山崖坠入峡谷的事发生。

林璟面色凝重，立马给许导打了电话，她可不敢拿游客的生命去冒险。

“许姐，云镜峡谷是可以通大巴车的吗？我看新闻说路很滑连人都会掉下去。”

许导的口气很是轻松：“没问题的，刚修的环山公路已通车，已经有好多旅游团去过了，所以我们才紧跟着开发了这条路线，这个你可以放心。”

“可是，似乎没有旅行社在这个时候组团去云镜峡谷。”

“去云镜峡谷最佳出行时间是春季和秋季，不过到那个时候竞争就太大了，所以尝试一下淡季去。目前只有我们一家组了去云镜峡谷的团，报名的游客很多，已经没剩下几个位置了……对了，你不是每次都要留导游后边的位置吗？这次还留不留了？”

“不留了……”

挂了电话，林璟便没再多想，回到宿舍安心准备关于云镜峡谷的资料。

周五下午，林璟收到了公司发来的全部游客的名单，一个个电话打过去，她用温柔甜美的声音告诉每个人集合地点和车牌号，一个个名字被打上对钩，翻过下一页时，名单上赫然出现了一个名字，申寒。

申寒，他怎么也报了名？

迟疑着拨通了电话，那边很快接了起来。

“教练，你怎么也在这趟团里……”林璟讷讷着。她是有些心虚的，之前明明说好了每趟团都要带他一起，并且给他留最舒服的位置的，可这次她明明没通知他，却被他抓了个正着。

“我刚好路过你们公司，就进去看了一下。”申寒声音沉稳如常。

海程假期确实会把最近排上的导游和景点用板书的方式公布在墙上，如果他真的去了公司，一定第一眼就能看到她名字后边跟着的云镜峡谷。

只是，他真的是刚好路过吗？

因为这次没有刻意给申寒安排座位，加上他又是最后一个报名的，所以被安排在了车厢最后一排的角落。林璟坐在最前面，感受不到身后熟悉的呼吸声，趁着回头视察游客时不经意地往那角落多看了几眼。

跟第一次出行一样，申寒坐得端正，令人意外的是，他居然戴着她给他买的护颈枕。察觉到她在看他，他笑了一下。

不巧，这次大巴车的车载电视坏掉了，幸亏司机又是那个爱说话爱聊天的魏师傅，让林璟在路上不那么孤单。一回生二回熟，几次带团后，林璟跟魏师傅已然熟识，侃侃而谈很是快活，然而林璟的大部分注意力却集中在坐在最后一排角落的申寒身上，好几次都没听清魏师傅在说什么。

“又是那个小伙子。唔，你俩还没成啊？”林璟的频频回头引起了魏师傅的注意，他调整了一下后视镜，很快便发现了端倪。

“我眯一会儿……”林璟从包里掏出眼罩戴上靠到了座椅上，对魏晨光的话装作没有听到。

“唉……年轻人。”

不知过了多久，林璟一觉醒来摘下眼罩，周围景色已然大变，窗外一片白色，山崖峭壁隐约可见，除了车子的引擎声，再也听不到别的声音。这样的场景让她想起了跟室友一起看的恐怖片《寂静岭》，当即皱起了眉。

魏晨光的表情也异常严肃，车子开得十分缓慢，不少游客开始低声谈论起了不正常的天气。

“怎么会突然起雾了呢，天气预报明明说是晴天的。”林璟看着窗外，沉思道。

“云镜峡谷气候本来就诡异得很，尤其是夏天，那是说变天就变天。”魏晨光的语气难得严肃，车子时不时的颠簸更是让车上众游客人心惶惶。

“我们现在到哪里了？”林璟翻着提前准备好的地图以及行程表，“应该先去半山腰的农家小院休整的，快到了吗？”

魏晨光摇了摇头，可以明显看到这位有着多年驾龄的老司机竟然有些紧张，额头都渗出了汗水。

“我们现在在半山腰的环山公路上，现在正在上坡，为了安全车速我现在放得很慢，距离云镜村大约还有两个小时的车程……很奇怪，就算有大雾路面也不应该这么难走，就像铺了一层地毯一样。”

听了魏晨光的话，林璟索性看向窗外仔细观察路面，一阵山风掠过吹散大雾，眼前忽然出现万丈深渊，林璟大惊失色，她从没想过这条环山公路会这么窄，并且连基本的护栏防护措施都没有。

“我的天啊……”与此同时，魏晨光也发出一声不可思议的惊呼，因为大雾被吹散后可以清晰看到路面的情况，而路面上密密麻麻铺满了绿色的苔藓！

潮湿的气候，被高山遮挡晒不到太阳的公路，正是苔藓疯狂生长的条件啊。

突然，正在缓缓上坡的大巴车往后滑了一下，整车的游客瞬间开始大呼小叫，面色惊慌。

林璟一个踉跄向后仰去，正巧跌落在一个结实的怀中，申寒不知道什么时候已经来到了她的身后，此刻稳稳地接住了她。

魏晨光握着方向盘的手都在微微颤抖，声音是前所未有的惊恐："油门……踩不上了……"

话音刚落，车子向后滑去，速度逐渐加快。

在铺满苔藓的环山公路上溜车简直是恐怖片才会出现的场景，油门踩不上，凭这个速度滑坡，岂不是要掉到山崖底下去了？车上可是有整整四十号人呢！林璟急得不行，只能大声让所有旅客系好安全带，抓紧扶手。

魏晨光拼命打着方向盘，仅仅通过左右后视镜来判断方向，然而饶是再经验老到的司机面对这种生死攸关的场景也只有手忙脚乱。

"往左边打，撞到那块凸起的岩石上去。"申寒突然开口。

魏晨光这才注意到后方不远处有一大块突出的崖壁，正好可以当成一道护栏起到缓冲的作用，但作用大不大就不知道了。听申寒的话撞上去，也许还有那么一线希望，车子再这么溜下去，全车人就只有死路一条了。

关键时刻，魏晨光决定听申寒的话搏一搏，几秒之后，只觉得车尾被大力撞击，似乎绊到了什么东西一个猛烈的踉跄，车内瞬间一片狼藉，摔倒的游客，散落的行李，窗外可怕的场景，足以成为所有人的噩梦。

大巴车完全停下来的时候，几乎有三分之一个车身悬在了半空，车尾被已经有些松动的崖壁卡住，不知道可以坚持多久，下方，便是深不见底的云镜峡谷。

车内惨叫成一片，所有人都意识到自己此刻距离地狱是多么近。

林璟双腿打颤，几乎站都站不稳。她脸色煞白，一句话都说不出。

申寒扶着她微微颤抖的肩膀，几次深呼吸后冷静下来："师傅，把车门打开，第六排之前的人不要动，后面的人一个一个慢慢往前走，想活命的话就照做。"

魏晨光打开了车门，紧张得全身湿透。

申寒附在林璟耳边低声道："你先下车。"

林璟听到这句话忽然回过神来，转头与申寒对视，感激地朝他一笑。她的确离车门最近，只要一步就能脱离险境，可是，此刻她是一名导游，身后是需要她保护的游客们。

第三排一名身材魁梧的成年男子双腿打颤，见到敞开的车门一个箭步便冲了过去想要抢先下车，那两百多斤的庞大身躯跑动起来使整辆车都在轻微晃动，卡住车尾的岩石更是开始簌簌往下掉残渣。

申寒眼疾手快在他即将下车之际一手揪住了他的衣领，继而一拳重重打在了他的脸颊上，随后将他丢到第二排的过道上，眼中怒火喷出："不是让你别动吗？只想自己活命，有没有想过其他人怎么办？你哪儿也不许去，就在这儿给我压着车头，不然老子打死你！"

林璟第一次见到申寒如此暴怒的模样，却容不得她多想。

见申寒这副模样，另外几个蠢蠢欲动的也都老实了。后排的游客开始听话地一个接一个慢慢地往前挪动，下车的几个人第一时间瘫坐在地上。

一位坐在后排的老爷爷似乎被在颠簸中甩掉下来的行李架砸到了腿，此刻瘫坐在地动弹不得，他的老伴用尽全身力气也拖不动那沉重的身躯，此刻正默默流眼泪，然而并没有人停下来帮助他们，过道上一个接一个的人眼中只有敞开的车门和生的希望。

林璟咬了咬牙，索性扶着座椅慢悠悠地朝着后面挪过去。

她的手腕被申寒一把抓住，他眼中流露出无比的焦急和无奈："你下车，我去。"

林璟摇头："我身体轻，没事的。"

后排游客除了那两位老人，几乎已经全部撤退，申寒看着一脸坚持的林璟，咬牙放开了她的手腕，做好了随时冲过去的准备。

眼见着林璟慢慢挪到最后一排，协助老奶奶一同搀起那位老人一步步往前挪动，直到将二人送下车安置好。

她竟然又再次上了车，神情严肃："现在，第六排的游客一个一个地往外走，不要着急，不要挤……"

在林璟和申寒的指挥下，全车游客成功下车，最后是魏晨光，他的衬衫已经被汗水浸湿，看向二人的眼神充满感激和敬佩。

看着空无一人的车厢，二人如释重负。

申寒看着林璟刚要开口说些什么，只听到岩石一声巨响，碎石迸溅，随后车头被高高抬起。在这千钧一发之际，他意识到了什么，他最后的一个动作是将林璟狠狠推出了车门，而他的身体则和大巴车一起往下掉落。

“申寒！”林璟看着眼前的一幕，只觉得一阵撕心裂肺的疼痛席卷全身，她第一次没有叫他教练，而是直接叫出了他的名字。

所有人眼睁睁地看着那辆刚刚还载满游客的大巴车瞬间消失在视线之中，就像经历了一场噩梦般呆怔在原地。

林璟跪在地上放声大哭到不能自已，她不敢相信，也不愿相信刚刚那一幕是真实发生的，那一瞬，她甚至也有了跳下去的打算。

“救人……快救人……快把人拉上来！”难过得快要窒息之际，她好似听到魏晨光断断续续焦急的声音。她睁开眼睛，用满是泥土的手背揉了揉眼睛，勉强擦去泪水看清了前方，好几名男游客正围在崖壁边，缓缓往下放着从好几个旅行包上拆下来的拧成一股的尼龙绳。

她连忙打起精神跑到崖边壮着胆子往下一看，眼泪瞬间又涌了出来——申寒正一手攀着崖壁，一手抓着尼龙绳在手腕上缠了好几圈，手脚并用地缓缓向上攀爬着。

他脸上有些擦伤，汗珠混合着血水淌下，却仍不忘抬头冲林璟笑一下。

HE IS SO / SWEET

第三十章 教练的心声

等到申寒完完全全站在林璟面前时，她扑过去抱住了他，事实上也只有紧紧抱住他，她才能无视自己已软成两根面条的腿，不至于跟在学校演讲台上一样，众目睽睽之下跪在他面前。

林璟浑身发抖，将头深深埋在他的胸前，感受着他的心跳。此刻，她深刻明白了什么叫失而复得，什么叫泪如雨下。

申寒低头看着她，放在她肩膀上的手也微微有些颤抖。要说不害怕，是不可能的，那样的高度，那样短暂的时间，幸亏他站的位置不错，加上有心理准备，掉下去的时候瞬间蹦出了车子，尽量让身体擦着崖壁落下，很幸运的是，他在千钧一发之际攀住了一块凸起的岩石。只是在面临死亡之际，他脑海中第一时间想到的不是远在国外的家人，也不是尚武亲如手足的师兄弟，而是时不时冲着他傻笑、眉眼弯起的恬静少女，要是就这么掉下去，就再也见不到她了啊。

“我没事，别哭了。”申寒声音沙哑道。

此刻天空飘起了雨，空气变得潮湿甚至带着几分凉意，已经有游客走到有微弱信号的地方报了警，大家聚集在一起，对刚刚的死里逃生心有余悸。

林璟被申寒搀扶着挪到公路旁坐下，始终紧紧握着他的手，生怕一旦松开他又会掉下去，她双唇轻轻颤抖了好几次，却什么话都没能说出口。

“幸好……幸好大家都没事。马上会有人来救咱们了。”魏晨光走到人群之中，声音带着颤抖，“这也多亏了咱们的林导和这位兄弟，咱们给他们鼓鼓掌好不好！”

不少人哭着拍响了巴掌，林璟惨白的脸色也有所缓和，她这个导游终于有点存在感了。

“教练，谢谢你……”良久后，林璟终于对申寒说出了这句话。她已经数不清这是第几次向他道谢了，只不过这次是救命之恩。

申寒凝视她良久：“幸好我在。”

是啊，幸好他在。

救援人员很快赶来，勘查现场，将所有人员转移。

救援人员表示不可思议，很难想象，这样严重的一场事故，竟然无一人死亡，只是有一壮年男子眼眶被砸肿，一位老人扭到脚而已。

林璟不知道自己是以怎样的状态回到枫城的。在申寒的陪同下去医院例行检查身体，做笔录，被各种身份的人询问，整个身体仿佛行尸走肉，再看申寒，他仅仅简单处理了下擦伤，神情坦然淡定，宛如那场事故的旁观者。

作为本次出行的导游，林璟自然责任重大，海程假期旅行社程老板很快带人赶来，几乎一见面就握住了林璟的手热泪盈眶。虽然旅行社安排不合理路线要负很大责任，但是没有出现重大伤亡，已经是不幸中的万幸了。很多游客向媒体还原了那场事故的现场情况，导游的出色指挥和英勇救人的事迹很快传开。

林璟拒绝了所有需要抛头露面出风头的采访，这次成功处置意外事故的最大功臣不是她，而是申寒。并且经历了一次生死后，此时此刻她只想回家，回到父母身边。

因为事故的原因，这趟团算是以失败告终，善后工作由公司来处理，林璟的主要任务便是好好休息调理心态。她是一名导游，这次的惊魂之旅不能成为她的阴影，而是要成为她的阅历和经验，如果再有下次，她也一定要像申寒一样果断做出抉择，不过，最好还是不要有下次了。

从事故发生到现在，林璟手机上已经有几十上百个未接电话和短信，从父母到室友，再到同学和师兄师姐，甚至有些只有几面之缘的人，都在关心着她。

受到惊吓的林璟，被林降龙和杨芸命令待在家里好好休息。然而到了周末的跆拳道课时间，她还是带着道服偷偷溜了出去。

因为她知道申寒一定会来上课的，她很想见到他。

尚武的师兄师姐见到来上课的林璟都赶紧嘘寒问暖。

“林璟，听说你是这次事件的大功臣，那么危险的情况下，你居然还敢跑回去扶老人。”李蝉对她一顿猛夸。

林璟看了一眼申寒，回想当时的情境，如果当时申寒不在车上，她会怎么做呢？是不是因为有他在车上，她才有了那样的勇气和大家共渡难关呢？

“集合，准备上课。”申寒的声音还是那样沉稳。

“礼仪，廉耻，忍耐，克己，百折不屈！”

训练照常进行，所有人的目光都牢牢盯在申寒脸上，轻微的擦伤丝毫没有影响他俊逸的容貌，踢腿出拳仍然带着果断与凌厉，那样结实有力的手掌，在攀着崖壁的时候，发抖了吗？

转眼，教师节即将来临。

比起导员，申寒教给她的东西更多。林璟特意去商场挑了一块腕表准备送给他。

那天是周二，申寒是有中级班课程的，而她也正好没课，索性简单吃过晚饭之后来到了尚武门口，坐在街对面新开的奶茶店里等着他下课。

天色渐晚，路灯接连亮起，尚武的招牌是那样巨大，壮观又醒目。

看了看时间，下课时间已到，再抬头，已经有穿着道服的孩子蹦蹦跳跳地从门口出来，走向等候自己的家长，也有三三两两的孩子结伴而行前往附近的零食店，脸上洋溢着无忧无虑的天真。

然后，她看到了申寒。申寒尚未换下道服，只是在外面披了一件深色外套。他永远那样惹人注目，哪怕只是站在门口，便能吸引来往的诸多目光。

林璟起身正要出门，忽然瞳孔放大，停下脚步。因为申寒身后紧跟着走出一个人，一个漂亮又熟悉的少女——许久不见的关梓妤。

她出落得更有气质，浑身散发着艺术女神的气息，此刻二人站在一处，正面对面交谈着什么。因为申寒背对着林璟，她看不清他脸上的表情，却见到关梓妤低头浅笑了一下，随后低下头拢了拢头发。

他们在说什么？这一对在路人眼中应该是很幸福很般配的吧。

林璟顿时有种如坠冰窟的感觉，她没有再看下去，也没有走过去打招呼，而是拎着礼物默默离开。这样的二人是不希望有人打扰的。她突然有点讨厌自己，讨厌自己为什么一直不放弃。

申寒对关梓妤突如其来的告白一点都不感到意外，甚至早有察觉，从她一开始的频频示好，他就有所预感。如果她不是林璟的朋友，他也断然不会帮她在枫城安顿下来，给她接近自己的机会。这次她也知道了前几天发生的危险事故，便跑来看他，甚至刚刚在道馆还令同事们误会了他们的关系。

今天他郑重地拒绝了她的好意，并且告诉她以后不要再来。

“申教练，你是不是已经有喜欢的人了？”关梓妤一脸失落。

“是的。”申寒点头，回答得很干脆。

“原来是这样……申教练，谢谢你对我的帮助，我以后不会再打扰你了。”说完，她便转身离开。

申寒如释重负地松了口气，同时自嘲地笑了笑。他敢在外人面前承认，为什么不敢向自己的心承认呢？

第三十一章 单人行

HE IS SO / SWEET

林璟决定出远门散散心，这次不告诉任何人，也不用任何人陪着。她躺在宿舍的床上落寞地刷着朋友圈，看到了上次和她撞了“大圣队”的那个男导游——秦溪发的春和旅行社最新的旅游项目。

春和旅行社主打一些惬意安稳适合中老年人的路线，去的地方要么是山清水秀，要么是名胜古迹。这次要去的地方是江南的一个古镇，图片上青砖绿瓦，烟雨朦胧，老人牵着黄牛从石桥上走过，桥下流水潺潺，整个画面宁静又惬意，非常适合散心。

林璟没怎么犹豫便报了名。这一次的出游，她一定要静下心来好好调整一下自己。

整理行李时，她突然在抽屉里翻出了尚武的缴费单，上面的日期清楚地显示这周末的课将是她最后一个课时了。

还要继续练吗？

她盯着那张缴费单怔了良久，她内心当然非常舍不得尚武，舍不得师兄师姐，在长时间的相处中，她也早已把那里当成了第二个家。

可是一想到申寒，那里只会让她感到难过。从第一次聚餐李蝉便告诉过她，申寒很不好接触，他孤傲得像一匹狼，不需要任何陪伴。尚武那么多优秀的师姐，她们都有着清楚的认知，始终和申寒保持距离，淡然相处，唯独她越了界，对他产生了不知天高地厚的喜欢。

既然知道不可能，再留在尚武的话，只是一种变相的自我折磨吧。

那么这周末的课，就跟大家好好道别吧。

出乎意料，秦溪给林璟留的位置恰好也是导游位的后面。那个位置相比普通座位来说宽敞许多，这一次她终于不用站在最前面拿着扩音器喋喋不休，而是趴在小桌子上安静地看秦溪做着那些工作。

他口才很好，风趣幽默，加上外形清爽，宛如一个阳光的邻家大哥哥。这一车的游客多为四五十岁以上的中老年人，好几个都关切地来问他今年多大、能不能给他介绍自己的女儿或者侄女之类的问题。

“呼，累死了。”例行介绍完，又应付完一堆想做媒的大叔大妈后，秦溪一屁股坐在导游位上，如释重负地松了口气。

林璟一言不发，眯着眼睛几乎快要睡着，车载电视上正播放着《动物世界》，在狮子的咆哮声和牛羊的飞奔声中，她随着车身颠簸，仿佛已经置身于茫茫大草原。

“怎么了，你好像有心事？”秦溪见她一直沉默，微微转头问道。

“没事，只是出来散散心而已。带了那么多次团，偶尔当个游客，感觉也不错。”林璟将头埋进胳膊里低声道。

“游客的体验取决于导游。你跟着我，就好好享受这次行程吧！”秦溪自信满满地道。

他确实很专业，一路上完美地处理了各种突发事件，在短暂堵车的间隙，他还会带领大家玩游戏唱歌来打发时间活跃气氛。车上有几个系着彩色丝巾的阿姨来自某民间歌唱组织，此刻借了秦溪的扩音器自告奋勇地开始了演唱会，她们歌唱祖国，歌唱美好生活，每个人的脸上都洋溢着热情的笑容。

本来心情有点低落的林璟也被感染了，她甚至开始想象自己的老年生活，希望也能这么乐观开朗，无忧无虑的。

在一路的欢声笑语中，很快便抵达了此次旅行的目的地靖远古镇，一下车，一股清新悠远感便扑面而来。

也许是刚下过雨的缘故，青石板的路面还有些湿润，空气也有些凉意，一阵风吹来，林璟竟然打了个喷嚏。她只穿着一件薄衬衣和过膝的长裙，这次出行她完全是轻装上阵，没有带任何多余的东西。

“很冷吗？要不要穿我的外套？”秦溪边说边把自己的深灰色冲锋衣外套递了过来。

虽然很想接过来，但没带外套是自己的疏忽，她不想给别人添麻烦，于是她果断地摇了摇头："不用了，谢谢，我不冷。"

秦溪观察了一下她的表情后，也没有再坚持，举着旗子带领着队伍开始参观。大家走走停停，拍照留念。而林璟，团队里因为只有她是独身一人，俨然成了整个队伍的摄影师，不少要拍合影的人都会找林璟来帮忙，尤其是丝巾歌唱团的阿姨们，索性把相机挂到了林璟脖子上，使她被迫成了她们的专属摄影师。

她们年纪跟自己母亲一样大，很亲切，一直"小林、小林"地喊她，嘘寒问暖，还不停地分享给林璟一些她们带的食物。忙碌的林璟暂时忘却了自身的烦恼，也不觉得那么冷了。

只是晚上住在民宿时，林璟单独一间，站在窗边欣赏着古镇夜景，她的思绪又飘到了远方，想起了申寒，还有周末的道别，申寒会挽留她吗？

不知不觉，在窗边站了很久，第二天开始发烧头痛鼻塞，完了，她生病了。

跟秦溪打了招呼，她决定躺在民宿的床上休息一天。好心的老板娘帮她打了热水买了药，对她发烧近 40 度表示十分担忧，数次问她要不要去医院，都被她拒绝。

自己这么年轻，小小的感冒去什么医院呀，林璟乐观得很。

古镇旅行在秦溪的带领下圆满结束，林璟在周六早上回到枫城。

林降龙和杨芸都不在家，林璟衣服都没换就倒在床上陷入了昏睡，一觉醒来忍着剧烈的头痛看了眼表，竟然已经是下午。

马上就到尚武上课的时间了，此刻的林璟仍旧四肢酸痛、头昏脑涨，哪里还能去上跆拳道的课？但是，想到这是她在尚武的最后一堂课，她还是咬牙起身换好了道服，打了辆车赶到了尚武。

李蝉见她这个状态，不禁大吃一惊，伸手摸摸她的额头，一脸心疼："怎么烧成这个样子还来上课，我送你去医院吧。"

"不用，我没事。"林璟声音沙哑，迎面对上申寒细究的目光，有点逞强道。

课程照常进行着，这节课跟以往并没有任何不同，申寒每个动作都讲解得很认真，并且亲身示范。林璟听得也很认真，就像在儿童班第一次听他上课一样，他讲的跆拳道礼仪，她仅仅听了一遍就牢记于心。

今天的动作有些复杂，连环的招式让李蝉、廉钰这样的高手都皱着眉练了好几遍，不过片刻，大家便汗流浃背，林璟更是有些体力不支。

申寒见状，让大家休息十分钟。

师兄师姐靠边席地而坐，喝水聊天捶腿，争分夺秒地休息。

林璟拧开瓶盖喝水补充体力，余光好几次略过申寒，想要上前跟他道别却不敢。

申寒抬头看一眼她，目光中竟也是欲言又止。

"你还好吗？"李蝉坐到林璟身边，伸手摸了摸她的额头，神情很是担忧，"你今天是不是有心事？"

林璟沉默了一会儿，决定跟李蝉道出实情。

"师姐，这是我在尚武的最后一节课了。"

"什么？你要走？"李蝉大惊失色，声音不由自主地大了一些。

离得最近的申寒抬头往这边看了一眼。

林璟把之前想好的理由说出来："我想把更多的精力投入到学习中去，然后好好实习，多积累一些导游的工作经验……"

李蝉神情满是狐疑，只是一周一次的跆拳道课，能耽误什么时间？不过既然林璟不愿说，她也就不会问，只是无奈地叹了口气："你的想法也没有错。那你等下和申教练说一声吧。"

"我会跟他说的。"林璟点头。

下半堂课主要还是以实战练习为主，照样是二人一组。李蝉看了眼林璟，默默走到后边把正跟廉钰过招的周大仁推开，顺带摆好了架势："来，咱俩练。"

林璟站在原地不知所措，李蝉的意思她理解，是想让她和申寒有独处的时间。

申寒见林璟落了单，也会意地拿了靶子站到了她面前："身体怎么样，还可以继续训练吗？"

想到这是最后一次训练，林璟心头一酸，强打起精神开始了训练，一拳一脚均是发力准确，她甚至觉得自己从未踢得像今天这么好过。

申寒站在她面前举着靶子，看她肆意挥洒汗水，同样一言未发。

直到训练快结束，林璟才知道自己体力透支得有多厉害，她总是下意识地想在申寒面前逞强，却以一次次的出糗而告终。此刻的她脸颊通红，汗如雨下，视线因为过度疲劳有些昏花，甚至看面前的靶子都成了两个，使劲摇了摇头后，她瞄准其中一个影子一个回旋踢踹了过去，她的脚面扑了个空，一声惊呼后，她只觉得右脚脚踝一阵剧痛，随后惨叫着一声坐到了地上。

师兄师姐们纷纷围了过来，申寒也蹲下身伸手按了按她的脚，眉头深深皱起：“扭到了，骨骼有些错位。”

这一疼让林璟清醒了不少，见这么多人围着自己看有点不好意思，强忍着疼痛道：“我没事……歇一会儿就好了……”

“不行，我送你去医院。”申寒果断起身换上了鞋，转身走到林璟面前背对着她蹲了下来，“上来。”

林璟愣神的工夫，李蝉已经把她的东西收拾好顺便挎到了申寒肩膀上：“不要磨叽了，扭伤耽误久了会伤到筋骨的。”

林璟宛如一只受惊的兔子，趴在申寒宽阔结实的背上一动都不敢动，甚至连呼吸都变得小心翼翼。

凝视着他近在咫尺的侧脸，感受着他平稳的呼吸，她的心也变得格外平静，时间如果能定格在此刻就好了。

二人来到医院，申寒陪着林璟做了检查。

绷带缠着石膏将右脚彻底固定，林璟任由医生摆布着，盯着自己臃肿的脚，她觉得自己至少一个星期都不能下地走路了。

明明是这么郑重的最后一课，为什么会以这样的方式收场，她那个失败的回旋踢在他看来一定很搞笑吧，一定像个失控的陀螺一样。

想到自己出糗的样子，林璟竟然不自觉地笑出了声。

申寒见她这副样子，不禁也笑了：“这样还笑得出来吗？你啊，什么时候能让人放心呢？”

大概，在离开他以后吧。

林璟收敛了笑容，不好意思地挠了挠头：“教练，谢谢你送我来医院……我好像总是在给你添麻烦。”

申寒蹲在她面前跟医生一起观察她的脚，对她的话置若未闻。在询问了养伤期间的几个注意事项后，申寒才将林璟再次背起：“我送你回学校。”

“我打个电话让室友来接我……”林璟的声音越来越小，因为申寒的步子丝毫没有慢下来的意思，她也就不再说话，只是安静地趴在他的肩头。这个医院距离学校不是很远，她却希望它永远没有尽头。

HE IS SO / SWEET

第三十二章 走吧，去流浪

不知道走了多久，学校的大门已经透过树林若隐若现，申寒仍背着她不紧不慢地走着，呼吸平稳，一点都看不出疲惫的样子。林璟趴得十分安逸，被小风吹着几乎要睡着。

“教练，我重不重？”

“有点。”

“……”

“教练，你累不累？”

“有点。”

申寒虽然这样说，脚步却仍然很轻快，穿过树林，校门前已经有不少趁着夜色出来散步或者买小吃的学生了，此刻看到穿着道服的申寒背着林璟进了校门，一时间二人完全成了枫城大学中的焦点。

林璟不用抬头也知道申寒有多么惹眼，而能被申寒背着，自己突然内心小小地骄傲了一下。

眼见着快到宿舍，不远处的虐狗桥上的彩灯忽然亮了起来，再不说，似乎就没机会说了啊。想到这里，林璟低声道："教练，今天是我最后一节课了。"

"我知道。"

出乎意料，申寒停下了脚步。他并没有朝着林璟的宿舍楼走，而是忽然转了方向朝着那座亮起了灯的虐狗桥走去。因为彩灯刚刚亮起不久，此刻桥上还没多少人，申寒背着她走得很慢，她的心跳得却快了，她相信申寒也感受到了。

"我听到了你和李蝉的对话，以后真的不来了吗？"申寒将她放在桥上一处桃树下的长凳上。这里地势最高，风景也最好，坐在这儿可以将枫城大学整个校园的风景尽收眼底。

林璟却无暇看风景，而是看着半蹲在她身前的申寒。一直以来，她对他从来都是仰视，从没有像现在一样，位于高处将他细细打量。斑斓的灯光将申寒原本冷峻的面容镀上一层柔和的光，他的瞳孔宛如一处寒潭，几乎要将她吸入。

"我……"可能面对别人，她还能勉强说出临时编好的理由，可面对申寒，她一句假话都说不出来。

犹豫了半天，她撇了撇嘴道：“我……我一直都在给你添麻烦，什么事都做不好，上次还差点害得你……”

“是啊，上次好危险。”申寒嘴角上扬，眼神忽然亮了起来，“我可是你的救命恩人，你觉得你要怎么感谢我呢？”

林璟愣住，她察觉到申寒话中别有深意，此时却不敢细想。

看着林璟一脸茫然的神情，申寒笑意越发明显，他仰头缓缓贴近她的耳畔轻声道：“救命之恩，当然要以身相许。”

听到耳边那格外清晰的一句，林璟整个人如遭雷击，只觉得脚上的麻药蔓延到了全身，甚至蔓延到了脑子里让她产生了幻听，可面前的申寒，表情为什么那样认真。

“什么？”林璟反应呆滞。

申寒却是缓缓牵起她的双手放到胸前，眼神柔和，面带笑意，他一字一顿道：“林璟，我喜欢你。”

他的神情不像是在开玩笑，她的双手被他攥在手心，感受到了前所未有的炽热，同样炽热的还有他的眼神。

他在等待着她的回答。

“喜欢……我？”

“嗯，喜欢你。”申寒眼睛微微眯起，“请问，林璟小姐，你可以当我女朋友吗？”

反应过来的林璟突觉脸颊滚烫，口干舌燥：“为……为什么喜欢我？”

申寒沉思了一会儿：“大概是，一见钟情吧。”

想到英雄救美的初遇，从她鼓起勇气拽住他袖子迫使他停下脚步的那一刻起，他就注定要成为她一辈子的保护神。

然而，她又何尝不是呢。从第一眼起，不仅仅是仰慕，爱情的种子就悄悄种在了她的心里。

“教练，我也喜欢你！”此时，林璟充满了勇气和自信，她含着眼泪，大声地回应着。原来她不是单恋，申寒也喜欢她！而她，因为不自信和胆小一直退缩，差点儿错过了他。

看着她，申寒眼中满是抑制不住的笑意，把她的手握得更紧了。

虐狗桥上散步的学生逐渐多了起来，穿着跆拳道服的他们吸引了众多目光，男人高大英俊，女孩子似乎刚听到什么暖心的情话，正脸颊泛红，这样动人的场面令路过的每个人都心生羡慕。

终于，互表心意的两人聊了很久，也聊到了教师节那天让她误会的场面。得知申寒严词拒绝了关梓妤，林璟在同情关梓妤几秒后，更多的是快乐和窃喜——对不起，关梓妤，爱情是自私的，就算我们是好朋友，我也不会把申寒让给你。

在宿管处登记说明了原因后，申寒直接背着林璟进了宿舍楼，路过的穿着睡衣提着水壶的女生均是一脸震惊，林璟一脸甜蜜地趴在申寒背上，偷偷笑出了声。

停在 404 宿舍门前，林璟先敲了敲门，很快门被打开，沈静怡一个哈欠打到一半愣是被吓了回去，她颤抖着双手拉开门：“请……请进。”

申寒微笑点头：“麻烦你们了，我女朋友脚受了伤，还请你们多多帮助她。”

在其余三人石化的神情中，林璟被放到床上，申寒给她盖好被子，离开前叮嘱道：“好了，你好好休息，有事记得给我打电话。”

申寒离开了，宿舍里的气氛凝滞了良久，林璟也脸颊泛红。刚刚发生的一切真的太快太突然，她甚至有点怀疑是不是现实，她被申教练表白了？她随后也表白了？她是他的女朋友了？申寒是她的男朋友了？

“啊啊啊！阿璟，老实交代一切！”

三堂问审开始了。

“就像你们看到的那样，我们在一起了。”林璟像个幸福的小女人。

“啊，我的心碎了，我应该跟你一起报跆拳道班的。”

“你不是有私教杨教练吗？都是教练，都有八块腹肌，凑合凑合得了。”

“我就知道阿璟最有本事！申寒可比陈昭强多了！”

……

经历了像过山车的一天，林璟已经听不到宿舍里其他人在说什么，本来有点感冒加上脚伤的她，虽然很舍不得睡，生怕睡一觉醒来发现这是一场梦，然而身体实在太疲累的她还是很快进入了梦乡，睡着的她嘴角一直弯着甜蜜的弧度呢。

第二天上午林璟有课，在三个室友的帮助搀扶下，她出了宿舍楼，然后便看到了穿着一身白色运动服的申寒正等在楼下。

白色是很难驾驭的，然而穿在申寒身上却有一种凛冽的帅气，跟道服是完全不同的两种感觉。

教练啊教练，这么穿简直帅得犯规啊。

四个人默默地咽了下口水。

室友们并没有问她的意见便直接把她押过去——

“申教练，这人交给你了！”

“呀！我是犯人吗？”

“辛苦你们了。”申寒笑着背起林璟，便朝着教学楼走去。

“教练，不好意思又麻烦你了。”

申寒背着她走得又快又稳，甚至将她的室友们都甩在了身后。

“你还要叫我教练吗，嗯？”

“那……叫什么啊。”林璟的脸腾地红了，一瞬间好几个肉麻称呼涌到了嘴边，但她是绝对不会说出口的。

“可以直接叫我的名字，或者……起个好听的外号之类的。”申寒想了想。

“外号，这个可以有。”林璟将下巴抵在他的肩头沉思了一会儿，“那外号就叫，教练吧！”

申寒无语，随即嘴角一扬：“那我也叫你，林导喽。”

“呃……”真是一点都不像情侣间的称呼啊。

HE IS SO / SWEET

第三十三章 心动模式

此后只要是申寒没课的时间，都会来枫城大学。也因为他的陪伴和无微不至的照顾，林璟脚伤好得很快，短短几天就能下地了。

周六一大早，林璟拉开宿舍窗帘，看着窗外正好的阳光，打开手机，映入眼帘的是申寒发过来的消息，她的心情从来没有这么好过。

今天是个难得的悠闲日子，申寒和林璟前几天就定好了去游乐场玩的行程。枫城最好的游乐场坐落于龙湖公园中，规模很大，游乐设施齐全，安全措施到位，公园里的风景也异常优美。

这些都不是林璟所关心的，她所关心的是这是她跟申寒的第一次正式约会。

从定下行程的那一刻起，她就按捺不住激动又忐忑的心情了，衣柜里的裙子试了又试，总觉得差强人意，化妆品涂了又抹，还是觉得不够自然。在吵醒了所有室友后，成功地在大家的建议下选了一件藕粉色的一字肩上衣和一条浅蓝色的牛仔短裙，将原本偏消瘦的身材衬得凹凸有致，双腿白皙修长，头发自然松散披下，只在鬓旁别了两个小花发卡，配上整体淡雅的妆容，颇有几分日系甜美少女的风格。

“去吧，你家申教练看到你一定挪不开眼了。”三个姐妹打着哈欠将林璟送出门，然后继续倒在床上睡回笼觉。

申寒已经等在学校门口，他今日的打扮十分休闲，仍是以黑色元素为主，简洁利落的半袖，合身的运动裤刚好展现他结实修长的双腿轮廓。这个男人站在那里太耀眼了，周围的女大学生都忍不住一直看向他，并和身边的女伴窃窃私语。

这个优秀的男人，他是我的男朋友！恨不得向全世界宣告这件事情，林璟带着骄傲、激动的心情朝申寒走过去，却在离他还有几步的时候停了下来。

“怎么不过来？”申寒摘下墨镜，眼带笑意地看着他的小女友。

“教练……你今天好帅。”林璟结结巴巴。

申寒弯了弯嘴角，迈开大长腿，走到她面前，随即弯下腰凑到她耳畔用磁性的声音低声道：“我家小导游今天也很好看。”

感受着近在咫尺的滚烫呼吸，林璟觉得自己的脸都要烧起来，这个用性感声音在夸她的男人真的是尚武那个冷酷无情的铁血教练申寒吗？还是说一个人平时要多冰冷，认真起来就有多温柔呢？

龙湖公园作为枫城为数不多的市区游玩点，此刻已经涌进了不少游客，散步的老人，野炊的一家三口以及找乐子的年轻人，人流众多，申寒下意识地握紧了林璟的手，生怕她一不小心离开自己的视线。

而待在身材高大的申寒身边，林璟十分有安全感，无论何时，只要一抬头，就能看到那令人安心的侧脸。

虽然来的是游乐场，但顾及林璟的腿伤，两个人只玩了一些不那么刺激的儿童项目，不过大多是林璟在玩，申寒则在下面带着一脸笑意地看着她，顺便接受周围人对他超高的回头率。两个人顺着游乐场宽阔的道路一直走，便走到了有着小溪和假山的花园中，这里绿植繁多，各式各样的花树色彩鲜艳，花瓣落在顽石溪流中随波逐流，却将香气留在了这里。

和刚刚喧闹的游乐大街相比，这个小花园宛若与世隔绝，非常幽静，很适合情侣约会。但是，安静得有些可怕啊……林璟暗自思忖。

周围突然没有了人，和申寒的单独相处让林璟有点紧张心跳，但她故作镇定，站在花树旁假装欣赏风景，刚拉过一枝细长的花闻了闻，不经意间一回头，只见申寒正坐在一条长凳上笑吟吟地看着她。

“走那么久了，过来歇会儿吧。”申寒朝她伸出手，剑眉微挑，“林璟，你是不是有点怕我？”

林璟迟疑着将手伸过去，猝不及防被拉到了他温暖的怀抱之中，随后一个重心不稳，直接坐到了他腿上。这样暧昧的姿势，让她一声惊呼后，整个人如同石化般一动不敢动。

这是她第一次如此近距离地接触申寒，甚至连他的睫毛，他眼中自己的倒影都看得清清楚楚。申寒结实的手臂环着她纤细的腰身，隔着一层薄薄的布料也能感受到他手心炽热的温度。

“以后不许怕我，知道了吗？”申寒凝视着她的眼睛，手臂收紧了些，继而低头轻轻吻了一下她的额头。

这样的一吻，足以将林璟仅存的理智打乱，此刻的申寒展现在她面前的是前所未有的温柔细腻的一面，如珍宝般呵护着她，这一刻她才真正体会到，他是真的喜欢她的。

“我不怕你了，申寒。”林璟抿嘴一笑，“但是上跆拳道课的那个申教练还是挺可怕的。”

“哦，是吗？”申寒神情柔和，凝视着林璟诱人的脸颊禁不住缓缓靠近，林璟也没有躲闪，而是下意识地闭上了眼睛。

这时，不远处的灌木丛中传来一阵窸窸窣窣的声音，林璟猛然睁眼，下意识地从申寒怀里站了起来。

一个穿着保洁服的中年阿姨拿着扫帚簸箕以及装空瓶子的蛇皮袋子走了出来，看到二人的样子，似乎已经见怪不怪，只是自顾自扫着地上的枯叶，顺便拾起还有一口水的矿泉水瓶问申寒：“还要不要了？”

申寒将手背搭在额头上，似乎在强行按捺心中的不满，声音低沉道：“不要了。”

见申寒这副样子，林璟忍不住捂嘴偷偷笑了笑。待到保洁阿姨离开，林璟终于忍不住狂笑，然后朝申寒伸手：“休息够了，走吧！”

龙湖公园很大，走至湖边柳树林时，不远处一阵喧哗吸引了二人的注意，走近一看，是五六名穿着校服的初中生围着一名倒在地上的同学讥笑嘲讽。看着地上的学生鼻青脸肿的惨状，不难想象他刚刚遭遇了怎样的暴力。

校园凌霸，林璟深有体会，虽然她并没有如这个男生一般受到这种肢体暴力，但那也已经成为她心中永远的阴影了，即使已经长大，即使已经练了跆拳道，即使身边有了申寒，但再次看到那样恶意满满的场面，她还是由衷地感到惧怕。

“你们在干什么？”申寒上前大声呵斥了一声。

几名未成年施暴者见来人身材高大、神情冷酷，一时间不敢开口。

“聚众滋事，殴打同学，你们是哪个学校的？”申寒眼睛眯起，散发出危险的讯号。

几名施暴者见状不好，扭头对倒在地上的男生恶狠狠地说了句“江一凡你给我等着”，便撒腿跑远。

申寒将那名为江一凡的男生扶起，他有一张清瘦的脸，此刻眼中满是无助与畏惧，甚至还有些绝望。

林璟从包里拿出纸巾为他擦拭额头的伤，眉头皱起：“他们为什么打你？”

“他们……在学校里收保护费，我没交。”江一凡接过纸巾，顺便低声跟林璟道谢。

“你是枫城三中的学生，对吗？”申寒看着他校服上的校徽。

“嗯。”江一凡点头。

“你以后还想被他们欺负吗？”

江一凡摇了摇头，然而又迟疑了：“我……我打不过他们。”

也许申寒从男生眼中看到了不甘，看到了想要反击的光芒，他拍了拍男生的肩膀道：“从你们学校出来，沿着中华大街往北走五百米的路口，有一家尚武跆拳道馆，周末下午七点去那儿找我。”

听到尚武的名字，江一凡眼中瞬间流露出一种难以言喻的光彩，随即又暗了下去：“尚武，我知道那里，里面的教练都很厉害，而且很正义……但是我家很穷，交不起学费的。”

林璟蹲在他身边听到这样的话，轻声开口：“跆拳道精神：礼仪，廉耻，忍耐，克己，百折不屈。在你面前的这位是尚武的首席教练申寒，你能保证，以后见到弱者被欺负时挺身而出，面对挫折时不屈不挠，尽自己所能去保护身边重要的人吗？”

江一凡眼睛有些湿润，用力点了点头：“能！”

“这样的话，存在于你心间的正义，就当是交给尚武的学费了。”申寒笑道。

江一凡看着眼前这一对好看的哥哥姐姐，从没有感觉这么振奋过，他站起身，朝着二人深深地鞠了一躬，随后拎起书包转身跑开。

看着被激励的少年，林璟也十分动容，似乎刚刚那番话鼓励的是当年的自己。

“他的学费是不用交了。”申寒眼睛陡然眯起，看向林璟的眼神也狡黠起来，“你的呢？”

“嗯？”林璟一脸茫然。

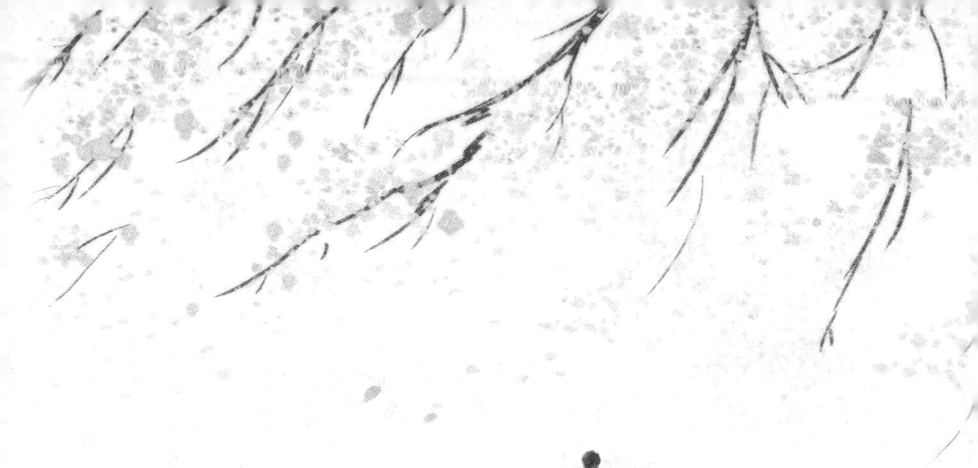

第三十四章 上课走神？你可是教练啊

HE IS SO / SWEET

转眼又到周末，尚武的师兄师姐们有的做着热身活动，有的正扎堆聊天。突然，李蝉看到门口出现一个熟悉的身影，竟然是穿着道服的林璟，她惊喜地喊道：“林璟，你回来啦！”

只有李蝉知道她之前想要离开的事情，现在看到她又回来，非常高兴地拉着她的手在一边问东问西。

林璟则忐忑地看了眼申寒，目前尚武的所有人都还不知道他们两个的关系，一旦公布的话，不知道要引起怎样的轩然大波。

在申教练的带领下，对着国旗背完跆拳道精神，正式开始上课，林璟照例站在第一排，申寒一脸严肃地在她面前走来走去。年底有一个省级比赛，疾风杯，听说尚武很多学员报了名，而训练强度自然也要加大。这节课便是针对要比赛的学员准备的，一些对战技巧和拳脚力度的把握、得分项等都在训练之中。

虽然林璟不参加比赛，但她听得也十分认真。申寒时不时地会瞥向她，见她一脸认真的模样，那专注的眼神明显又是拿他当教练来看待了。他无奈地笑笑，这小姑娘，还真是公私分明得很。

“教练，你已经盯着林璟看了快一分钟了。”长时间的静默后，李蝉终于忍不住小声提醒。

林璟感觉自己的脸在发烧，申寒也没想到自己有这么失态走神的时候，他缓解尴尬地咳嗽一声后，开始继续讲课。

忽然，门口闪过一个瘦小的身影，吸引了林璟的注意，她停下动作，申寒也顺着她的视线转过身来。

“进来。”

一个十四五岁的男生这才小心翼翼地探出头来。看见这么多比自己年长的哥哥姐姐，他脸上满是不安。他正是被申寒、林璟偶遇救下的中学生江一凡，此刻脸上的伤差不多已经好全，稚嫩的模样已经透出了些清秀来。他没忘记跟申寒周末的约定，反而忍不住早了半个小时过来了。

“教练好……姐姐好……”江一凡声音很低，对这样的环境充满惧怕的同时还有几分期待。

申寒摸了摸江一凡的头。他早就安排好了，尚武的中级班专门针对初高中的学生，国内一流教练带班。江一凡被申寒带过去，看着满屋子跟自己年纪相仿一身热血的同龄人，他似乎也没那么惧怕了。

中级班的主教练叫秦坤，早已听说了这孩子的情况，此刻鼓励地拍了拍他的肩膀，并从柜子里取出一套崭新的道服给他。

“欢迎加入尚武的大家庭，从今以后这里的每个人都是你的兄弟，没人再敢欺负你了。”

“嗯！”江一凡重重点头，热泪盈眶。

好不容易到下课时间，申寒说了声解散后就坐在前边不动了，视线落在林璟身上的次数也越来越多。林璟脸一红，下意识地收拾得慢了一点。

等其他学员都走光，空旷的训练室内此刻只有他们两个人了。

“你要回学校吗？”申寒试探地开口。

“嗯……不然呢？”

申寒牵起她的手：“不然，跟我去一个地方吧。”

林璟面对这样的申寒抵抗力永远为零，直到坐在副驾驶座上，看着窗外的风景，她才觉得路线有些不对，原本以为是要去常去的饭店吃饭，但周围的景致越来越陌生是什么回事？

直到车子开进车库，林璟打开车门下车，一栋装修豪华的三层独栋小别墅便伫立在眼前。环顾四周，林璟终于对这里有了点印象，水榭鸾都，位于枫城富豪区，几十栋别墅依山傍水，占地面积庞大，花园车库一应俱全。提起这个小区，大家的神情总是格外向往，无比羡慕。

这里没什么景点，也没什么适合约会的地方，申寒突然带她到这来只能有一个理由。

“这里，不会是你家吧？”林璟目瞪口呆。

“嗯。”申寒点头，顺便用指纹锁打开了大门，站在门口对林璟做了个邀请的手势。

站在门口，林璟才发觉自己对申寒的家庭知之甚少，除了知道他父母哥哥都在国外之外，他也从来不主动提起他的家人。

但她没想到他家这么有钱，要知道这个别墅区光是一年的物业费都令人咋舌。

“怎么了？”见她站在门口发怔，申寒问道。

“你为什么要当跆拳道教练？”林璟喃喃道。

申寒想了一会儿道：“为了遇见你。”

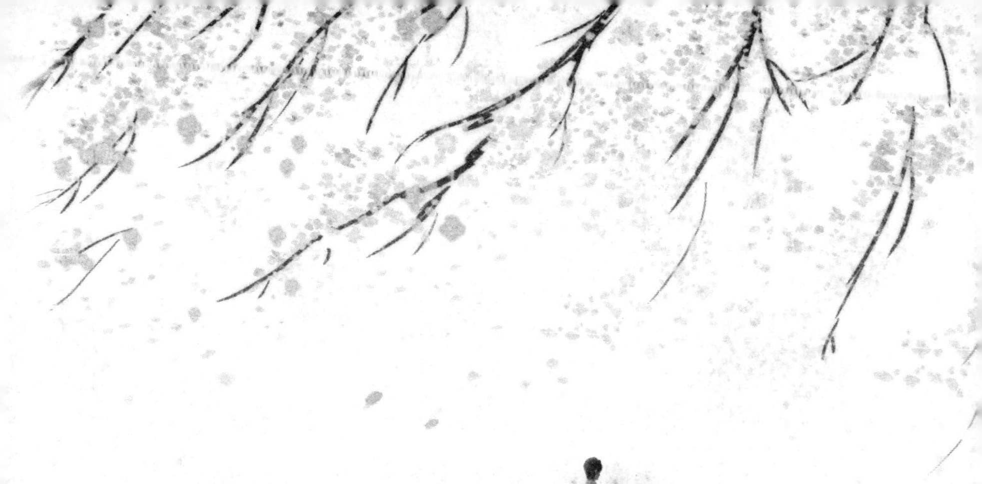

HE IS
SO
/
SWEET

第三十五章 刚好遇见你

别墅面积很大，内部装饰也极有品位。申寒不喜欢那些繁复华丽的家具，秉着一切从简的原则，整个房子弥漫着一股浓浓的北欧简约风，淡雅清新的色调，光可鉴人的大理石地板，精致的古法陶瓷摆件，干净得不像一个单身男子的居所。

客厅靠近阳台的玄关处摆满了他曾经的荣誉，无数奖杯奖牌证书在柔和的灯光下显得孤独又耀眼。林璟拿起一个相框，照片里的申寒穿着道服站在擂台上，一脚扬起踢在对手戴着护具的头上，背景是激动到起身鼓掌的观众们。仅是看照片，林璟就能想象到那天比赛现场的气氛有多火热。

放下相框，林璟一回头，发觉申寒正倚在门旁笑吟吟地看着她，此刻他衣服尚未换下，仍是那身道服，站在玄关灯下，平白增添了几分怪异气氛。

林璟感到自己心跳得有些快，她也不敢再盯着申寒看，索性将视线转移到了其他地方。

她问："你不去把衣服换了吗？"

"不换。"

"在自己家还穿着工作的衣服，不觉得不舒服吗？"林璟已经有点语无伦次。

"无论在哪里，无论什么时候，这身衣服对我来说都是最舒服的。"申寒边说边朝林璟走来，"林璟，你在想什么啊？"

林璟看着越靠越近的申寒，顿时有种想要拔腿就跑的冲动，尤其他边走边解道服上的腰带是什么意思？

"教练，我先回去了……"林璟转身刚准备逃跑，只觉得眼前一道黑影闪过，随后一条黑色腰带横在自己胸前，而腰带的两端则被身后人握在手中，申寒竟然用一条腰带跟套圈似的把她套住了。

只听身后一声轻笑，随后腰带猛然收紧，她也猝不及防地被带着后撤了两步，直到撞进一个温暖的怀抱中，温热的呼吸吞吐在耳边，酥酥麻麻。

"回去？回哪儿去？"

"我该回学校了，再不回去要封楼了，晚上还要查寝呢……"林璟语气近乎哀求。

“林璟，你不喜欢这里吗？”申寒嘴角弯起。别的不说，他对自己一手打造的房子还是很满意的。

林璟不断地深呼吸：“喜欢，但但但……但我我我……我不能……”她已经有点说不下去了。

“不能什么？”申寒咄咄逼问，强忍笑意。

“不能……”林璟已经快哭出来了，她切身体会到自己此刻就像一只被大灰狼拐回家的兔子。

“好了，不逗你了。”申寒松开腰带，刚刚看她的反应着实太过好笑，就突然想逗一下她。他走到客厅角落的冰柜前从里面拿出两瓶水，给了她一瓶，“这次带你过来是想告诉你，这里是我家。你男朋友的家，你当然需要知道在哪里。”

束缚解除，林璟接过申寒递来的水喝了一口，冰冰凉凉，沁人心脾，头脑瞬间清醒了不少。

吊灯被打开，屋子里终于明亮起来，整个客厅更显宽敞，申寒示意她随便参观，她也就大胆地走动了起来。

走过申寒房间的时候，她看到了挂在墙上的大圣绫子，那是她送给他的礼物，它和房间的整体风格并不搭，却被挂在最显眼的位置，他起床的第一眼就能看到它。

一层一层转下来，林璟并没有发现第二个人存在过的任何痕迹，这也就说明一直以来申寒都是一个人居住在这里的，他的家人，到底是怎样的存在呢？

“看完了？”见林璟若有所思地走下楼梯，申寒问。

“嗯。”林璟点头，顺便坐到了他身边不远的地方，“很漂亮的房子。”

“是我父母走之前留给我的。”

这是申寒第二次提起自己的家人，语气波澜不惊，似乎在谈论某个陌生人，但林璟从他眼底看出了些低落。

“这么大的房子，对你来说也是种负担吧？”林璟在心中盘算着一年的水电费、物业费以及油钱等等，怎么想都觉得申寒当教练那点工资太过勉强。

“还好。”申寒指了指落地窗外不远处那片繁华商业大楼，“还有那栋楼。”

林璟几乎目瞪口呆：“那栋……楼？”

“嗯，本来想开个公司什么的，最后还是决定租出去了，当个跆拳道教练挺好的。”申寒一脸惬意地靠在真皮沙发上。

他一定是在炫富吧……林璟内心震撼不已。

“叔叔阿姨他们，没回来过吗？”林璟小心翼翼道。

申寒摇了摇头，眼中落寞一闪而过。

他自嘲地笑了笑:“他们认为留给我这些,足以让我过得很好了……不过也确实过得很不错。”

林璟凝视着他的侧脸，突然有点心疼。再多的财富，也比不上家人在身边吧，所以他那么珍惜尚武的每个学员，将对家人的那份思念完全寄托其中。

申寒忽然将手背搭到额头上，神情有些懊恼："我干吗跟你说这些呢……你不会离开我的，对吗？"

林璟看着他，轻轻点了点头。被抛弃过一次的他不会轻易付出感情，一旦付出，便是百分百依赖。

赶在封楼前，林璟被申寒安然无恙地送到了宿舍楼下。女生宿舍楼下似乎永远热闹，甚至比虐狗桥还要热闹，一对对的情侣均是依依不舍地站在门口或者相拥或对视，以往林璟都是快步走过，对这种公然秀恩爱的方式很是不齿的，现在即使身边站着申寒，这种想法也没变过。

"我上去了。"她转身正要上楼，手腕却被申寒一把拉住。

"这就要上去吗……"申寒眼睛眯起，"我怎么感觉你迫不及待地想离开我？"

"不是，我只是……"林璟话未说完，申寒已经俯下身堵住了她的嘴。

他的吻细密而温柔，带着炽热的温度和无尽的爱怜，林璟颤抖着闭上眼，双手轻轻环住了他的腰身，彻底沦陷在这难以抵抗的柔情当中。这是她的初吻，此刻她不再顾忌自己在哪里，也毫不担心正被多少双羡慕或嫉妒的眼睛看着，她只想沉沦在申寒的怀抱里，就像一只沉沦在海洋中的鲸。

良久后，申寒低头看着她泛着水波的双眸和通红的脸颊，眼中尽是爱意："好甜。"

“我上去了。”林璟声音有些沙哑，脚步都是飘的，刚刚那一吻让她脑海中一片混沌。

“红鸾星动，满面桃花，恋爱中的少女总是如此迷人。”一晚上一直在失神的林璟遭到了室友们无情的调侃。

HE IS SO / SWEET

第三十六章 往昔之名

一课复一课，一天又一天，林璟从未觉得时间过得如此之快过，仿佛有一只无形的手在飞快拨动她人生的时针，跟申寒在一起的每一天都让她感到快乐和幸福。

这周的周三周四恰好都没课，因为有段时间没回家了，所以林璟简单收拾一下回了趟家。

林璟到家时家里只有母亲一个人正在厨房忙前忙后，简单寒暄两句后便将一个饭盒塞到了她手里。

“回来得正好，你在家吃完后给你爸爸送饭去，我一会儿还有课，马上要走了。”杨芸焦急道。

简单扒拉了几口饭菜，林璟抱着饭盒出了门。林降龙所在的单位就在离家不到三站的派出所，上了公交车约莫二十分钟到达。在门卫处登记好信息后，她熟门熟路地走了进去。

刚踏进办公大厅的门，她就听到阵阵争吵声从林降龙值班的办公室传出，其中夹杂着年轻人骂骂咧咧的脏话以及林降龙怒不可遏的训斥。林璟抱着饭盒出现在门口有些不合时宜，瞬间，屋内所有人的目光都被她吸引。

五六个打扮非主流的年轻人因为聚众斗殴被抓了进来，但他们仗着没有确凿的视频或者照片证据拒不承认，反而对前来审讯的民警恶言相向，言语中甚至夹杂着威胁。

林降龙看到林璟，脸色一白，将她拉到一边：“你怎么来了？”

“我……我来给你送饭。”林璟支支吾吾。

“没看到我正在忙吗，别在这里，你去外面等着。”

有个混混索性一屁股坐到了椅子上，跷着二郎腿，色眯眯地看着林璟：“林警官，这是你女儿啊，真漂亮，有男朋友了吗？”

“闭嘴！”林降龙回头怒骂了一句，简单交代了另一位值班警察审问事项后便拉着林璟出了门。

天气已经渐渐转凉，林璟摸了摸饭盒，皱眉道：“爸，饭菜都凉了。”

林降龙吧嗒吧嗒抽着烟，眼神复杂地看了女儿一眼：“小璟啊，爸爸是警察，是要经常跟坏人打交道的，爸爸什么也不怕，就怕你跟妈妈受到任何伤害。你记不记得小时候有个小混混为了报复，跟踪我回家，大半夜把咱们厨房窗户打破了，还有你上小学，有人哄骗你上面包车，幸亏你班主任下班路过顺道把你捎回了家……这些我如今想起来都很后怕，我不敢让人知道我有个女儿，只想把你好好地藏起来，保护起来。”

“我说了我能保护自己。”林璟看着林降龙鬓角的几根白发，蓦然一阵心酸。他在用自己的方式保护她们，她又何尝没在用自己的方式保护他。小时候爸爸被小混混报复受伤在医院昏迷的场景她永远忘不掉，高中受了欺凌她都不敢说，怕人知道她有个警察父亲，怕给他增添不必要的麻烦，怕他遭到报复。她希望在林降龙心里，她永远是个岁月静好的乖女儿。

“你能保护个啥！别以为自己会两招花拳绣腿就天不怕地不怕了，赶紧回家去啊。”林降龙接过几乎凉透的饭盒，转身进了大厅。

直到他的身影消失，林璟才收敛脸上的笑容，撇了撇嘴，眼眶有些发红。她见过他被坏人报复差点儿没命的模样，但如今她不能再允许这种事发生，现在应当换她来保护家人，她要证明给他们看，她不仅有能力保护自己，还有能力保护他们。

凉风习习，她没再犹豫，拨通了申寒的电话。

“教练，我想打比赛。”

“好。”

第三十七章 绝不低头

申寒的语气听上去丝毫不觉得意外，可是林璟心里其实一点底都没有。

“我肯定谁也打不过吧……”

“疾风杯比赛是根据学员段位、年龄、性别来分组的。”申寒说，“我觉得你一直练得很认真，可以去试试。”

打开电脑，林璟在搜索框输入“疾风杯”三个字。作为省级比赛，疾风杯拥有专业的裁判和教练团队，几十家跆拳道馆均会派出自己最优秀的学员来为自家争光，比赛程度更是激烈无比。鼠标滚动，光是看着现场照片都让人心跳加速，即使戴着护具，受伤骨折也是家常便饭，林璟几乎不敢想象自己站在擂台上的样子。

既然决定了要参加疾风杯，那么加强训练是必不可少的，还有一些必须了解的比赛规则。除了申寒，尚武其他参加过比赛的师兄师姐也开始指导她。

“当敌人攻击你腹部的时候，你要第一时间判断出他的攻击方向，然后顺着力道后退或者转身来化解，千万不要扛着硬上，那样很容易受伤的。”跆拳道课上，李蝉一边给林璟耐心讲解实战招式，一边拉来了廉钰亲自做着示范，林璟就坐在一旁聚精会神地看。事实上，这些理论申寒之前上课已经说过，但无论听多少次，都不如实战一次记得清楚。

既然答应了比赛就不能反悔，林璟由此得到了被尚武顶尖高手们单独进行魔鬼训练的 VIP 待遇，只要学校里没课，申寒便会将她接到尚武进行实战培训，李蝉或者廉钰偶尔也会过来，对她的出拳踢腿姿势做出纠正。

据说龙威的袁清纯现在已经是蓝带段位，林璟很有可能和跟袁清纯分在一组。那么，在比赛来临之前她也要尽快升到蓝带才行，这次比赛不仅对她，对尚武来说也是一场荣誉之争。

场上申寒和廉钰正在进行实战演练，林璟在一边认真观摩。申寒和廉钰两位高手无论是外貌还是实力都令人欣赏，互相鞠躬后，便开始了真正的实战，一拳一脚犀利准确，似乎要将空气划破，廉钰聚精会神地攻击着申寒身上的每一处得分点，申寒则从容许多，大多时候都在闪避，找准机会一击即中，林璟看得目瞪口呆。

随后，只见廉钰眉头一皱，用了一种她从没见过的腿法猝不及防地踢中了申寒的侧腰，正巧踢在护具上的得分点，这一击之后，二人都默契地停手了。

申寒神情严肃，低头沉思不语。

林璟一脸茫然："刚刚那招是什么，我从来没见过，教练也没教过啊。"

李蝉在林璟身旁说道："没见过是正常的，因为那是歪门邪道，这样自创的招式是不被比赛认可的，但在既有的规则里也没有规定它算不算违规，并且击中了得分点。当年龙威跆拳道馆的杜威就是靠这一招野路子战胜了咱们规规矩矩比赛的申教练。"

原来如此，林璟想到那天在小吃街偶遇杜威时，他口口声声叫申寒是手下败将，原来是这个原因。

"要是杜威那家伙把这个得分方法告诉他的学员，咱们又要吃亏了。"廉钰道。

想到了问题，自然也要想到解决方式。大家用了一下午的时间研究了龙威见不得光的小套路，并一一想到了化解办法。李蝉还不放心地拉着林璟演习了好几遍，直到她面对突如其来的奇怪招式也能做到轻松化解才如释重负地松了口气。

在这样的高强度训练下，林璟的实力突飞猛进，考级也相当顺利，她的实力目前已经远超当前段位，就连李蝉都对她刮目相看，颇有一种吾家有女初长成的成就感。

时间飞逝，年底很快到来，这也意味着又一个学期的结束。当林璟穿着深色修身毛呢大衣半扎着头发走在校园中的时候，已经成了不少人心中向往的学姐模样，只是身边那个身材高大、相貌冷峻的男人阻止了他们想要上前搭讪的心。

虐狗桥上的情侣开始变少，这是申寒第一次对她表白的地方，也成了林璟最喜欢的去处。一阵凉风袭来，申寒将她的双手拢起放在嘴边轻轻呵气，无论她如今多么优秀、多么厉害，在他怀里始终是那个需要保护的小女孩。

“紧张吗？”申寒凝视她道。

距离疾风杯开幕还有不到一个星期的时间，在此之前林璟已经通过了比赛所需的所有门槛，连续几波冲刺考过了蓝带，提交报名信息，认真聆听师兄师姐的教导和申寒的指点，如今的她已经可以在课堂上跟李蝉师姐面不改色地切磋，甚至她俩还经常应路小飞的邀请，去天耀儿童班给小朋友进行实战表演。一来二去，李蝉师姐和路小飞也变得熟识了，路小飞高兴得三番五次地说要请林璟吃饭。

“你会在台下看着我的，是吗？”

“嗯。”申寒坚定地点头，“我会永远在你身边的。”

有这样一句温暖的承诺，足以抵挡凛冬的寒风。

比赛的地点定在省会的龙兴跆拳道馆，即使林璟在申寒的陪伴下早早到来，还是被穿着道服前来参加比赛的选手数量惊呆。这里汇聚着来自全省想要证明自己的跆拳道学员，他们系着各色腰带做着热身活动，跟同伴彼此鼓励，眼中满是对战斗的期待和兴奋。

其间不少人认出了申寒，主动上前来打招呼，对申寒此次前来只带了一个蓝带女学员表示诧异。申寒则是手大方地介绍：“这是我的学员林璟，我带她来参加比赛。”

不少年轻教练一脸诧异，似乎没想到一向独来独往的申寒也有这么有人情味的时候。

“啊，这么漂亮的女徒弟也要带来打比赛吗？申教练真是舍得啊！”大家调侃道。

“她很有实力。”申寒微微一扬下巴，神情有些骄傲，“我亲手带出来的。”

“那我们就期待接下来的比赛了，要加油啊！”

来参加比赛的袁清纯仍然化着浓妆烫着漂亮的卷发，此刻正被几个师兄围在中间，有的给她递水，有的给她擦汗，有的给她捏肩膀，杜威在给她讲解比赛规则，简直是众星捧月的待遇。

杜威在发现林璟腰上系着跟袁清纯一样的蓝色腰带后先是一愣，随后警惕地将袁清纯拉到了一旁，又神色阴冷地低声嘱咐了几句，袁清纯迟疑了一下，然后郑重地点了点头。

段位不同，性别不同，比赛区域也是不同的，林璟果不其然跟袁清纯分到了一个组，虽然前几场对手不同，但依次比试下来碰到也是迟早的事。这个组的选手几乎都是年轻、段位较低的女孩子，大家似乎对少女组的比赛特别有兴趣，所以观众人数特别多。加上林璟跟袁清纯外表较为出众，更是成为受到关注最多的两名选手。

林璟深呼一口气，正在认真地做着准备工作，肩膀突然被申寒轻轻拍了拍。他示意她回头看，她回了下头，恰好看到坐在斜后方观众席最后一排的林降龙和杨芸，他们二人热情地冲她挥手，用口型比画着加油。

马上到她上场比赛了，她来不及跑过去拥抱他们，只是心中的火焰似乎被彻底点燃，一种对胜利强烈的渴望让她双拳都在颤抖。

在父母面前，她更加想证明自己。

“我特意接过来的，我想他们的鼓励应该对你很重要。”申寒小声道，“你会怪我吗？”

“不会，教练，谢谢你。我一定会赢。”林璟目光坚定地说。

接下来的几场，林璟均是轻松取胜，就连她都没想到自己能这么强。

而袁清纯也一直在赢，每当她获胜，总会骄傲地取下头罩，伸手拨弄一下头发，一副跆拳道女神的模样，似乎她不是来比赛的，而是来参加选秀的，而龙威众人则疯狂地为她鼓掌叫好。

“哗众取宠。”李蝉冷着脸，对袁清纯的举止十分反感。

一轮比赛结束，胜场最多的便是袁清纯和林璟，她们两个的比赛也理所当然成了该组的焦点之战。观众席已经坐满，谁也不想错过两位女神之间的终极较量。

站在擂台上，戴着护具，林璟看不清袁清纯脸上的神情，只能看到对方挑衅的眼神。互相鞠躬过后，只听裁判一声令下，林璟猛然抬脚一个回旋踢便踹了上去，正中袁清纯胸前的得分红点，台下瞬间叫好声响成一片。

袁清纯先是一愣，随后变得愤怒，她没想到林璟出手这么快、狠、准，原本以为高中时期的欺压已经让林璟变得懦弱，对自己会下意识地惧怕，不料林璟的攻击如此强势。如果众目睽睽之下她输了，那真是奇耻大辱。

偏偏越这样想，她的招式越乱，尤其对上林璟那不慌不忙坚定从容的眼神，更让她心慌不已，好几次攻击都被林璟完美格挡掉，同时自己被击中得分点。眼见着便要输掉，她想到了杜威教给她的几招，虽然不太光明磊落，但只要能赢，她愿意不择手段。

对于龙威的小花招，林璟早有准备，每当袁清纯佯攻想要偷袭的时候，她都飞快地闪身避开，连续几次让袁清纯扑了个空。

那讽刺嘲弄的眼神让袁清纯几乎发狂，招式已经完全脱离了跆拳道范围，此刻她只想着像高中时期那样好好教训一下林璟，然而无论她多努力，都只能任凭林璟的招式像暴风雨一样砸在自己身上，就算隔着厚厚的护具，也让她感到无比疼痛。

悬在半空的计时表显示比赛时间马上结束，袁清纯再次发起攻击之时，林璟侧身轻松躲过，继而猛然一脚踹到袁清纯后背上，直接让她摔趴在了擂台上。

倒计时结束，比赛停止，裁判举起了林璟的双手，她赢了！

林璟摘下头上的护具，朝着父母所在的观众席方向深深地鞠了一躬，获得如雷贯耳的掌声。

林降龙和杨芸站起来使劲地为她鼓掌，脸上满满的都是骄傲自豪，尽管他们不知道这场比赛对林璟来说意味着什么，但她自己知道，她打败了袁清纯，也战胜了那个怯懦了好多年的自己。

袁清纯被龙威众人搀扶着下场，然后满脸泪痕地愤然离场。

林璟下台走回申寒身边，她感激他，是他的鼓励和陪伴给予了她新生。

“教练，谢谢你。”

“是不是没力气了？”申寒伸手抚过她的脸颊，“吃点甜食补充一下体力。”

随后在无数双眼睛的注视下，他微微俯下身，在她的唇上印下蜻蜓点水般的一吻。

这样的一吻，比任何一场比赛更让人沸腾。

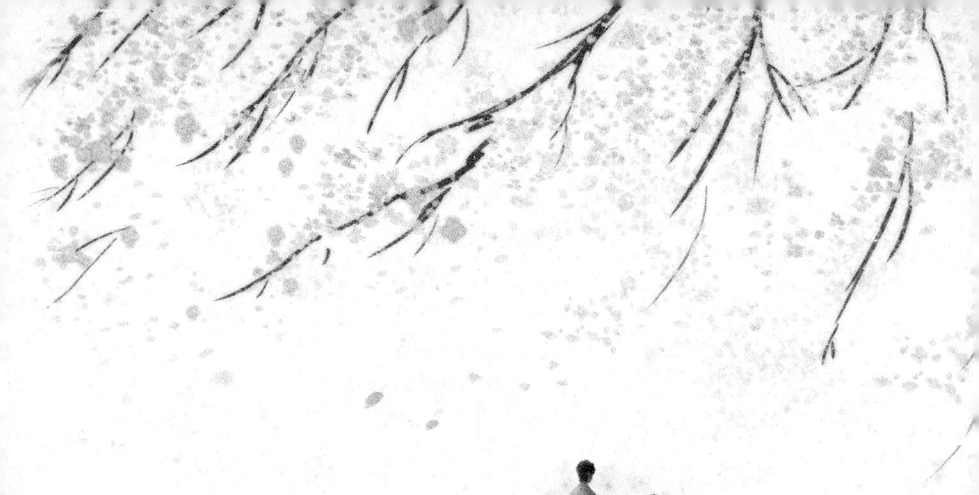

第三十八章 兄长

HE IS SO / SWEET

那一吻在跆拳道界被津津乐道了很久，二人的关系无疑是藏不住了。好在亲眼看见这一切的林降龙和杨芸并没有什么意见，反而多次催促她将申寒带回家吃饭。

对于他们那一吻，尚武的所有教练学员差点惊掉了下巴！李蝉和廉钰更是气得不行，恨他们在自己眼皮子底下谈恋爱，竟然都没发觉。

他们不敢在申寒面前发作，只能嚷嚷着要林璟请客。尚武的其他女学员更是愤愤不平，万年冰山申教练竟然被一个不起眼的林璟收服了，原来申教练喜欢这种小白兔类型的啊！早知道她们就不强装自己凶悍了，扮柔弱谁不会呀，好气啊好气！尚武的女学员们捶胸顿足，后悔不已。

而林璟的这场胜利，对尚武来说也意义非凡。当年申寒被使绊子输给龙威，这次她赢得这么漂亮，重挫了龙威，尚武的腰杆子也硬了起来。自古以来便是邪不压正，林璟更是用实力证明了歪门邪道永远无法超越正统。

这一战后，龙威也消停了很多，据说袁清纯使用的那几招，后来被判定不合规，被比赛组委会予以了严正警告。近期龙威的两次招生都人气不佳门庭冷落，那里的学员又隔三岔五不是打架斗殴就是聚众滋事，导致口碑越来越差，渐渐地，尚武和天耀成了枫城学习跆拳道的首选。

少了龙威的滋事，整个枫城都似乎变得安逸舒适了起来，时间也飞速而过，在领略过春花的灿烂、夏日的温暖、秋叶的寂寥和冬雪的严寒后，林璟已然蜕变得更加成熟。她是一个好学生、好学姐，也是一个好导游，既拥有知心的朋友，也拥有真心的恋人。并且在申寒面前，她已经可以面不改色地调侃他了。

“想去落日沙滩吗？嗯，好，还想去爬山？我看看这几天有没有团，还有什么要求吗？”

“可以申请跟导游睡一个房间吗？”电话那端传来申寒慵懒带着笑意的声音。

“不可以哦，客人，导游不卖身的。”

林璟在海程假期公司已经有了自己单独的办公桌，此刻歪着头用肩膀夹着手机，双手抱着厚厚的文件薄一页一页地翻阅着。随着林璟顺利升入大四，申寒也变得忙了很多，他受邀奔赴全国各地当裁判，或者带着学员飞去国外打比赛，二人的见面次数虽然变少，但每次相见都更加甜蜜，这次他回来破天荒提出想要出去玩放松一下，林璟作为称职的小女友一定要好好安排一下。

林璟今天因为在公司加班待到很晚，窗外天色已暗，收拾好东西，裹着风衣一出大厦门，便感到一股寒意直袭脖颈，她忍不住拽紧了衣领，快步朝着不远处的公交站牌走去。借着街边小吃摊微弱的灯光，她忽然看到不远处有一个人正目不转睛地看着她。

那是一个第一眼就让她感到熟悉的男人，对方身材高大挺拔，相貌英俊，戴着一副金丝眼镜，穿着雅致得体，神情不苟言笑，太有气质了，简直像电视剧里面走出来的人。

林璟跟他对视了几秒，在擦肩而过时，那人开口了："请问，你是林璟吗？"

林璟心中的猜测被证实，他果然是来找她的。

"请问你是？"林璟转过身。

那男人得体地拿出一张名片递给她："我是申寒的哥哥，我叫申澜……我们可以找个地方聊聊吗？"

光是他的身份，已经让她无从拒绝。

难怪这个人看上去有点眼熟，是了，因为他和申寒有七八分相像，可是他为什么来找自己？林璟带着莫大的震惊和疑惑，一路沉默着跟着申澜来到了一家咖啡厅，对方绅士地询问着她的要求，点好了单。

《初恋很暖他很甜》随书附赠

青春小甜文之
岳鹿大学初恋三部曲

1 怎么才能泡到短跑小霸王？

——当然是要成绩好呀！咱们可是补课补出的火花！

《萌混过关》

男主是短跑健将，人送外号——“豹哥”！

豹哥平生最爱做的事儿就是证明自己耐力超群，说考最差那就一直最差，说挂科就一直挂科，说留级就留了三年。

豹哥的跟班儿真诚地发问：“豹哥，我大一的时候，你大四；现在我都大四了，你怎么还大四啊？”
“噗——”旁边传来一声轻笑。
笑他那女生一看就是个学霸（其实就是看上了人家好看！），豹哥的脸“噌”地红了。对！就是你！以后帮我补课！

女主迟苗苗：我就听个墙角，我招谁惹谁了？？

《南有小甜果》
—— 唐宵

❤ 嚣张校霸 ❤
❤ 口嫌体正直 ❤
❤ 擅长真香 ❤

“我还以为，班长帮我这么多次，其实是别有用心，比如想让我以身相许来着？”

《想和你度过漫漫时光》
—— 白云飞

❤ 阳光小少爷 ❤
❤ 音乐小天才 ❤
❤ 专情小海归 ❤

“我不要她那么懂事，我不要她无所不能，我只想要她笑得开心。”

《傲娇你过来》
—— 陆邵东

❤ 傲娇大佬 ❤
❤ 热血军人 ❤
❤ 醋坛子专业户 ❤

“她是我的底线，我建议你不要碰触，否则，我不知道自己会做出什么事。”

钢铁注孤侠楚十安追妻实录！

·这糖怎么又硬又甜！·

1. 被调戏了！不甘心！

“那，再让你亲一回？”

楚十安捏住她的脸：“什么叫再‘让我’亲一回，刚才是谁主动的？”

“是我。”

“所以，你亲完就打算这么走了？”

许怀心严肃地问：“亲你一次多少钱？”

楚十安咬着牙：“还挺有节操，不白嫖是吧？”

许怀心用理所应当的语气回：“当然。”

楚十安被气笑了，反手又把她按在了沙发上：“我不缺你那点嫖资，但我也不想吃亏。”

2. 追妻路漫漫，还在努力中。

“哇，”楚十安边上的女生忍不住说，“这声音，也太酥了吧，我一个女生都要心动了。”

楚十安在打分表上才艺表演环节给了高分，头也不抬，语气骄傲：“那当然。”

“认识？”女生问。

“不止。”

女生八卦：“哇哦，女朋友？”

楚十安抬头，朝台上正在准备自定义主持环节的许怀心看了一眼，摇头：“还不是。”

许怀心回看他，一脸得意。

楚十安咬了咬牙笑了笑。

3. 反应力到位，情话技能 UP！

她吃饭，他坐在一边看她。

“帮我洗床单了？”

“嗯。”

“帮我晒被子了？”

“嗯。”

“那怎么没有帮我把自己照顾好？”

许怀心夹了一筷子菜塞嘴里：“因为有些事，需要你自己来，别人帮不了。”

“比如，”他靠过来亲了下她的脸，很小声地接，“想你。对不对？”

口译最强 CP 硬性撒糖

甜度 100%

集美们，请把“楚十安会撩”打在公屏上！

定价：39.80 元 / 现已上市

/ 定价：39.80元 上市时间：2020年

别问，问就是五星好评！

楼钧：你在看什么？

乔知非：在刷《恋恋如星辰》的评论啦，全是好评呢，都在说你很帅呀，霸道又深情呀，对我很好呀。（读者：我们哪有？！乔知非：嘘，是我的内心话啦。）

楼钧笑着说：没办法，这届读者眼光就是好！

恋恋如星辰　加入

讨论　想法　**书评**　最新　最热

嘻嘻嘻 LV6　3月12日

★★★★★

看完这本书，可以说是真的很喜欢。男女主都很独立，自强，没有千篇一律的套路，全文都很甜。真的是超爱的！(≧∇≦)/

已支持　9　反对　评论

锦懿 LV21　1月31日

★★★★★

他们是最初的对手，后来的合作伙伴，然后才是恋人。他们互相成就，却又相互占有。你看这世间，风遇山止，船到岸停。可唯独和你一起，想要到达时间的尽头。我们在生命的某一个时刻相遇。未来漫漫长路，走过坎坷、磨难、相守，直到一起慢慢老去。风雨同路，幸而有你。

已支持　35　2

恋恋如星辰　加入

讨论　想法　**书评**　最新　最热

马米嘛 LV14　3月14日

★★★★★

推荐了本好书，作者情商高，男女主之间是高级的爱情，不做作不幼稚，文中还有好多很喜欢的句子，受益匪浅。不像有些宠甜文写的露骨，点到为止，爱意满满，很甜很甜！长度也合适，绝对会二刷！还有一定会关注作者的其他文的。

已支持　7　1　评论

珶 LV5　4月4日

★★★★★

他是我最后的底线——乔知非这部小说是我很喜欢的一部，女主一点都不作，而且男女主感情线一直都很稳定，也不像其他的小说又长又乏味，总之，好爱这部小说，当然还有作者啦！

支持　反对

恋恋如星辰　加入

讨论　想法　**书评**　最新　最热

dollar LV15　3月18日

★★★★☆

男女主角是幸运的，在面对外界给的压力阻碍，还能有彼此相爱，互助着走出阴霾。在这世界上即使有再大的伤痛，总会遇到一个抚平你伤痛的人，正好他们就是彼此的良药！！！

已支持　9　反对　评论

一世长安 LV13　3月16日

★★★★★

有让我一直看下去的欲 望乔知非一只手撑着下巴，轻笑："你说，将来等我们老了，小皮球长大成人，会是怎样的光景？"楼钧抬头看她："等他大了就把他撵出去，我们过二人世界。"

已支持　5　反对　评论

网络原名：赶在春风之前拥抱你

每一秒的你，我都喜欢

温初礼 / 著

定价：65.80元（全两册）

–荷尔蒙爆棚的警察哥哥–

又撩又心动 / 这对 CP 我可以

警察哥哥VS甜软小仙女

我能守万家灯火也能守你

1. 荷尔蒙爆棚的男主

江砺此时就穿着一件训练背心，黑色的布料被汗水浸湿了大半，紧紧贴在他精瘦的腰身上，线条流畅的结实小臂露在外面，浑身上下散发着浓烈的荷尔蒙气息。

2. 偷拍心上人，我是专业的

忍不住地，她拿出手机，将摄像头悄悄地对着江砺拍了一张照片。

3. 要电话？请打110

“电话号码？”江砺看着闻希，夹着烟又吸了两口后将剩下的烟屁股随手扔进一旁垃圾桶，这才不紧不慢地开口，“110，遇到危险随时拨打。”

4. 追妻火葬场，真香！

江砺没搭理闻希，一直沉默地背着闻希进了操场，才在跑道上停了下来。

“江砺，你来这儿干什么？”闻希又问了一遍。

“闻希，我只背女朋友的。”江砺的声音散进夜风里，听着有些缥缈，“所以你现在只能答应当我女朋友了。”

霸❤
神❤
…肖奈”❤

“见到我太高兴？”
“有一点。”
“我有很多点

2020年7月上市

② 和医学生谈恋爱是种什么体验？
——你见过每天在危险边缘疯狂作死的钢铁直男吗？

《我的恋爱不可能那么坏》

和医学生谈恋爱是种什么样的体验？
丘桃桃强势围观并参与答题——千万不要和医学生谈恋爱！！

恋爱前的庄穆，传闻中医学院的高岭之花，自带偶像光环，追求者前赴后继。
恋爱后的庄穆，又杠又铁还不解风情，无论多么浪漫的开头，都会以崩溃结尾。

两人第一次约会，庄穆却满心欢喜拉着她去听医学讲座；排队两小时买到的网红奶茶，庄穆直言珍珠像手术取下的胆囊结石；在她噘嘴要亲亲的时候，能“细心”发现她嘴唇太干，给她抹润唇膏；两人拥抱，庄穆含情脉脉地说：“你的脊柱侧弯了你知道吗？”

2020年10月上市

③ 怎么才能引起年级大佬的关注？
——那就先和他做同桌吧！

《年级大佬与小可爱》

开学典礼。
仇野狐被叫上了主席台，念检讨。
他漫不经心懒洋洋地念：“回首过去峥嵘岁月，我实在不敢相信，居然将生命耗费在网吧里。那阴暗的环境和嘈杂的人声，实在不应该成为青春的背景。我竟然还逃晚自习去网吧！唐主任来网吧搜查的时候，我居然还敢从网吧后门逃走！这是怎么样厚颜无耻的行为！我真的错了……”
陈双念扑哧一声笑出来。

仇野狐：“现在我们来谈谈正事——刚才我在念检讨时是你在笑我，对不对？”
敢做就要敢当，做人就要响当当！
陈双念挺起胸膛，大义凛然地说：“是！咋的？”
仇野狐笑了笑，很和善：“我长这么大还是第一次被人嘲笑呢，心灵受伤害了，为了补偿我，你……同桌吧。”

申澜，那个跟着父母去了国外的亲哥哥，她只通过申寒的只字片语听说过，如今他就坐在她面前，外表虽然跟申寒很像，却透露着一股温文儒雅的绅士风度，跟申寒的凌厉冷漠完全是截然不同的两种风格。

“请问找我有什么事吗？”林璟开门见山地问。

“你是他女朋友，对吗？”

“对。”

“我想这么多年没见，突然出现在他面前可能会很尴尬，就先找到了你。”申澜端起咖啡浅浅地抿了一口，“其实也没什么事，就是想回来，看看他。”

难道这么出现在她面前就不突然了吗？林璟一时沉默，对那句没什么事抱有巨大怀疑，千里迢迢从国外跑回来这里，从申澜微微躲闪的眼神中，她断定他一定还有更重要的事。

“我们既然已经坐在这里，还是坦诚相待些比较好。”林璟注视着申澜的眼睛。

申澜沉默了一会儿开口道：“好吧，是这样。也许他跟你提过，我们家人的关系有一些矛盾，我弟弟从小很叛逆，无论什么事都一定要跟家里背道而驰，而我的父母性格也很倔强，因对他一直期望很高，从小对他非常严厉，没有丝毫纵容，由此导致了现在互不来往的局面，但他们一直很想他，如今父亲重病，时日无多，希望能再见他一面。”

林璟表面平静，指腹轻轻摩挲着陶瓷杯上的花纹，内心已是掀起惊涛骇浪。这个消息她竟然会比申寒先知道，父亲重病，当儿子的去探望，这是天经地义的事情，如果只是这件事，申澜似乎没有找她的必要。

“只是见一面吗？”林璟冷静道。

申澜听到这话笑了：“你真的很聪明，难怪申寒那么喜欢你。”

林璟不再答话，只是直直地看着他，手心已经沁出了汗。申澜跟着家人在国外打拼多年，早已成为一个睿智的商人，面对他，她不得不打起十二分警惕来应对。

“父亲希望他能留下，帮助母亲和我一起打理家里的生意。我们拥有很大的庄园和工厂，产出的红酒销往全世界，母亲年纪大了，而我需要一个值得信赖的人。”申澜总算对林璟道出了实情，随后还补充了一句，“他是那么优秀的一个人，更重要的是，我们家人很需要他。”

看着低头沉默不语的林璟，申澜随即补充道：“如果你愿意的话，可以跟他一起过去，相信我父母也会很喜欢你的，林小姐。”

林璟抿了一口咖啡，浓厚的苦味在嘴里蔓延开来。她缓了好一会儿才开口：“你知道他现在的职业吗？”

“当然，他在做跆拳道教练，我们对他的成就有所耳闻，原本家里想让他自己开个公司什么的，但他……”申澜耸了耸肩一脸无奈，“总是让人感到意外。”

“他是一间跆拳道馆的首席教练，也是我的教练，他有很多优秀的学员，他们也是他最好的伙伴和朋友，大家一起经历了很多，我不认为他会放弃现在的生活跟你离开。”林璟一字一顿道。申寒对尚武的感情如山般厚重，这么多年来尚武对他来说都是家一般的存在，如今真正的家人出现，他又会如何抉择呢？

这样一番绕口令般的话似乎让申澜很难理解，他眉头微蹙思考了一会儿抬头道："那么……你能帮我说服他吗？"

林璟叹了口气，索性抱起搭在一旁的风衣起身："我觉得还是你亲自对他说比较好。对不起，我该走了。"

一路上，她的心情都久久无法平静，她从来没想过申寒有一天可能会离开，更无法想象尚武没有申寒的日子。而她不可能跟着申寒离开，这里是她的故乡，有她无法割舍的父母朋友和师兄师姐，如果有一天申寒真的会走，她要怎么办？

回到宿舍已经很晚，室友们都还没睡，大家都找到了兼职工作或实习工作，开始了对社会的初步探索。地上有东倒西歪的高跟鞋，李栀正对着电脑噼里啪啦地赶着明天要交的方案，张聪聪则累得瘫在床上，沈静怡前阵子刚跟白轩分手，时至今日仍会盯着墙上二人的合影发呆很久。

"啊，生活好难！"李栀将电脑啪地合上，痛苦地抱住了头，"林璟，你说生活为什么这么难？"

林璟走到她身边，鼓励地拍了拍她的肩膀："加油。"

在她打了盆水准备泡脚的时候还能听到李栀的自言自语。

水有些烫，林璟将脚往外缩了缩，接着桌上的手机响起，收到了申寒的短信：突然觉得很累，又不想爬山了。我们去草原好不好，可以教你骑马。

林璟回了个"OK"的表情过去，试着将脚缓缓放进盆里，手机又响起悦耳的一声：早点休息，晚安，爱你。

我也爱你。林璟在心里默默做出回复，随即又陷入了沉思。

申澜应该亲自去找申寒了吧，不管他做什么决定，父亲病重，他也必须要去探望一次。

第三十九章 若一去不回

第二天，林璟迫不及待地冲到了尚武。果然，一看到申寒的表情，她就知道，申澜已经和他聊过了。她似乎从未见过这样无助的申寒，她小心翼翼地靠过去，她能看出来他是想过去，以往虽然很少聊起家人，但每次他眼中不经意流露出的思念与落寞都会被她敏锐地发现。

“去看看吧，他们都在等着你。”林璟轻声道。

申寒闭着眼睛揉了揉太阳穴，声音十分无奈：“真是麻烦呢。”

申寒最终还是答应跟申澜去一趟。告别时，他向林璟保证不会耽误太久时间，只是见见父亲就立即赶回来，林璟乖巧地点头答应。

飞机上，申寒从万里高空俯视着枫城变得越来越小，直至被云层淹没，才回过视线。他想到了向来严厉强势的父亲，这么多年没见，没想到父亲已经病得这么重，这次见面真的是最后一面吗？

转过头看看旁边的申澜，哥哥正闭目养神，神情从容平和，或许是久经商场的缘故，将哥哥原本就沉稳的性子锻造得更加成熟，他的兄长，永远是那个比自己优秀更有承担的人。

从小到大他都笼罩在申澜的光芒下，他的哥哥外表出众，成绩优秀，对待任何人都能保持微笑，始终彬彬有礼、大方得体，无论父亲出去谈生意还是做客，总是将哥哥带在身边，而他自小桀骜不服输的性子正好与其形成鲜明对比，他越想表现自己，越是不被看好。

因此他越来越叛逆，想尽一切办法与家里背道而驰。他从小喜欢跆拳道，家里人虽然没有反对但也一直不太支持，而他憋着一股劲想证明自己，参加了各种比赛，得奖无数，父亲却对这一切视若无睹，觉得他这都是小打小闹，以后他还是要学习经商的。高中毕业那一年，父亲决定带全家去国外发展，偏偏他表现出了强烈的反对，甚至离家出走。那次他和父亲大闹一场，父亲对他彻底失望，丢下一句“任你自生自灭”后带着家人离开。

除了一栋楼和一栋别墅，以及一笔可观的生活费外，他睁开眼睛后再也看不到家人了，看不见皱着眉的父亲母亲和讨厌的哥哥，映入眼帘的只有空荡荡的房子。

这样的生活是他想要的吗？他经常待在空荡荡的别墅里这么问自

己，他强迫自己做出肯定的回答。直到他进入尚武，他的灵魂才有了寄托。

申家的红酒庄园坐落于英国一处平原之上，这里风景优美气候宜人，放眼望去，一望无际的翠绿田野和碧波荡漾的湖水令人心旷神怡，而最显眼的莫过于不远处那城堡般的建筑，他们离开了他，选择待在这里。

林璟应该会喜欢这里的风景吧，申寒暗自思忖，仅仅一天没见，他就已经开始想她了。

然而刚刚走进自家豪华的大门，申寒就想转身离开。

典雅的红木长桌旁，多年不见的母亲穿着一身优雅的淡紫色连衣裙正眼含泪光地看着他，一个金发碧眼的年轻女人也好奇地打量着他，女人怀里的男孩同样金发白肤，五官之间却像极了申澜，而坐在桌子正中央看上去神采奕奕精神良好的中年男子，不是那个号称病重快死的父亲吗？

申寒几乎一瞬间就反应过来是怎么回事，他被骗了，然而此刻恼羞成怒暴跳如雷是完全没用的。他回头看着那几个外国保镖，声音格外冰冷：“如果叫我过来是想看一场精彩的格斗，我奉陪到底。”

“这小子，脾气还是这么大。见你一面就那么难吗？”申腾慢条斯理地点燃一支雪茄。

申寒冷笑了一声：“现在见到了，我可以走了吧。”

申腾皱起眉头：“那个小城市有什么好，不及这里能给你的万分之一，留在我们身边，你有更好的未来。”

对申寒来说，那里有尚武，有林璟，便足够了，至于这里能给他什么，他完全不在乎。

申寒瞪了旁边沉默不语的申澜一眼，满是厌恶。他已经听不下去了，只想赶紧回到林璟身边。

申母打断了他们的对话：“你这个老头子，为什么现在还要嘴硬？”她颤抖着声音，“璟儿，你父亲，他真的生病了。虽然没有你哥哥说的那么严重，但状况时好时坏，现在只能靠药物维持着。”

申寒猛地停顿下脚步，将信将疑地回头。前方的父亲骤然间没了刚刚的盛气凌人，变成了一个无奈的衰败老人。

母亲的声音已经哽咽：“你父亲早就放弃了控制你，这次叫你回来，除了我们大家很想见你，还需要你的帮助。因为你父亲病重的消息在公司传出，有人趁机在公司管理上制造混乱，你父亲的身体这个样子根本无力处理，虽然你哥哥能力很强，但他毕竟身单力薄，你侄儿又还那么小……”

申寒缓缓回头，看着那一双双望着他的眼睛，内心无比挣扎。

申澜走过来，拍了一下他的肩膀说：“弟弟，留下来帮我吧。”

那个曾经无所不能的哥哥，眼中对他充满了期待。

第四十章 等他归来

HE IS SO / SWEET

距离申寒离开已经过去了快一个星期，林璟不知道他在另一个国度待得怎样，只是这段时间没有收到他的任何信息，甚至连一个电话都没有。她每次尝试着打电话过去，都会被一个声音甜美说着一口流利英文的年轻保姆接起，告诉她申寒正在忙，不便接听。

究竟在忙什么，忙到什么程度才能连手机都不带在身边呢，明明知道她联系不上他会担心的。

跆拳道课上，林璟整整怔了有五分钟，好在现在是休息时间，代课的姜教练很是人性化，只要看大部分学员体力不支便会叫停让大家休息，实际上他会趁着这段时间跑到门外走廊上抽一根烟。

“林璟，林璟……”李蝉轻轻摇晃了她两下，看她愁容满面不由得有些担心，“你怎么了，怎么一直心不在焉的？”

“哦，没事。”

“申教练家里的事处理完了吗？他什么时候回来？”李蝉问道。

林璟叹了口气，她实在不知道该如何跟李蝉说明申寒失联在英国的事，毕竟当初是她劝他跟他哥哥过去看看的。如今弄丢了尚武的首席教练，她这个头号罪人还有何颜面留在这里。

“他说，很快就回来了。”她以申寒女朋友的身份说出这句话，无法不使人信服。

“那就好。”李蝉会心一笑，起身走到新学员身边主动开始了指导。

直到下课后，林璟背着包独自一人走在回学校的路上，身边是久违的空旷。只有真正一个人的时候，她才明白自己对申寒的依赖有多深。

申寒，你怎么还不回来呢？她抬头望着夜空，心中无数次发出哀号。

也正在这时，手机铃声突然响起，看到来电显示，她一愣，随后飞快地按下了接听键。

“下课了吗？”多日未联系，申寒的声音带着疲惫，让她有了些生疏感。

“嗯。”

“最近怎样？”

“还好……你呢？你父亲怎么样了，还要待很久吗？”林璟小心翼翼地道，她已经听出了申寒语气中的不对劲。

“这里还有很多事需要我处理，不知道什么时候才能回去。”申寒犹豫片刻补充了一句，“可能会很久。”

这样的答复对于正走在冷风中的林璟来说，无疑是最凉的一缕，她打了个冷战，却还是下意识地点头：“好，你安心忙，照顾好自己，这里一切都好，尚武也很好。”

申寒安静地听着林璟的声音，心疼不已。他真的很想扔下一切马上回到她的身边，但他也不能抛下他的家人不管。这些日子，他真的很忙，申澜教了几天关于一些商场的规则后，就安排了很多公司重要的事务让他去处理了，真的是有点过分的信任啊。

看着运筹帷幄的哥哥，他觉得其实就算没有自己，哥哥也能处理好一切的吧。但是，看到下班后疲累的哥哥、变得沉默的父亲、柔弱的母亲，他也不忍心扔下这一切不管。

而林璟，他不在的日子里她比他想象中要坚强许多，一定要好好地等他回去啊。

挂了电话，林璟呆呆地看着黑掉的手机屏幕，一瞬间心情无比复杂。很久会是多久呢，会不会永远不回来了，毕竟他的家人都在那里。她感到一阵难过。

时间一天天地过去，申寒还是没有回来。电话也只有寥寥几个，每次都匆匆挂掉。他真的很忙吧，林璟感受得到他的辛苦和疲累，心疼又担心。此后连通电话间隔时间也越来越长，林璟掩饰着自己不安的心情，用学习和工作来麻痹自己。临近毕业，她要调整好自己的状态来面对接下来的论文和答辩。

三年的实习，她早已成为海程假期拥有资深经验的导游，经常被程老板委以重任带一些重要的团。而她本身也有着强烈的冒险精神，比起那些平凡的路线，她更想去一些没去过的地方长见识，坐在办公桌前简单翻了一遍新印出来的策划案，她很快便被宣传页上的一处古老村寨所吸引。

凤鸣古寨坐落于凤鸣山区，看上去十分险峻，地势跟云镜峡谷有些相同，但那里的环山公路很安全，地上铺着防滑沥青，路边围着高高的防坠护栏，路灯监控等一系列安全措施很是到位，唯一不确定的因素就是天气。

收起宣传页，她便找公司负责人确定了带团行程。

HE IS SO / SWEET

第四十一章 偏逢连阴雨

“各位游客晚上好，感谢选择海程假期来陪伴大家接下来的旅行，此次我们要前往的景区是位于山南省凤鸣山区的凤鸣古寨。自我介绍一下，我姓林，大家可以叫我林导……”

凤鸣古寨距离枫城很远，本次旅行的时间也很长，足足要玩上五天。凤鸣山区常年气候湿润，从古寨的视角向下望去，云雾缭绕，颇有身在仙境的感觉。

车内的游客以年轻人居多，只有少数带孩子的家庭，据公司负责人说最近网上火了一本玄幻修真小说，主角的家乡便设定在凤鸣古寨，一路打怪升级不仅拥有了强大力量还抱得美人归，这也吸引着一批又一批书粉争相前去观摩，希望能沾沾古寨的仙气，让自己也能成为跟主角一样幸运的人。

说完导游词，林璟坐回导游位上，打开路线导航数着接下来要经过的服务区以便提醒有需要的游客。身后坐着的朋克风年轻人戴着耳机早已进入了梦乡发出了轻微的鼾声。林璟聚精会神地看着路线图，脑海中却时不时想起曾从身边递给她矿泉水的手和偶尔体贴的捏肩画面。

到达了目的地凤鸣山后，从大巴车上下来的众人，面对眼前壮阔巍峨云雾缭绕的群山，不禁精神一振，不少年轻人迫不及待地拿出了手机摄像，或是一脸兴奋地跟好友视频。

不愧是有着玄幻男主家乡设定的地方，果真仙气十足，林璟欣赏着眼前风景暗自感叹着。那篇玄幻小说里的男主，英勇正义，无畏无惧，想着这些关键词，她脑海中不由得浮现出申寒的影子来。

此时正值雨季，林璟看着突然乌云密布的天空，拿出手机搜了搜天气，不由得皱起眉头，接下来的五天几乎全是中到大雨。雨中的凤鸣山美是美，仙是仙，但行程肯定要因此受耽误而变动了，看着兴致勃勃远道而来的年轻人，林璟只叹自己又遇到了麻烦事。

游览了几个景点后，趁着大雨未下，林璟试探着跟大家协商接下来需要变动的行程，却遭到了年轻人的一致反对：

“下雨？下雨怎么了？林导，我们千里迢迢过来就是为了看惊仙台，能往上面站上一站法力无边！我必须得跟我室友好好显摆显摆才行！”

“当然要按照原来的景点安排走，不然你们这算欺诈客户！我要告你们！”

林璟顿感无奈，在狂热的年轻人面前她满口人身安全简直是对牛弹琴。晚上回到民宿，她特意搜了惊仙台，那本玄幻小说中提到过这个地方，主角在众目睽睽之中攀上自古无人攀上的惊仙台后终于获得天神认可，还被传授了强大功力，最终得以救下倾慕多年的小姐姐，小姐姐被感动，二人从此长相厮守。

小说很狗血，现实很糟糕，惊仙台的行程定在最后一天，林璟默默祈祷那天天气不要太坏。

到了行程的最后一天，林璟在睡梦中听到豆大的雨点噼里啪啦拍打在窗户上的声音，便察觉到情况不妙，披衣起床查看后再无睡意。

整个凤鸣山区给人一种山雨已至风满楼的感觉，此刻天还未亮，乌云漆黑一片连绵天际，大风暴雨席卷着整个古寨，朦胧中似乎整座山都在随着树枝乱舞，倾盆大雨更是如山神情绪宣泄发出的怒吼。这样的场景足够玄幻，对于带团导游而言无疑是噩梦，这是林璟最不想看到的情况。

她守在窗前再没睡着，直到早上八点钟的早饭时间，大家打着哈欠从屋里走出来看到这样可怕的天气俱是一愣，随后一部分人表现出苦恼，一部分人表现出无奈，还有一部分人表现出了惊喜。

“哇哦，这个场景也太玄幻了吧！简直太美了！”

“各位游客，我们还是好好考虑一下接下来的行程，现在的天气去惊仙台是很危险的，我这里有其他安全的景点……”趁着大家吃早饭，林璟硬着头皮举着扩音器说了自己的想法。

“不行！惊仙台是必须要去的，不然这一趟白来了，你们打算退几倍钱？”

“来都来了……注意点安全就是了。”

抱怨声瞬间盖过了雨声，吵得林璟心烦意乱。

纵然百般无奈，她也只能在大家的强烈要求下继续按着行程前往惊仙台。寨子里的村民对此表示担心，却也无奈，只能万般叮嘱山势险峻让大家小心。

惊仙台在凤鸣山的半山腰，地势险峻程度简直堪比华山，大家打伞的打伞，穿雨衣的穿雨衣，即使满脸雨水，仍掩盖不住对景点满满的期待，年轻人活力四射就像一团火焰，凭雨水是无法熄灭的。

林璟抹了一把脸上的雨水，带领大家继续沿着小道向上攀爬。这也是到达惊仙台的唯一路径，周边古树枯藤环绕，青石板上的凹陷处积满雨水，抬头向上看去，道路直通乌云之中，一眼望不到头。

“大家注意安全，抓紧绳索不要掉队，有情况大声叫我！”林璟回头对着队伍大声道。

因为雨天的缘故，原本攀爬三小时便可抵达的路程硬生生爬了五个小时还没到头，几个游客已经完全没了耐心，开始责怪起林璟将他们带到这个地方。

“看！那边好像有近路，我们从那里上去！”一名年轻人看向绳索外的一条隐蔽于树林之间的小道一脸兴奋，并获得了同伴的一致赞同，其他游客则是面无表情。

“不行！太危险了！”林璟当即出言喝止。那条小道不在行程范围，想必是寨中村民上山采药留出的近道，但现在的天气太过恶劣，一旦脱离主路，危险程度将大大提升，她绝不会拿游客的生命去冒任何险。

“这么爬要爬到什么时候啊，还下着雨，我们快点到达不好吗？你简直是在故意拖延时间哎！”那个年轻人见自己的提议被否决，当即跟林璟顶撞起来。

冒着大雨被困在这种地方，面对二三十名游客，林璟的心态都要炸了。

“鉴于天气实在太恶劣，我必须要把大家的安全放在第一位，愿意继续去景点的留下，我会跟着你们，不愿意再走的现在原路返回，到民宿给我发信息，这样大家看可以吗？”

众人没什么意见。

很快，一小部分人便原路折返，不愿再承受漫无尽头的劳累。

而带着小男孩的一家三口竟然选择跟着年轻人们留了下来，林璟看了一眼，没说什么，而是将目光重新放到领头的那个年轻人身上，一脸郑重：“走小道真的很危险，要么沿着这条路继续走，要么大家一起回去。”

那个年轻人不屑一笑，无视林璟，走到其余人面前挥了挥手：“各位，我们来投票好了，愿意跟着我走近路提前到达的举手，愿意跟着咱们这位导游继续爬原路的不要举手。”

结果可想而知，几乎除了林璟外的其他人都举了手。

居然在这种关键时刻“篡位”！林璟愤怒地握紧了双拳，要不是在这种地方打架实在太过危险，她几乎想亲自动手好好教训一下那个沉迷网络小说的年轻人。毫无疑问，她现在已毫无威信地位可言，现在的她已经不再是团队的导游，那个年轻人才是。

“不好意思哦，林导，您要不就自己慢慢爬吧，我带领大家先上去喽！”

就算林璟再愤怒，也只能忍气吞声地跟在队伍后面，在泥泞的小路上攀着枯藤艰难前进。她仍然是这支队伍的导游，要保护游客直到回到出发地为止。

迎着狂风暴雨走了一会儿，林璟掏出手机打算看一眼时间，恰巧弹出的一条通知让她的心提到了嗓子眼。

“大家停下，不要再走了！”她站在原地大吼了一声。

瞬间，走在前面的所有人都回过头来看她。

“刚刚得到通知，凤鸣山有山体塌方的事故发生，已经引发了当地山洪预警，请大家现在立马跟我下山！”

领头的年轻人叹了口气：“林导你又来了，你怎么老爱吓唬人，咱们再有一个小时就到了，你要是实在害怕就自己回去呗！”

“我回去？”林璟怒极反笑，几番深呼吸才抑制住自己想要一拳招呼到他脸上的冲动，“我是导游，我是要对你们的安全负责任的，这次不仅仅是天气原因，是可能引发大规模自然灾害的你懂不懂！”

“罢了，那种预报就爱夸大事实，就算几个小石头掉下来也能说成是山体滑坡，何况这里有这么多山，也没说是这一座啊，继续走吧林导。”这时又一个年轻人无奈地出来打圆场，“再耽误下去又要浪费不少时间。”

这样一番话有理有据使人信服，也取得了大部分人的同意，林璟简直一肚子火没处发作，只能眼睁睁看着所有人无视自己的意见继续在危险的山道上行走着。

HE IS SO / SWEET

第四十二章 山洪暴发

然而走了仅仅二十分钟众人便感到不对了，狂风暴雨仍在继续，脚下的泥泞小路变得越来越滑，来自上方的小股雨水水流湍急得就像一条小溪，即使隔着厚厚的雨靴都能感到它的急促和凉意，原本走在前方叽叽喳喳有说有笑的年轻人也都沉默了。

一声响雷在天空突然炸裂，将所有人都吓了一跳，年幼的孩子竟然哭了起来，与此同时，来自上方的水流变得更加急促混浊，并且持续加深，转眼间便要没过雨靴，大家只能扶着树干踩在较高的山石上才能勉强不被泥流灌进鞋里，但这种情况下，已经是寸步难行了。

“林……林导，我们该怎么办？”有人战战兢兢地看向林璟，满脸的恐惧和不知所措。

这个时候想起她来了，但现在这个局面，她又能怎么办？

林璟面无表情地扶着一棵树，双脚踩在一块凸起的山石上勉强站稳。

“等待救援吧，现在想原路返回已经不可能了。”

她说完便用雨衣遮挡着拿出手机打算打救援电话，然而不知是天气缘故还是山中磁场干扰，手机竟然一点信号都没有。其他人也发现了这一点，慌乱瞬间在人群中爆发开来，从一开始对旅行社的不满逐渐扩散到林璟太过年轻缺乏经验上。

林璟面对指责只是一声不吭，她已经身心俱疲，已经懒得再跟任何人争论什么，此刻只想快点带大家脱离险境，抬头向上看，从树林之间奔流而下的泥流越来越宽越来越大。

手机没信号，他们又都困在这里，稍有不慎还有可能被水冲下山，这算是她的职业生涯中第二次遇到如此惊险的突发情况了。

脸上的雨水用手怎么抹都抹不干净，林璟这才察觉到自己不知什么时候竟然没出息地哭了，她控制不住地思念起申寒，此刻他要是在她身边，一定会有办法的。

哭完之后还是要冷静下心来想解决办法，水越来越猛，转眼已经漫过了小腿，看着仓皇无助的一群游客，林璟心一横，咬了咬牙开始向树木稀疏些的坡道缓缓移动。

她的手紧紧扒着树干，已经被划了好几个小口，但在雨水的冲刷下她感受不到任何疼痛，她心中只有一个信念，挪到那里，手机也许会有一点信号，只要救援电话能打出去，大家就有信念继续撑下去。她能感受到所有人的目光都聚集在她身上。

好不容易挪到目标位置，这个地方的水流似乎更急更大，林璟只能紧紧抱着树干才能努力让自己不被冲走，她颤抖着掏出手机，在空中来回晃了几下，终于借着时不时出现的一格微弱信号将电话打了出去。

“你好，我们是来自枫城海程假期旅行社的游客，现在被困在凤鸣山……就是有惊仙台的那座山的半山腰……是的，我们遇到了山洪……”

又是一道闪电下，信号是彻底没了，好在具体地点交代清楚了，接下来只要安心等待救援就好。

这样的天气下在大山之中展开救援绝非易事，大雨仍未停止，水流越来越急，而众人也只能通过手机来确定已经流逝了多少时间。遮天蔽日的乌云从早上醒来那一刻一直保持到现在没有任何变化，闪电如同游龙般穿梭在云层之中，伴随着天雷滚滚，就连林璟这么个不爱看小说的人都想象到了主角渡劫时的场景。

“林导！林导！孩子好像发烧了，怎么办啊？”一家三口中的母亲抱着昏睡过去的孩子一脸焦急，他们的位置相对安全，被困在一块大石头上，比其他人陷在水里好很多。

林璟扶着树干挪到她身边，伸手一探，小男孩额头滚烫，想必是淋了雨的缘故。稍加思索后，她将自己穿在雨衣里的冲锋衣外套脱了下来盖到了小男孩身上，几秒钟的时间，里面的衬衣已经被雨水浇透，再披上雨衣，作用也不大了，彻骨的寒冷贴着皮肤直刺骨髓，冻得她打了个冷战。

“别怕，救援队马上就来。”她竭力安抚他们。

从白天到傍晚，再到深夜，林璟已经记不清坚持了多久，也不知道还要坚持多久，只是她也开始头晕目眩，看不清眼前的游客和远处的山峦，她唯一能做的就是紧紧攀着树干不让自己被冲走，她还有很多事要做，她还要等申寒回来，她不能死在这里。

直到次日凌晨，雨势渐小，终于有断断续续的人声以及手电筒的强光从下方传来。

林璟已经疲惫得连挥手或者喊叫的力气都没了，好在队伍里的年轻人们这时候又恢复了精力，朝手电筒光照的方向兴奋地招手：“我们在这里！这里！”

救援队听到呼救加快了朝这里赶来的脚步，而林璟也在看到那些穿着救援服的身影后再也支撑不住，四肢瞬间瘫软，整个人滑进了身下湍急的水流之中，在呛了几口泥水之后获得了片刻清醒。冥冥之中，她看到一穿着橙色救援服的熟悉身影冲在最前方朝她跑来，几秒钟后便将她从水中捞起紧紧抱在怀里。一天一夜没合眼，她现在看什么东西都是重影，但看他近在咫尺的焦急脸庞却格外清晰。

“教练，你回来了啊……”

申寒第一次感到害怕。

他守在病床边，看着正昏迷不醒的林璟，从未像现在这般自责。

他想到了小时候因为琐事跟班里同学打架，对方叫了很多高年级的帮手来打他，想到了初中时第一次见义勇为，他大吼一声引开了正持刀抢劫的歹徒，也想到了高中毕业后的某天愕然地面对空无一人的大房子，还想到了面对龙威众人的挑衅时他轻蔑一笑独自一人将他们通通打趴在地的场景，这些都没让他感到害怕过。

前几天公司危机解除，他就赶紧买了机票回国。回来听说林璟带团去了，他又紧跟着赶到凤鸣古寨，在听到暴发山洪她的团队下落不明时，这次他真的害怕了，他不在她身边，可想而知她独自一人会有多害怕无助。

他想尽办法联系到了正准备整装待发的救援队，他们说打来求救电话的是一个女孩子，很冷静镇定地说清楚了他们被困的地点，他便知道那是她，作为团队的导游，她是专业的。

他跑在救援队伍的最前面，甚至将其他人都远远甩到了身后，他顾不上感受这座山有多高，雨有多大，洪水有多猛，他只想尽快赶到她身边。幸好，在她支撑不住的最后一刻，他终于将她紧紧地抱在了怀中。

林璟自病床上悄然醒来，视线从蒙眬到清晰，她看着申寒愁眉不展的侧脸，竟然咧开嘴笑了。

申寒紧紧地握着她的手，眼神宠溺："傻丫头，笑什么呢，竟然还笑得出来。"

"我就知道你会回来。"林璟声音沙哑，却掩饰不住满心欢喜，紧接着又担心地问，“你，还走吗？”

申寒亲了下她的手背，嘴角微微弯起：“你这么不省心，我怎么舍得丢下你一个人。”

以后，他都不会再离开她。

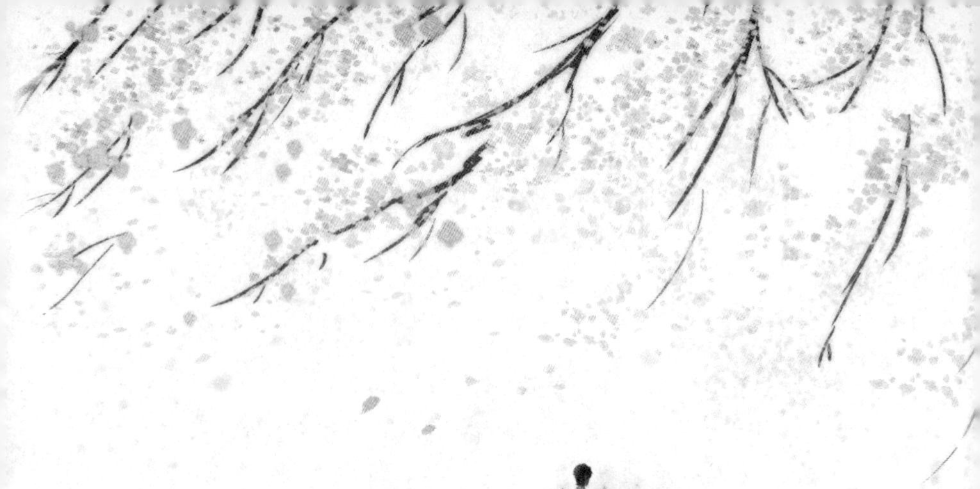

第四十三章 蓝鲸与深海

HE IS
SO
/
SWEET

林璟身体恢复得很快，住院期间很多人来探望过她，包括大学的几个室友、尚武的师兄师姐、天耀的路教练以及海程假期的程老板和同事，他们纷纷对她送上最关切的问候，鲜花挤满了床头柜，零食塞满了床底。林降龙和杨芸对申寒很放心，除了每天必要的探望外，其他时间均忙于各自的工作。

申寒坐在床边手持水果刀削着苹果，阳光透过窗帘照在他的侧脸上，整个画面柔和得像加了一层滤镜，林璟聚精会神地盯着那越来越长的水果皮，一脸钦佩。

"这样都不会断的吗，好厉害！"

申寒将苹果塞到林璟手里，一串长长的果皮顺势滑进垃圾桶，看得林璟惋惜地摇头："可惜了，这么完美的苹果皮简直是艺术品！"

"要不拿出来给你做个纪念？"

林璟连忙摇头："我有申教练，这样的艺术品以后要多少有多少！"

申寒听过很多夸奖和称赞，却没有一人能像林璟这样只用简单的三言两语就能让他开心，看着她清澈含笑的眼睛，仿佛瞬间将人带到了平静舒适的大海边。

"快吃吧。"

林璟心满意足地啃完了苹果，视线始终放在申寒身上，无论他去开窗户，拉窗帘，还是收拾垃圾，打扫卫生。

"干吗一直看着我？"申寒将扫帚靠在一旁直起腰回头没好气道。

"我怕你会突然消失。"林璟道。

看着那双充满担忧的眼睛，申寒一阵心疼，他不在的这段时间她一定很害怕吧。

他坐到床边将她深深拥到怀里，让她紧贴着自己的胸膛，感受着那有节奏的心跳。他轻声开口道："我保证，以后永远不会再离开你了。"

林璟满足地在他怀里蹭了蹭，这样温柔的申教练，只属于她一个人，真好啊。

申寒也坦然地跟林璟聊了这段时间家里发生的事情，公司遇到的危机已经解除，父亲的病也有所好转，还有哥哥家的混血小侄子超级可爱，整天黏着他让他教跆拳道，最后他提到了母亲，那个始终温柔听父亲话的母亲，虽然她狠心跟着父亲哥哥离开，但他并不怪她，他记得小时候放学桌上那盘切好的水果，也记得初中打架后母亲为他仔细包扎伤口的温柔和心疼的眼神。

林璟窝在申寒怀里听得津津有味，她察觉到了申寒的明显变化。在跟家人冰释前嫌后，他不再冰冷，而是从骨子里透出了温柔，就像阳光穿透冰层照耀海底，眼前的一切都明澈美好了起来。

在申寒的悉心照料下，林璟很快出院。虽是遇到了如此惊险的事故，但查明原委后也是执意不听导游话的那群年轻人占了大部分责任，那种情况下林璟已是无可奈何，并且她已经做得很好了。

转眼毕业在即，而海程假期旅游社也正式向她抛来橄榄枝，毕业即可入职。林璟欣然答应了，在筹备毕业的同时也考虑再带一次团来为自己的大学生涯画上圆满的句号。

尚武也因为申寒的回归变得更加团结，它的规模越来越大，口碑越来越好，招收的学员也越来越多，不少实力雄厚的教练也陆续加入。作为尚武的优秀师姐，林璟已然变成了当年的李蝉，教学时严厉苛刻的态度不知让多少师妹师弟叫苦不迭，申寒看在眼里，非但没有制止甚至还有些小骄傲。

似乎每个毕业季都在多雨的季节，清爽的夏风带来淅淅沥沥的小雨，将校园中每一片叶子都洗刷得干干净净，偶尔有学生路过，会轻轻摘下一片夹进课本里，就此封印了四年的光阴。

关于最后一次具有象征意义的带团，申寒明确表示想去澜城，那也是林璟第一次以导游的身份带他去的地方。林璟几乎没有犹豫便同意了。澜城她后来又去过很多次，已经算是轻车熟路闭着眼都能导了，跟公司报备之后她便静下心来继续准备起自己的毕业材料。

然而这次的游客名单直到临近出发的当天她都没有收到，问及公司他们只是含糊其辞地说暂时没整理好，只让她先去集合地点等待游客就好。

林璟按时按点到达集合地点，一脸不解，为啥一个游客都没有？

不一会儿，申寒到达，一身休闲装扮，熟稔地上车坐到了导游位后边的位置。林璟站在车门旁左顾右盼，时不时低头看表，那一脸迷茫的表情在申寒看来简直过分可爱。

“别等了，上来吧。”

“其他游客还没来呢。”林璟一脸严肃，打算再过几分钟给公司打电话问问。

“这趟团的游客只有我一个。”

林璟一愣，一脸不可思议地转过头：“你是说你包了这趟团？”

申寒漫不经心地点了点头，一脸惬意道：“是的，这辆车上除了驾驶位之外所有的位置都是我的，早就想这么干了。”

林璟默默别过头去，游客只有申寒一个的话，她准备的那些导游词、景点介绍和笑话段子还用说吗？

“现在你是我一个人的导游了，怎么好像不太高兴？不想带我玩吗？”申寒趴在桌子上压低声音道。

然而两人的位置离正在开车的魏晨光师傅太近，他听到这话后剧烈地咳嗽了两声，难得没有话痨地接话。自从在云镜峡谷见识过申寒的身手后，他反而对搞定了申寒的林璟越发佩服。

“我原本准备了好多有趣的东西，想要认真对待这趟团的。”林璟撇了撇嘴，从包里掏出记满了段子和笑话的小本递给申寒看。

申寒翻了几页，果真被某个笑话逗得笑了。他摸了摸林璟的头道：“没关系啊，你逗我一个人开心就好啦。”

这是林璟做导游以来带过的最安静的一趟团了，林璟靠在背椅上，不一会儿便睡了过去。一觉醒来，她便下意识地回头视察游客们的情况，看到空空如也的车厢先是一愣，随后对上申寒那笑眯眯的眼神，她才想起发生了什么。

看了看手表和窗外的风景，林璟举起扩音器和导游旗对着申寒道：“第一个景点很快要到了哦，请游客提前准备下车！”

跟申寒并肩漫步在沙滩上，此刻她虽然左手扩音器右手导游旗，但有种恍惚不知道自己的身份究竟是导游还是女朋友。

申寒察觉到她的失神，回头道：“把旗子给我。”

林璟看了看手中那面写着“海程假期”字样的导游旗十分不解：“给你干吗？”

申寒从她手中拿过导游旗，继而一把拉住了她空出来的手：“腾出一只手让我牵。”

林璟任凭他牵着往前走，凝视着他冷峻的侧脸，颇有一种梦幻感。

“教练……”

“嗯。”

“你是不是谈过很多女朋友了……”

申寒的脚步忽然停住：“为什么这么觉得？”

“因为你真的很会……”林璟支支吾吾。

“你是第一个。”申寒凝视着她的眼神。

在遇到林璟之前，他的世界充满着孤独和自我，力量是他唯一的安全感，只有一次次地将对手击倒才能带给他快感和愉悦，而她就像一把钥匙，将他内心深处的枷锁打开。

二人一起游玩了很多项目，林璟已经完全忘记了自己导游的身份，也是第一次玩得这么畅快淋漓。她将小腿浸泡在海水里，对着迎面而来的海浪张开手臂，哪怕浑身湿透也毫无顾虑地大笑大叫，似乎已将这些年的所有烦心事通通埋葬在海洋之中，而一回头，她便能看到申寒冲她举起相机时弯起的嘴角。

最后一个游玩的地点定在了一艘出海游轮上。

这艘名为“海螺号”的大船会驶入大海深处，听船长说运气好的话有机会看到上来呼吸的鲸鱼，申寒几乎没有犹豫便定下了这趟出行。

迎着海风，乘着海浪，林璟趴在围栏之上聚精会神地盯着下方深蓝色的海洋，波涛如同镶着白色蕾丝边的丝绸，而游轮就像一把锋利的剪刀，将这块漂亮的绸缎永无止境地裁下去。

“毕业之后，有什么打算？”申寒站在她身边。

林璟收回对大海的幻想，思索片刻后认真道：“当一个好导游。”

“没了？”

“嗯……”林璟踟蹰着点头，以后的将来，工作顺心、珍视的人都平安健康是她最大的心愿，然而看申寒的眼神，她总觉得漏了什么东西。

申寒微微一笑，随后牵起她的手，变戏法一样将一枚蓝宝石戒指戴到了她的无名指上。戒指是他在英国的那段时间买的，路过商场柜台时仅仅扫了一眼他就被它吸引。它款式简单，凝神细看却又那样璀璨耀眼，让他想到一个与其一样的女孩，单纯善良，却总能带给他温暖和无穷的力量。

“考虑一下，要不要也试着当一个跆拳道教练的妻子呢？”

林璟错愕地看着戴在自己无名指上的戒指，那颗精致的蓝宝石在阳光的照耀下无比璀璨，仿佛包含着整片星空，封存着整片海洋。回想刚刚申寒说的话，这算是，求婚吗？

“教练你……在跟我求婚吗？”林璟强行按捺住激动的心情，努力让自己冷静下来，可是明明身体的每个细胞都在叫嚣着答应啊。

申寒一愣：“我是不是应该单膝下跪来着？”说着便要屈膝跪下。

林璟看了眼被海浪打湿的甲板，连忙伸手阻止了申寒：“不用！”

申寒反手握住那只手，目不转睛地看着林璟，道：“你会答应吗？”

“真的很突然啊。”林璟别过头捂住通红的脸，声音轻如蚊蚋。

申寒吻了一下她戴着蓝宝石戒指的右手手背：“因为在这里，我好像送了你一片海。”继而眼神又变得狡黠起来，“而且我哥的小孩真的很可爱……”

果然有阴谋……

林璟佯装生气地别过头，继续趴在栏杆上看着眼前茫茫无际的湛蓝大海，却藏不住开心的笑脸。这时，一道巨大的黑影自下方缓缓游过，庞大的身躯将船下整片海水都渲染成了黑蓝色，巨大的鱼鳍轮廓清晰可见，继而随着庞大的身躯消失在大海深处，这样梦幻的场景似乎只在她梦中出现过。

大海保护着蓝鲸，就像他保护着她一样。

只是明明她才是这趟旅途的导游，却被申寒安排得明明白白的。

“教练，谢谢你。”林璟低声道。

“谢我什么？”申寒从背后将她轻拥入怀，声音温柔而宠溺。

谢谢你一直以来对我的保护和关照。

谢谢你教给我的责任和成长。

谢谢你带我变强让我可以独当一面。

谢谢你选择我做你余生的伴侣。

谢谢你让我遇见你。

- 完 -

图书在版编目（CIP）数据

初恋很暖他很甜 / 溪水寒著. -- 石家庄 : 花山文艺出版社, 2020.6
ISBN 978-7-5511-5120-7

Ⅰ. ①初… Ⅱ. ①溪… Ⅲ. ①长篇小说－中国－当代 Ⅳ. ①I247.5

中国版本图书馆CIP数据核字(2020)第060326号

书　　名：初恋很暖他很甜
CHULIAN HENNUAN TA HENTIAN
著　　者：溪水寒

统筹策划：张采鑫
特约编辑：雪　人
责任编辑：于怀新
美术编辑：胡彤亮
责任校对：卢水淹
装帧设计：周　丽　西　楼
封面绘制：王点点
出版发行：花山文艺出版社（邮政编码：050061）
（河北省石家庄市友谊北大街330号）
销售热线：0311-88643221/29/35/26
传　　真：0311-88643225
印　　刷：长沙鸿发印务实业有限公司
经　　销：新华书店
开　　本：880×1230　1/32
印　　张：9.125
字　　数：192千字
版　　次：2020年6月第1版
2020年6月第1次印刷
书　　号：ISBN 978-7-5511-5120-7
定　　价：39.80元